"LOVE AIN'T NOTHING BUT SEX MISSPELLED" HARLAN ELLISON

愛なんてセックスの書き間違い

ハーラン・エリスン

若島正・渡辺佐智江 訳

未来の文学

FUTURE/LITERATURE

国書刊行会

愛なんてセックスの書き間違い　**目次**

装幀　下田法晴＋大西裕二

愛なんてセックスの書き間違い

第四戒なし

渡辺佐智江訳

No Fourth Commandment

「父さんのこと、殺す」と少年が言った。

「見つけたら、名乗ったり、挨拶したり、そういうことはしない。ただ近づいて殺す」少年は背が高く、やせていて、緑色の瞳は飢えたようだった。

「なんで？」とおれが訊いた。「なんで親父さん殺したいの？」

「母さんなんてさ。五十歳に見える」

おれはまだ呑み込めなかった。「だから？」

「まだ三十六なのに」

少年はそれ以上なにも言わず、探るのもどうかと思ったので、イチゴ摘みに戻った。おれは長年旅してきたから、相手がしゃべりたくないというときにはそっとしておくべきだと心得ている。だがこの子どもは別だった。引きつけられた。なぜだろう。おれには女房もいないし彼ぐらいの歳の子もいないからかもしれない。

農園ほど快適な場所はないと思えるような、ぽかぽかと気持ちのいい日だった。それなのに、寒気がした。イチゴ畑の真ん中、上半身裸で太陽に灼かれ、汗びっしょりだったのに、薄ら寒かった。

寒気は胸のずっと奥で生じ、外に出て来た。そういう寒気。それをもたらしたのは、あの子どもだった。

彼が父親を殺すと言ったときのあの口調。それを聞いて、体が小刻みに震えた。殺してやると人が言うのを聞いたことは幾度となくあるが、ああいうのを聞いたためしはない！

第四の戒めなんてほとんど考えたことはなかった。「汝の父母を敬え」は、おれには当てはまらなかったんだ——二人ともおれが子どものときに殺されたから。だが、意味はわかっていたし、自然だと思えたし、そのことを問題にする理由はなかった。ただ、あの子が殺すと口にしたとき、実に妙な感じがした。そんなことを言っちゃならなかったんだ、よくないことだったんだ。

彼に目をやった。

収穫カゴを肩にかけ、髪の毛が目にかかるままにして、隣の列で四つん這いになって作業している。十五、六か。ひょろりとした体つきで、筋肉はそこそこついているが、かなりやせている。競走馬がじりじりしているように、いつでも走り出す態勢を取っているように見えた。走りはしなかったが、そうしたがっているように見えた。

彼がどこから来たのかだれも知らず、尋ねる者もほとんどいなかった。畑にいる少年たちは、ほぼ全員が浮浪者や家出少年、そしてもちろん大勢が収穫時を狙って移動する者たちだから、関わらず、尋ねないのがいちばんだった。

だが彼はちがっていた。見ればわかる。彼はなんというか——どこか飢えているようなところがあった。大学に行ったことのあるジャンという名の男が、夕食のとき彼のことを話していた。あいつ、慣れない檻のなかでちぢこまってる野生の獣みたいだ、と。おれもそれ以上の表現は思いつかなかった。このジャンというのは鋭くて、あいつは愛情に飢えていると言った。

でも、だれだってそうじゃないのか？

少年は片手を茂みに差し入れて、熟れたイチゴを一握りもいだ。畑に出て最初の数時間はうまくいかなかった。だれが見ても常連の収穫作業員じゃないのは明らかだったが、鋭い緑色の目でおれたちを少しばかり観察すると、ほかの者たちのように六個いっぺんにもげるようになった。

「どこから来たんだ？」と訊いてみた。

彼はおれを見て、下唇をすぼめた。そうしているのを自覚してはいないようだ。強く息を吹くと、汚れた茶色の髪が一瞬目から離れた。髪は一本の長い枝のようになってそこに戻り、垂れ下がった。元どおりしゃがみ、力を入れて髪を押しのけ、ものすごくゆっくり言った。「シーダーラピッズの近くです」

「アイオワ州だよな？」

彼が、手のなかで土くれを砕きながらうなずいた。

「ありがとう——ございました……この……前は」とつかえながら言い、影のなかでうつむいた。

なんの話かはわかっている。喧嘩だ。彼は雇い主の妻のフェンケル夫人が幼い息子にドイツ語で語りかけているのを耳にして、理由もなく逆上したので、彼が気の毒なその女性を殴りつける前に、おれが引き離したのだ。

理由などなかった。ただ彼女に向かっていった。おれが一回思いきり平手打ちを食らわすと、彼の目から狂気は去り、ひとことも言わずに元に戻った。

だが、なにがなにやらわからなかった。

「ぼく――ぼく――思ったんです」と彼がつぶやき、口ごもり、続けようとした。「――一瞬彼女が……でもちがった……」声はまた消えて、そこにしゃがんだままぼんやりと土をいじっていた。

おれは普段やらないことをやった。他人のことを詮索しはじめたのだ。「あんた、名前は?」

彼は顔を上げ、長いことおれを見つめていた。この場のことだけを考えているんじゃないだろう。おれのしたことが彼のためになったのは確かだが、彼はおれのことをまったく知らない。おれは畑でイチゴを摘んでる渡り労働者にすぎなかった。彼は、この男に自分の名前を言ったらどうなるのか、この先なにが起きるのか、言わないでおく理由はあるのかと考えていたはずだ。そして言った。

「ホロウェイ。たいていは名前で呼ばれてます。フェア」

「フェア・ホロウェイ?」

うなずく。「なんの略?」

「フェアウェザー」恥ずかしそうだった。

「いい名前だね」とおれは言ってイチゴ摘みに戻った。もう十分に詮索した。怖がらせたくなかった。なんだかこの少年が好きになった。彼もそれ以上聞かれなくてほっとしているようだった。おれをちらりと見てから、また自分の列にかがんだ。

ルイジアナ州のナッキトッシュは、シーダーラピッズに近い。イチゴ農園はこの少年が来たはずの家からもかなりの距離だ。

摘みながら、おれは彼のことをあれこれ考えていた。これまでだれに対しても考えたことがないほど考えていた。あんなふうに、実に淡々とした口調で父親を殺るつもりだと言う子どもなんて、かなり妙じゃないか。それを除けば、彼に好感を抱いた。言ったことはともかく、そしてフェンケル夫人にあんなふうに襲いかかろうとしたことを除けば、いいやつに思えた。

日射しも蚊も気にかけずに考えにふけりながらその列を終え、別の列に取りかかった。少年はすぐ横にいた。ほかの列に移らなかった。うれしかった。あっちもおれに気を許していると思えた。

おれたちは、太陽が天高く昇り、沈みかけるまで働き、夕飯に呼ばれた。おれはゆっくりと立ち上がった。もう若くはない。お決まりのセリフのように聞こえるかもしれないが、ほんとのことだ。年を取ってきている。この先何年もこんなふうに収穫作業をやりつづけられないだろう。

おれはこれを長いことやってきた。あの子どもに興味が湧いたのも、自分が長年ひとりで旅してきて、彼のなかに少しばかり自分自身を見たからか。わからない。そうだったかもしれないし、そうじゃなかったかもしれない。でもおれは彼に好意を抱き、彼も友人が必要なんだと考えた。

少年はおれの前方で、片手に収穫カゴを下げ、土を蹴り、目から髪を払っていた。「おい！」と大声で呼びかけると、振り向き、おれだとわかると足を止めた。その目は用心深く、デニムに包まれた体の線は、どれもまた駆け出しそうだった。

「いっしょに行くよ」と、近づきながらおれが言った。二人でまた歩み出す。彼は無言だったから、こちらもしゃべらないほうがいいと思った。

足は夏の地面にわずかに沈み、重いブーツでもはずみがついた。生きていてよかった。

おれはフェア・ホロウェイを盗み見た。前にも言ったが、彼は飢えたような表情をしていた。面長の顔は日焼けし、顎はとがり、頬骨は高く、鼻は指のようにまっすぐで細かった。

彼は両手を脇に垂らしていたが、理由もなく、いきなりこぶしをつくった。ごくふつうの少年に見えた。

それなのに、父親を殺したがっていた。

母屋に行くと、雇い主のフェンケルが妻と戻っていて、屋外の労働者の最初の一団にスープをよそっていた。

おれたちは、雇われた娘たちが収穫箱を満たすときに使う桶にどさりと袋を落とし、大きなテーブルについた。

スープ、小さな丸いパン、内臓のフライ、ベークドポテト、ゆでた豆、トウモロコシ、クランベリーソース、二種類のジャム、熱いブラックコーヒーが並んでいる。フェンケル夫人が古き良きオランダ伝統のアップルパイを六個運んでくると、おれたちはまたたく間に平らげた。

夫人が給仕しながらドイツ語で夫になにか話しかけているとき、フェアがまたいきり立った。腰を上げかけたので、おれがその肩を片手で強く押さえると、夢からハッと現実に戻ったような様子になった。ゆっくりと腰を下ろし、二度ほどかぶりを振った。片手で髪から顔にかけてなで下ろし、青ざめた顔に気落ちしたような笑みを浮かべておれを見た。

そのとき、おれはこの少年としばらく離れないようにしようと思った。彼には友人が必要だ。自分を見守ってくれる相手が。

夕食後、いつものように三十分ほどの馬蹄投げゲームがあり、男たちのほとんどが観戦していたが、おれは加わらず、トラクターのスチールの部分に寄りかかっている少年のところまでふらりと行った。どういうわけか、彼に引き寄せられた。

「ごちそう出してくれるよな、ここは」と言いながら後ろから近づいた。

彼が振り返り、腰をかがめ、こぶしをつくっておれをにらみつけた。緑色の鋭い目をヤマネコみたいに細めてつり上げ、舌を出し入れしつづけた。

おれは凍りついた。こんなに年老いて見える子どもに出会ったことはない。その瞬間には千歳にも思えた。千年の憎しみがいまにもあふれそうになっていた。すぐにおれだとわかり、駆り立てられた憎しみは消えた。目の奥から恐怖と怒りが出ていくのがわかった。目が燃えているとでもいうように、片手でそれを拭った。「うん。そうだね、ほんとにすごいごちそう出してくれる」疲れ切っているような口調だった。

彼の足元に腰を下ろし、鋤に背中をあずけると、彼がおれに妙な視線を投げかけた。ひとりでいる男が、自分の孤独に押し入ろうとする相手に向ける視線。だがおれはまた訊いてみた。「どうして親父さんを殺したいんだ？」

彼は例の沈んだ注意深い表情でおれを見ると、唇をすぼめた。また様子を見ているらしい。

「なんでかなと思って。理由があるんならおしえてくれないか。気になってたんだ」

　すると彼は体をすべらせ、おれのすぐ横の地面にドンと腰を下ろした。

　黙り込むのかと思っていたら話しはじめて、まもなく猿ぐつわを咬ませて黙らせなければならないほどになった。

「父さんは第二次大戦の終わり近くに外国へ行って、一人の女性（フロイライン）に出会ったんだ」彼はそのドイツ語を、世界中の卑劣なことすべてをたったひとことに凝縮しているような口調で言った。十五、六歳以上のような話しぶりで、実に妙な響きがした。

「そうか」とおれが促す。

「父さんはそこでその女と結婚して、ここに連れ帰った。で、こっちでまたその女と結婚した。法律上問題ないようにするために。ひとつだけ問題だったのは」と顔をこわばらせる。「父さんが重婚者だったこと。まだ母さんと結婚してたから」彼の顔は、まるで太陽にあてて干されたみたいに、真っ白になって伸びていた。辛辣でこわばっており、目の下と口のまわりの皺はインクで引いたようだった。

　少年がこれほど年老いて見えるものだろうか。

　重婚者などという言葉がわかるなんて、どんな状況をくぐり抜けてきたのか。彼は話を手短に語った。言う前から言うことがわかっているような感じだった。この話を幾度語ってきたんだろう。

「母さんは一度手首を切って、次はオーブンに頭を突っ込んだ」そう言うと、腹が痛むというように顔をしかめた。「けど死ななかったんだ、あの男をすごく愛してたから。ある晩あいつが帰宅したとき大騒ぎになって、母さんは打ちのめされた。あいつはどこかへ飛び出してって、例のフロイラインといっしょにいなくなった」

おれは彼がフェンケル夫人に飛びかかろうとした理由がわかった。ドイツ人の女を憎んでいたのだ。まずい状態だった。ああいう憎しみに人生を支配されるままにすれば、実に病的になる。助けてやりたかったが、どうすればいいのかわからなかった。

彼は話すのをやめ、伸ばした両脚のあいだの土をいじっていた。彼のことを少年と見なそうとしてもなかなかそうはいかなかった。口をつぐんだので、ひととおり話したのだろう。

「探してどれくらいになるんだ？」と尋ねてみた。

「四年」と、そっと答えた。

「手がかりはあったか？」

「少しだけ。噂はときどき。だれから聞いた話でも、必ず確かめるようにしてる。アメリカ人がドイツ人の奥さんと暮らしてるって聞いたら、必ずそこへ行く。それでここへ来たんだけど、フェンケルじいさんはアメリカ人じゃなくてドイツ人だった」どことなくがっかりした様子。「見つけ出すよ」と締めくくった。

いきなり黙り込んだので、これで全部らしい。それ以上話は聞けないだろうし、これ以上訊かないでくれと丁寧に意思表示しているということだった。

もう訊こうとは思わなかった。

翌週はずっといっしょにいた。おれがうるさく悩ませず、抱えている問題を理解していると伝わったから、彼は好意を持ってくれた。近くにいられてうれしかった。なにかをすること、彼を見守ることができたから。

だがイチゴの収穫は一週間のうちに終わり、フェンケルは全員に支払いをすませ、すごく感謝してくれた。もう渡りをつけてあるので、彼にはイチゴの山を売ってかなりの金が入ってくることになっている。

支払いがあった日、フェアの姿をあまり見かけなかった。わずかな所持品を使い古したカーペット地の旅行かばんに詰めて、飯場を出ていった。おれはフェンケルから賃金を受け取ると、ぶらりとそこを離れて彼を探した。おれの荷物は、丸めた毛布と着替えだけ。農園から出て、道の両側を見ながら、フェアを探して歩いていった。

すると彼の姿が見えた。数メートル先を、いつものように土くれを蹴りながら、ゆっくりと歩いていた。大声で呼びかけた。

「フェア、どこに行くんだ?」

フェアが振り返った。例のヤマネコみたいな視線を送ってこないから安心した。先週すっかりおれになついて、毎晩並んで横になっていたから、行動をともにして、次の収穫地へ連れていってやろうと考えていた。

「わかんないよ、ハリー。レイクチャールズに行こうかと考えてたんだ。そのあたりでピーナッツの収穫があるって聞いたから」そしてたまにするように唇を濡らし、なかなか言葉が出てこないというようにゆっくりと言った。「作業してた人と話してた。その人――その人が、そこにぼくが会いたがってる人がいるかもしれないって言ったんだ」彼はおれを見ずに埃だらけの自分のアーミーブーツを見つめたまま、そう言った。

目が光っていた。

「親父さんのこと？」

うなずく。

「親父さんだと、どうしてわかるんだ？」

「さあ」

「じゃあなぜ――」とおれが言いかけた。

彼がさえぎった。「見つけないと。本人かもしれない。もしかしたら」声が小さくなった。「確かめないと」

「ついてってもいいかい？」

彼はしばらくこちらを見つめていた。いい大人がなんで自分みたいな子どもについて来たがるのかと、不思議がっていたんだろう。少しだけ首をすくめると、また髪がはらりと落ちた。その気があるなら来ればいい、と言った。

おれはその気だったから、二人でナッキトッシュへ向かった。

バスターミナルで数時間仮眠を取って、その夜遅く貨物列車に乗り込み――最近はそれもつらくてたまらない――レイクチャールズへと出発した。

おれたちは有蓋貨車に横たわり、よろい板のすき間からぼやけた木々が瞬時に飛び去っていくのを見ていた。

なぜこの少年といっしょに行動しているのかまだよくわからなかったが、彼に興味があったし、なにかに興味をおぼえるなんていうことはしばらくなかった。

旅は孤独だが、大部分の男たちにはそれがいい。その状態にあれば、こちらに要求を突きつけてくる者はない。だがこの少年は旅の仲間で、興味深い人間で、悩み事があり、なにも求めなかった。いっしょにいても、要求を突きつけられる心配はなかった。

それに、彼にはどうしても友人が必要だった。たまには、友人になるのもいいことだ。

カーペット地のかばんに頭をあずけ、目を閉じて横になっている彼に目をやった。

「レイクチャールズのあたりにいるっていうのは、かなり可能性が低いんじゃないか」とおれが言った。不可解だった。フェアは、イチゴ農園にいただれかから、説明した父親にあてはまる男を知っていると聞いた。ドイツ女の女房もいるとか。そして大きな鳥みたいに飛び立った。

おれはかまわなかった。どこへ向かおうと同じことだったが、彼が噂だけで行く先を変えたのが不思議だった。

フェアはもごもご返事をしたが、なんと言ったのかわからなかった。

「たぶんあんたの親父さんじゃないよ」と続けたが、彼は聞いていなかった。

貨物車に乗っているあいだずっと、彼はカーペット地のかばんに頭をあずけて横たわり、すき間から星を見上げたり、眠ったりしているようだった。本当に眠っているのかどうかはわからない。

おかしな話だが、おれは親父さんを殺すなと説得しようとしなかった。それは彼の問題なんだから、殺したければ殺すのが正しいと思えた。彼がその意志の周囲に人生を築いたということは容易にわかる。それを取り上げたら、彼にはなにも残らない。

それは遠いことのような話だから、あまり心配しなかった。人がいつか中国に行くと言いながら、実現しないというたぐいのもの。彼が父親を殺すというのはそれに似ていた。親父さんが見つかるとは思えなかった。アメリカは広い。偶然出会うはずがない。このときまでには、おれは彼にくっついていることになじんでいた。おれたちはすごく気が合った。

父親の件以外は。

それを別にすれば、彼はまともだった。

そのときは、親父さんは見つからないとおれは確信していた。

おれはまちがっていた。

街に着いて最初の夜、フェアは猟犬のようだった。よからぬことが起ころうとしていた。

レイクチャールズに着くと、しばらく別行動しようと彼が言い出した。探してるものがあるから店を見てまわらなくちゃならない。一時間後に街の中心部で落ち合おう。

別々に行動する理由はないと思ったから、いっしょに行くと言った。

「あのさハリー、あんたも行きたいとこへ行ってくれ。あとで落ち合おう。ひとりで行きたいんだ」またヤマネコみたいな視線を送ってきたので、同意した。なにか食おうと、安食堂を探した。

列車での移動で腹ぺこだった。

一時間もすると、さっき別れた広場に戻り、ベンチにすわっていた。警官に移動しろと三回言われて三回ベンチを替えたあと、フェアが戻ってきた。

唇をぎっちりと引き結んでおり、地面に二列に盛られた土のようになっていた。なにかあるなと見た。

「あいつ、ここにいる」とだけ言うと、おれを通り過ぎた。落ち合うために広場に戻ってそこを通り抜けていたわけじゃなかったんだろう。目的地に向かう様子から、それはまちがいなかった。

おれは彼の腕をつかんだが、相手はおれよりも体が少し小さいだけだから、すぐに振り払った。

「おかしなまねはやめておけよ、フェア」と言って、目的もなく両手を振りまわした。

彼は、息をするなと言われたというようにおれを見た。「なんで？　あいつはこの街にいるんだ。殺さなくちゃならないんだ。わかんないの？」実に妙なことだった、そんな言葉をこの少年の口からこんな子どもの声で聞くなんて――そんな言葉を！

そして彼は歩き出した。なにも言わないほうがいい。それが彼の父親であるはずはないし、父親じゃないとわかったら彼はあきらめるだろう。いっしょに行こう。人は他人がこう生きようとするのを止めたりはしない。これは彼の問題だ。おれは、おかしなことをやらかさないように見届けるために行くだけだ。

おれたちは街を出て、舗装されていない道を歩いていった。途中、ときどき彼は、道でだれかを呼び止めたり、畑にいる男に大声で呼びかけて、アーネスト・ルーバーの農園はどこかと尋ねた。

このルーバーというのが名前を変えた親父さんのハロウェイだと、なんでわかるんだ？　理解できない。

「なんで親父さんだってわかるんだ？」と、並んで急ぎ足で歩きながら尋ねた。

「わかる」

「わかるって、どうやって？　半端な説明を真に受けたらだめだ。ちゃんとわかってないと！」

「わかってるんだ！」

「フェア、気をつけろ。その男に手を出しちゃいけない、ほんとに父親だったとしても。それは法律にまかせておけ」おれは必死になってきた。実際に父親だったら大変なことになる。

「法律は母さんを助けなかった。行って母さんを見てこいよ。それから戻ってきて法律のことを説教してくれよ。行ってくれ！」彼がキレたので、もう話しても無駄だった。彼はこのルーバーという人物を追うことに駆り立てられていた。

すべてが実に妙だった。この子に好感を持っていたし、ひとりにするわけにはいかなかったが、なにもできなくて無力感をおぼえ、途方に暮れた。

やめておけ、と時折り言ってみた。

耳を貸しさえしなかった。

三十分ほど歩くと、首に巻いた彼のバンダナは汗でびしょ濡れになった。今日、殺す。彼の目がそう語っていた。

ようやく、ルーバーとやらの農園に着いた。家の前の郵便受けに、赤い文字でその名前があった。フェアは私道を進み、おんぼろのステーションワゴンを通り過ぎ、庭に入っていった。裏の階段でずんぐりした金髪の女がじゃがいもの皮をむき、井戸のそばの薪の山のところで男が薪を割っていた。

女が階段から立ち上がりながら、「こんにちは。どなたさん――」と言いかけたが、フェアは突然ヤマネコみたいにグッと目を細めて、男を見つめた。「親父！」と大声で叫ぶと、男がいきなり振り向いた。

「親父！」とフェアがまた叫ぶと、男は混乱している女に目をやった。

男は「だれだ。なんの用だ」と言ったが、一歩下がったので、少年の目になにかを見たのにちがいない。男はかなり小柄で髪はばさばさ、汚れたオーバーオールを着ている。顔は大きくて、でっぷりしている。

フェアが説明したような親父さんとは、似ても似つかない。

少年がなにか恐ろしいことを叫ぶと、女はじゃがいもを入れた器を落とした。男が激怒し、歩いて少年に向かって来た。斧はひとまとめにした薪のなかに埋まっており、男はなにも持っていなかった。おれは少年が大鎌を手にするのを見て、ぎょっとした。

大鎌は背の高い草のそばに寝かされていた。だれかが置いていったもので、少年は錆びかけて曲がったそれを手に、よろめきながら前進した。

「やめろ、フェア！　その人はちがう――」とおれは叫んだが、彼の耳には入らない。なにも聞こえてはいない。おれはずんぐりした男に向かって、「斧を取れ！　斧を――」と叫んだが、彼も聞いてはいなかった。

男はずんぐりしていたが少年よりも背が高く、うなりながら向かっていったので、相手を止められると思ったのだろう。

「農園から出てけ、この――」と男が言いかけると、少年が襲いかかった。

ひどい喧嘩は見てきたが、これは度を越している！

少年はたっぷり五分間男に攻めかかりつづけ、おれは眺めているしかなかった。女は叫びまくったが、やはり手を出せなかった。

おれたち二人はただ眺めていた。錆と血が混じり合う、妙な光景だった。

少年は男の残骸から立ち上がり、大鎌を手から落とした。血や肉が飛び散ったその姿に、おれは吐き気をもよおした。よろめきながらおれのほうへ向かって来て、目の前で足を止めた。

「親父。親父を殺した！　殺したぞ、ぼくの親父を」と言い、実に冷静におれを見つめていた。それについてはなにも考えていないようだった。

「親父を」と、今度はすごく低い声で言った。

おれは、彼の口を思いきりこぶしで打ちつけた。


三十分後、連中がやって来て彼を逮捕した。街なかの拘置所に入れ、なぜこの少年がゴーブリックという名の頭の弱い雇われ人を殺したのか確かめようと、アーネスト・ルーバー、彼の妻、そしておれを同行させた。するとだれかが、この少年、どこかで見た人相書に一致するんじゃないか、と言い、うん、そうだ、ということになった。連中が電報を打つと、少年とおれを拘束しておくようにと指示が返ってきた。

その夜おれは、拘置所でほとんど眠れなかった。あの子に近づくことを禁じられたから、話が聞けず、気の毒にあのゴーブリック！と考えつづけるばかりだった。

翌日、シカゴあたりから拘置所にやって来た男が、医者だと告げた。おれと話したいというので、腰を落ち着けて耳を傾けた。

おれは彼の話を聞き、それから彼がおれの話を聞いた。少年に会った場所、少年が言ったこと、ルーバーの農園で起きたことを語った。

「あの人が少年の父親でなかったことはご存じですね」と医者。

「ええ」

「まったくの別人ですよ。ゴーブリックという名の雇われ人。ルーバーはたまたまドイツ人女性と結婚していますが、事が起きたときは畑に出ていたんです。ゴーブリックはホロウェイ少年の父親に似てもいなかった」

「ああ、なんてことだ」とおれは言った。一晩中ひとりそう繰り返していたし、そう言うべきだと思ったのだ。

「彼の父親は、四年前に亡くなりました」これにには打ちのめされた。

「あの子は知ってるんですか？」

「知っています。彼が殺したんですから」

おれは舌を呑み込んでしまいたかった。舌は口のなかでとてつもなくふくれ上がり、形が崩れたように感じたので、呑み込んでしまいたかったのだ。なんとか言葉を放った――

「ど、どういうことですか？」

医者が語った。

フェア・ホロウェイが父親を不意打ちしたのは、彼が妻と別れようとしていたときだった。少年は、オーブンの一件があった一か月後、父親が実に最低な別れの言葉を言い終えようとしているところに入って来て、重たいフライパンで父親の頭蓋骨を陥没させた。

それから母親にキスし、親父を見つけ出して殺すと言って家を出て行った。

二度捕まったが、さらに二人殺してからだった。どちらも死んだホロウェイとは似ておらず、親父さんのようなろくでなしではなく、たまたまドイツ人女性と結婚していて、たまたま彼の行く手にいただけだった。

捕まって二度ぶち込まれ、二度脱走した。今回は外に出て二か月経ち、足取りはまったくつかめなかったが、痕跡は残していた。彼はもう二人手にかけたのだ。

「彼にはわからないんですか？」とおれが尋ねた。顔は青ざめていただろう。

「ええ。なにかがおかしくなった。ここが」と医者が、おれが頭が悪くて彼の言うことが理解できないと思っているというように、自分の頭を軽くたたいた。「あの子は、父親がまだ生きていると思ってるんですよ。殺した人たちのことは全員忘れている。殺人を犯すと、その直後記憶の一部を失い、その領域の体験を完全に思い出せないようなのです。逃げなければとはわかるのだが、自分は追いかけているところで、まだ探している相手が見つからないと考える」

おれはすっかり気分が悪くなった。「彼はいつもとても物静かで礼儀正しく、友好的でした――父親を殺したがっていたということ以外は。少なくとも、おれにはいつもそうだったんですが」

医者は顔をしかめ、「お教えしましょうか」とゆっくり言った。「いつもあなたに敬意を払っていたのには理由があるんですよ」

なんのことかわからなかった。「え?」

「あなたは、あの少年の父親と瓜二つなんです。死んだホロウェイと」

「ああ、なんてことだ」とおれはまた言ったが、小声だったので、なんと言ったのかと医者に訊き返された。

おれはフェアに別れを告げに行った。気が進まなかったが、ともかくそうするしかなかった。

彼は独房にすわっていた。ただすわって、なにもせず、ただすわっていた。手のなかで土くれを崩したがっているように見えた。土はなかった。持って来るのを思いつかなかったことを後悔した。でも、それは意味を成さなかった。

「さよなら、フェア」と、おれが鉄格子越しに言った。

「さよなら、ハリー」と、彼が寝台から言った。

彼は名前を偽っていた。フェアウェザーではなかった。おれはわかっているべきだったが、わからなかった。

「じゃあ……」とおれが言いかけた。

「あ、また会おうね、ハリー。ぼく、まだやらなくちゃならないことがあるから」

おれは彼をのぞき見た。マットレスもないベッド代わりの金属の槽の端に、落ち着き払ってすわっている。おれは泣きたかった。少年はまだ十六歳。なにもわかっていなかった。父親以外、一人も見なかったし一人も知らなかった。おれのことも見なかった。おれは友だちになりたかったが、彼が見ていたのは、自分の父親だけだった。

おれは長いこと放浪生活を続けていた。妻も子もわが家と呼べるものもない。あの少年が好きだった。彼が好きだった。まちがっていた、まちがいだった。

旅はひとりきりがいい。孤独が望ましい。

彼には、言おうとしていることを言ってほしくなかった。

「父さんを殺さなくちゃならないんだ」と言って、緑色の鋭い目を細めた。

おれは背を向けて歩き去った。

なんだっけ、あの台詞。〝賢い父親ならばわが子とわかる〟。

だったら、賢い子どもなら自分の父親だとわかるのか？　愚かな子どもはどうなんだ？

おれには機会があってしかるべきだった――あいつだってそうだった。孤独な者は知らない。孤独な者には知りようがない。彼らはただ旅路を行き、歩きつづけるだけ。おれはなんとかやっているが、あの少年に機会がなかったことは確かだ。

おれは街を出て、ピーナッツの収穫の仕事を探すことにした。

孤独痛

若島正訳

Lonelyache

彼女が習慣のかたちになってしまったせいで、彼はまだベッドの片側に追いやられていた。腕を投げ出し、足を4の字に組み、体を横にして寝るだけのスペースがほしいのに、まだダブルベッドの片側で寝ていた。彼女の体がそこにあったという思い出の強い作用だ、シーツの中で身を寄せ合ったり、二人で体と体をからませ合ったり、二つのクエスチョンマークになったり、一夜一夜の姿態はどうであろうと——とにかく、彼女がそこにいたのだ。今は、そばにいた彼女のぬくもりの思い出だけが、彼女がいたもう片側に彼を囚えつづけていた。そして思い出と眠りたいという肉体的欲求だけになった彼は、その拷問台になるべく上がらないようにした。真夜中を過ぎても起きていて、無意味なことをして、笑い声につられて笑い、手順どおりこまめに掃除をして、しまいには病気かと思うほどで、頭の中、心の中にしゃべり声や騒ぎ声や叫び声がこだまして、行き先のない映画を観ては、夜の靄と時間と存在が目的もなければ妥当性もないままに通り過ぎるのを聞いた。そしてとうとう、時間と崩壊しつつある身体機能の重みに押しつぶされ、どうしても充電が必要になり、大嫌いなベッドに倒れ込むのだった。

決まって片側で眠るために。

暴力と恐怖の夢を見るために。

これがその夢、忌々しくも反復されるあの同じ夢で、まったく同じ夢では決してない——しかし主題は同じで、どの夜も、どの章も同じ物語なのだ。あたかも恐怖小説集の本を買ったように。どの物語もみな一つの主題を扱っているが、語り方が違う。こうした一連の暗黒の幻想とはそうしたものだ。

今夜見たのは十四番目。さっぱりした大学生風の顔が、自信たっぷりに、愛想のいい満面の笑みを浮かべている。髪は砂色の刈り上げ、眉毛は薄く鳶色で、青二才のような顔にくすくす笑っているような、無邪気な活気を与えていて、たちどころに親しさを伝えてくる。状況がこうではなかったら、親友になれそうな野郎だとポールは思った。野郎、というのが夢の中でも使った言葉で、奴でも、男でもなく——もっと正確に言えば、殺し屋でもない。こんな霧に包まれた悪夢の中でもなく、こんな隠された意図がなければ、彼らはお互いの力こぶに仲間らしく軽いパンチを喰らわせて、よう、どうしてると声をかけ合ったかもしれない。しかしこれは最新の夢で、この大学生風の野郎は十四番目だった。ポールを殺すために送り込まれた、無限に続く、愛想が良さそうなタイプの有能な殺し屋たちの列の中で、最新の野郎なのだ。

夢の筋書きはとうの昔にできあがっていたが、今ではただ、出演者たちの言葉やふるまいに見られる反復によってうかがい知れるだけだった（不明瞭な区切り、ぼやけた細部、はっきりしない移行、夢のスタイルに歪められた論理)。ポールはこのギャングというか、グループというか、野郎どもの一員だった。それが今では野郎どもに追いかけられていた。野郎どもは彼を殺そうと狙っている。集団になって襲えばうまくいったはずだ。それなのに、夢の中でしか意味を成さない理由で、野郎どもは一人ずつその役目を割当てられている。そしてやさしい人間の一人一人が彼にこっそり死刑宣告状を渡そうとすると、ポールはその男を殺すのだ。一人また一人と、これ以上はないほどの念の入りようで、しかも残忍極まりなく胸くそが悪くなるようなやりくちを使って、彼は殺し屋を殺す。十三回、野郎どもは敵として現れた——まっとうで、愛想が良くて、ひたむきな、こんな状況ではなかったら友達だと言って自慢したくなるような男たちだ——そして十三回とも、彼は暗殺から免れた。

この数週間、一晩に二回か三回、あるいは——一度だけ——四回だったこともある(そして、これまでに十三人しか殺していないという事実は、まったく眠らなかったり、くたびれはててバタッと寝たせいで夢を見るはずがなかったことが、どれほど頻繁にあったかを裏書きしている)。

しかし、夢でいちばん心をかき乱される部分は、残虐な争いそのものだった。ピストルで撃って簡単に倒すとか、毒を飲ませてころりといくということは決してない。目覚めたときに再現できるイメージは、ポールが打ち明けた相手の顔に決まってショックと恐怖の表情をもたらすのだった。いつも奇怪で、事細かく描かれた殺人。

殺し屋の一人が、細くて、怖いほど尖ったナイフを抜いたことがあり、ポールはその男と延々と取っ組み合いをして、男は彼の肉体や指と指のあいだの感じやすい皮膚に斬りつけ、しまいにはまさしく死の本質、まさしく死のリアリティというものが、眠っている体に息がつまりそうな震えをもたらした。それはまるで、進行中の死の感覚、感触が呼び覚まされたようだった。それは夢以上のものの、苦悩の新たな閾値であり、これからずっと、生きていくための支えとなる根源的で新たな恐怖だった。それは共に生きていく何か新しいものだった。ついに彼はナイフの柄のあたりをつかんで男の両手を固定し、その細い刃を男の腹に刺して、やっとの思いで深く貫き、ナイフが内臓を、弾力のあるゴムのような臓腑を突き抜いて穴をあけるのを感じた。それからそのナイフを致命傷を負った殺し屋から引き抜きながら、（本当にそうしたのか、それともそうしたと思っただけか）何度も何度もナイフを使い、相手は家具の下に倒れた。別の男は打ちのめされて膝をつき、なめらかでずっしり重い、黒の彫像でようやく始末された。そしてまた別の男は叫びつづけ、窓棚から急に押されて（ポールは歯を牙のように剝き出しにして、獣じみていた）、体をよじりながら重々しく落ちていった。その体が落ちていくところを目撃したいという情熱、落ちていくときの重みを感じたいという欲望は、その夢の中で胸くそが悪くなるような細部だった。そしてまた別の男が、今では何だったか忘れてしまった凶器を手にして襲いかかり、ポールはタイヤのチェーンで応戦して、殺し屋の首にきつく巻きつけねじあげ、しまいにはチェーンが男の皮膚を食い破った……それから絶命するまで、意識を失った体に打ちつけた。

　次から次へ。これまで十三人、今晩すでにそのうちの二人が現れて、現在は十四人目、実に愛想が良く意気軒昂な物腰の野郎で、達者な手に暖炉の火掻き棒を握っていた。野郎どもはポールを決して放っておいてくれない。彼は走り、隠れて、手の届かないところに行くことで野郎どもを殺すのを避けようとするが、野郎どもは必ず見つけてしまう。野郎につかみかかり、火掻き棒を取り上げて、フックで鋭く突き刺した。その鈍くて鋭い先端を突き刺したあたりがこれから視界に入ってくるところで、電話が鳴りドアのベルが鳴った——同時に。

叫びだしたくなるような恐怖の極みの瞬間、彼は仰向けに寝ころんだまま、ベッドのもう片側にできた皺は、痙攣する腕を投げ出したときにつけた小さな溝だけだった。彼女が住んでいたベッドの片側は、今では空き家になっていて、そこにあるのは彼がつけたかすかな夢の切れ端だった。

そのあいだにも、チャイムとベルが不協和音のデュオを奏でていた。

大学生風の野郎の顔にどんな暴行を加えたのか、見ないですんだ。竪琴をかき鳴らす救世主のようなものだ。一回の睡眠時間に一定量の恐怖と悪行しか与えないように見守る神が派遣し、音とともにやってくる。次回にはきっと、夢がちょうど終わったところからまた始まるのはわかっている。それを一年でも二年でも、遅らせることができればいいのだが。そうすれば、あの意気軒昂なタイプの男がどんなふうに死んだかを知らなくてすむ。しかし知ることになるのはわかっていた。電話とドアのベルががなりたてるのを耳にしながら。それが目覚ましの役目を果たしているのを知りながら、今ではそれに応答するのを恐れながら。

寝返りをうって腹這いになり、彼を思いとどまらせはしない暗闇の中で手を伸ばした。そして受話器をつかんで「ちょっと待ってくれ、すまん」と吠え、ねっとりしたシーツを一気に脇にどけ、床に足をつけて、ぎこちないが間違いのない足どりでドアのところまで行った。電話がまた鳴ったのと同時にドアを開けたら、廊下の灯りで見たのはただの人影で、人間ではなかった。声が聞こえたが、何を言っているのかさっぱりわからず、いらいらして言った。「さあ、入った入った、たのむからドアを閉めてくれ」振り向いてベッドに戻り、枕のところに放り投げた受話器を拾うと、痰を切ってからこうたずねた。「ああ、もういい、誰だ?」

「ポール。クレアはそっちに行ってるか、もうそっちにいるか?」彼は目の隅に岩塩の粒を感じて、指でごしごしと肉の襞にめりこませながら、誰の声か当てようとした。誰か知っている人間、友人、誰か――

「ハリー? おまえか、ハリー?」

電話線のむこう側、夜のどこか遠くで、ハリー・ドックスタッダーが軽く、早口で罵った。「ああ、おれだ、おれだよ。ポール、クレアはそこにいるのか?」

ポール・リードは頭上でついた灯りに不意をつかれ、まぶしさで目をパッと閉じ、開けて、また閉じ、それからようやく大きく目を見開いて、クレア・ドックスタッダーが玄関ドアのスイッチのところに立っているのを見た。

「ああ、ハリー、ここにいるさ」それから彼女がいることの奇怪さがはっきり呑み込めて、こうたずねた。「ハリー、いったいどうなってるんだ、クレアがここに来てるなんて、どうしておまえと一緒にいないんだ? どうして彼女がここに?」

ばかげた会話で、まったく意味を成さないが、シナプスがまだぼやけていた。「ハリー?」と彼は繰り返した。

むこう側の声が、喉にかかったうなり声をたてた。

するとクレアが部屋のむこうからやってきて、激怒して我慢ならない様子で、とげとげしく要求した。「その電話、貸してちょうだい！」一語一語がはっきりとした発音で、朝のこんな時間にははっきりしすぎる、音節のひとつひとつが明瞭できびしく、唇をきっと結んだ、女にしかできない言い方。「その電話、貸してちょうだい、ポール。あの人と話させて……もしもし、ハリー？　あんたなんか、地獄に落ちりゃいいのよ、死んじまえ、このクズ！　ったく、このクズッ野郎！」

そして彼女は受話器をガチャンと文字どおりぶん投げた。

ポールはベッドの端に腰掛け、腰から上が裸なのを感じ、裸足の下にある敷物を感じ、どんな女でもこの時間にそんな言葉を使ってはいけないと感じた。「クレア……いったい何がどうなってるんだ？」

しばらく彼女は震えながら立っていて、激怒している姿はワルキューレさながら、それから怒った足取りで、半分よろけながら、安楽椅子のところまで行って身を投げ出した。そして腰を落ちつけたとたんにわっと泣き出した。「ったく、あのクズ野郎！」と繰り返したのは、ポールに向かってではなく、押し黙っている電話に向かってでもなく、おそらく独り言か。「女の尻ばかり追いまわしやがって、あの鼻つまみ、それにあばずれ女たち、家につれてくるあのぐうたらども！　もう、どうしてあんな鼻つまみと結婚したんだろ！」

具体的な話はないし、こんな時間なのに、もちろん、ポールにとって思い当たることだらけだった。彼自身のつい最近の出来事がはっきりと響いていて、思わず顔をしかめた。決め手は「女の尻ばかり追いまわす」だった。ジョーゼットと離婚するという話を聞いて、彼の妹が言ったのがそうだ。「女の尻ばかり追いまわす」という、あの忌々しい言葉。妹の言葉がまだ聞こえてくる。グサッときた。

ポールはベッドから起き上がった。なんとか一人で（今）住んでいる一部屋半のアパートは、女がいると、突然狭くてうっとうしいものに思えた。「クレア、コーヒーでも飲むか？」

うなずいた彼女は、まるで数珠のように思いを指でいじりながら、視線を心の内に向けていた。彼女を通り越して小さなキチネットに入った。食器棚に置いてある電気製のコーヒーポットを持ち上げ、コーヒーをいれるだけの前の分がまだ残っているか振ってみた。ダブダブするから大丈夫だと思って、コードを挿し込んだ。

リビングルームに戻ると、彼女は彼を視線で追っていた。ポールはベッドに体を投げ出し、ずり上がって、頭を枕で支えた。「さてと」電話器の横にある煙草に手を伸ばした。「言えよ。今度の相手はいったい誰なんだ、それと、きみが現場を押さえたとき、あいつらはどこまで行ってたんだ？」

クレア・ドックスタッダーはキッと唇を結び、頬にえくぼができた。「そんな言い方するなんて、ハリーとどっこいどっこいのくだらない、最低の鼻つまみの、あんたみたいな女たらしぐらいのものね！」

ポールは肩をすくめた。彼は長身痩軀で、ふさふさした藁色の髪をしている。その髪を額から払いのけ、煙草に火をつけた。彼女を目にしたくはなかった。リビングルームに何かいるなんて、ジョーゼットのすぐ後では、それも直後では、たとえ友人の妻であろうがたまらない。彼は煙草を吸い込み、己の想念を吸い込んだ。どちらも満足がいかない。このベッドには背丈が大きすぎて、不恰好で、とても女にとって興味がわくとは思えないが、明らかにそうではなく、というのも彼女は今、違う視線でポールを見つめているからだ。部屋の雰囲気が微妙に変化した。それはあたかも、彼のリビングルームに押し入っただけでなく、単なる生活以外のことも行われるベッドルームに押し入ってしまったことに、突然気づいたようだった。二人はすぐそばにいて、状況によって隔てられてはいるが、それもいつなんどき溶けてなくなるかもしれないのを、どちらもわかっていた。二人とも、突然、居心地が悪くなった。彼がシーツを腰のところまで引っぱりあげると、彼女は目をそらした。

コーヒーがわいて、沸騰し、ありがたいことに気がそれた。

「まったく、今何時だ?」とポールはたずねた(彼女に対してというよりは、自分に対して、自己弁護で)。ベッド脇のテーブルから旅行用時計を取って、まるで数字に何か意味があるかのように、その愚かな面をのぞき込んだ。「おいおい、午前三時かよ。まったくおまえらは、寝るってことを知らないのか?」これは目くそ鼻くそを笑うのたぐいだった。彼は決して眠らないし、決して本当に寝ないのだから、凡庸な決まり文句から出たこんな台詞を弄ぶなんて、いったい何様のつもりなんだろう?

彼女は安楽椅子の中でもぞもぞして、太腿のところまでめくれあがっていたスカートを整え、ポールはここでまた、最近流行のスカート丈を愛でる眼福にあずかった。それは脚フェチならの話だが、最近流行のスカート丈の到来とともに、彼は自分が脚フェチだと納得したのだった。彼女は視線に気づいて、それをしばらく弄び、それが彼女自身の目の中で蒸発するままにして、すぐさま提案に答えを返すことはしなかった。

事はもう始まっていた、こんなにも簡単に。罪悪感とチャンスの契約が固められつつあり、どちらかがその必然性を認めるという慎みもなかった。ポールはまだ別居してからさほど経っていないので、高次のモラルに則った行動をしようという気はなく、クレアもまだ激怒に燃えていた。どちらも遊戯の名前を口にはしないが、どちらもそれを行うつもりだし、どちらもそうなることとわかっていた。

そしてポール・リードが己の孤独感を認め、罪悪感と欲望が合成してそこに（どうして遠まわりするんだ、ずばりと言ってしまえ！）不倫が、愛という触媒なしに遂行される愛の行為が生み出されようとしていたときに、たちまち、なにもなくて、暗い、部屋の遠く離れた片隅で、何か凶々（まがまが）しいことが起ころうとしていた。

彼はその始まりに気づいていなかった。

「逃げてくるとき、どうしておれなんかを選んだんだ？」軽口を叩く調子でたずねた。

「こんな時間に起きていそうな人は、あなたしか思いつかなかったのよ……それにわたし、頭がぼうっとしてて……すっかり頭にきてたから、まともに考えられなかった」彼女はしゃべるのをやめた。言葉に出した以上のことを言ってしまったのだ。どこでも行けたのに、怪しげなバーに行けば男に誘われて仕返しに寝ることもできたのに、ハリーと結婚したおかげでできた既婚者の友達のところに行けたのに、安ホテルで五ドル出せばおとなしく一夜を寝て過ごせたのに、よりによってポールと彼のベッドルームを選んだのだ。そのベッドルームは世界にあいた穴であり、そこでは罪悪感が欲求不満と苦痛から生まれてくる。

「あれ、コーヒーわいてるんじゃない？」と彼女がたずねた。

彼はベッドから抜け出し、肉体を見つめる視線をもろに感じながら、キチネットに行った。ズキズキしてほしくない部分がズキズキして、これから何が起こるかもわかっていたし、その理由も間違いだらけで、事が終わったときには、二人のあいだにある何かを殺してしまったときには、彼女と自分自身を軽蔑するだけでなく、もうそのことをいささかなりとも考えることは二度とないのもわかっていた。ところがそれは間違いだった。

コーヒーカップを手渡したとき、二人の手が触れ、二人の視線が初めてこうして新しいかたちで交わり、その夜、百万回目の円環運動が始まった。そしてひとたび始まってしまうと、その円環を妨げるものはなにもなかった。

そのあいだにも、ゆっくりと着実に、隅の暗がりで起こりはじめたことが、ぞっとするものなのにもかかわらず、気づかれないままに過ぎていった。二人の我を忘れた情欲がその不思議な出産の産婆になった。

離婚の工程はまさしく彼を微細な粉にすりつぶしてしまうものだった。いつも二人がぶつかっていたアパートの中を歩くときの小さな痛み、弁護士の話、書類の提出、コミュニケーションの気配がこれっぽっちもない電話、非難の応酬、そして最悪なのは、うまく行かなかった原因は何かというのが、どういうわけか現実的なことではなく、想念や態度、夢、亡霊、靄といった問題ではないかという、徐々に崩壊していく自覚だった。すべては実体を持たないのに、遍在していて、実にリアルで、それがジョーゼットとの結婚を破壊した。あたかもそれが実体を持ち、岩のように堅固で、リアルで、彼女を彼の腕や想念や生活から肉体的に引き剝がしたかのように。二人の心から生まれた幻の襲撃者であり、その唯一の目的は二人の結びつきを矮小化し、粉砕して、打ちこわすことにある。しかし想念や靄や灰色のイメージはいつまでも消えず、彼は二人がゲシュタルトを構築した一部屋半の中だけで存在していて、一方彼女は呪いをかけ、まじないを唱え、魔女の秘薬をぐつぐつと煮て、そのすべてが離婚の魔道書にはっきりと書かれていた。そして別離のパターンが展開していくにつれ、岩は容赦なく坂を転がり落ちつづけ、その突進を止めようと思えば想像を絶する力が必要で、彼の生活はおのずから、彼女とはまったく切り離された、新たな連なりを形成したが、彼女の存在、および彼女の不在のリアリティによって完全に動機づけられていた。

その日の早くに、彼女から電話があった。いつもの陰口に満ちた、辛辣な炎色のやりとりで、しまいに彼は死んじまえと言った。調停が出るまではおれからびた一文だって巻き上げられないぞ、おまえがその金をどれだけほしがろうが知ったことか、と。

「裁判所が言うには扶養料は月百二十五ドル、おまえがもらえるのはそれだけだ。服を買うのをやめたら生きていけるだけの金はあるだろ」

むこうからぺちゃくちゃいう返事。

「百二十五ドル、それでおしまいだ！　出ていったのはおまえのほうで、おれじゃない。おまえのイカれたふるまいをタダで支援してもらおうなんて思うなよ。おれたちはおしまいなんだ、ジョーゼット、それをようくおまえのプラチナ頭に叩き込んでおくんだな、完全におしまいだってことを。おまえにはもうあきあきした。流しに放ったらかしになった汚い皿も、地下鉄に乗れないおまえの癖も、美容院に行った後は髪に触れちゃいけないのもうんざりだし、それに――いやまったく、なんでこんなくだらないことに……答えは……」

ぺちゃくちゃと邪魔が入り、辛辣な言葉が電気的に伝わり、憎悪が電話で増幅され、それが耳を通って頭の中に直接注がれた。

「……なんだと？　おまえもな、この脳なしで単純な女（アマ）め、その言葉を倍にして返してやるよ。死んじまえ！　調停が出るまではおれからびた一文だって巻き上げられないぞ、おまえがその金をどれだけほしがろうが知ったことか！」

彼は受話器をスタンドに叩きつけ、デートの支度を続けた。保険代理店のオフィスで会った黒髪の女は、そこで秘書をしていて、その女を迎えに行ったときには、まるで失業手当を受け取る気分で、手に入れる権利があるものを取りに行くだけのことだが、それでも生活保護を受けている感じがかすかにあった。

この女を初めて迎えに行くのは、まさしく失業手当を受け取るようなものだった。生きていくには充分でも、耐えられる生活を支えるほどには充分ではない、という意味で。施し、はした金、とはいってもどうしようもなく必要なもの。行きずりの女、自分の生活を持っていて、たまたま軌跡がこの一度だけ交わっただけのこと、その後はそれぞれが自分の道をよろめきながら永遠に歩きつづけることになる。軽足で、灯りもなく、どこまでも。

「すまないが、今夜はとてもチャーミングなデートの相手になれそうにないんだ」女が車にすべり込んできたとき、彼は言った。「きみにすごくよく似ている女性が、今日ひどい頭痛の種になったんでね」

「あら、そう？」女は用心しながらたずねた。二人の初めてのデートだったのだ。「それ、誰のこと？」

「前の妻さ」と彼は言って、女に初めての嘘をついた。ドアを開けようと腕を伸ばしたときを除いて、彼は女のほうを見なかった。洗車していないフォードを縁石から出して車の流れに乗ったとき、まっすぐ前を見つめたままだった。

女は彼を思案の目で見つめ、会社の顧客と夕食を一緒にするデートの誘いをオーケーしたのは、どれほど相手にユーモアのセンスがあろうと、はたして良かったのかどうかと考えていた。保険代理店にやってきた三度の機会に彼が見せた、若さにあふれた聡明さというものは、今の顔にはまったくなかった。それはなんだかもっと固いもので、たとえ以前にはその主成分が軽くて泡のようなものだったとしても、今ではそれが一週間前のグレービーみたいに固まってしまったようだった。きっとこの人は不幸せで悩んでるんだ、それが顔にいっぱい出てる。しかし、何か別のものが表情の端にちらちらと現れていて、それは眠気だった。そしてそのことで彼女は奇妙にも怖くなった――ただ、それが彼女に危害をもたらさないのは間違いなかったが、反対に、彼にとってはひどく危険なのだ。

「どうしてその人が頭痛の種になったの？」と女はたずねた。

「たぶん、まだ彼女を愛しているから」と彼は答えた。まるで返事の練習がしてあったみたいに、ちょっと早く言い過ぎた。

「その人はまだあなたを愛しているの？」

「ああ、そうだと思う」彼は一息ついてから、瞑想するような単調な口ぶりで付け加えた。「ああ、間違いない。そうでなけりゃ、こんなに真剣にお互いを殺し合おうとしないさ。あいつがおれを愛しているせいで、どっちもおかしくなってるんだ」

彼女はスカートを直して、なんとか話の糸口を見つけようとしたが、頭に浮かんだのは**今晩は忙しいからと言ってやればよかった**ということだけだった。

「わたし、そんなにその人に似てる？」

彼はまっすぐ前方を見つめ、さりげなくハンドルを握り、あたかも堂々として、自信満々の手つきで、こうして運転して、この重量と金属をまさしく思いのままに操っていることに内心深い満足感を覚えているようだった。女と一緒にいても、はるか遠くに離れていて、愛車としっかり抱きあっているみたいだった。

「いや、それほどでもないけどね。前の妻は金髪で、きみは黒髪だからな。額のあたり、かもしれないし、それにきみの髪が、そんなふうに横に流してあるところとか、目のまわりに同じような小皺があったりとか、そうだな、それに肌の色合いかな。まあそんなところさ。本当にそっくりな人間よりも、そういうのが彼女を思い出させてね」

「それが理由でわたしを誘ったわけ?」

彼は一瞬考えて、ぽってりした唇を結び、それから答えた。「いや、それが理由じゃない。実を言うと、きみが彼女のことを思い出させるのに気づいたとき、オフィスに電話をかけてデートの約束をキャンセルしようかと思ったほどなんだ」

そうしてくれたらよかったのに、と彼女は手厳しく考えた。**こんなところに来るんじゃなかった。こんな人と一緒なんて**。

「べつに行かなくてもいいのよ」

すると彼は振り向いて、びっくりしたような顔をした。「何だって? いや、あのさ、きみをうんざりさせる気はなかったんだ。なにしろこれは何ヶ月も続いていてね、よくある情けない話で、そのうち自然に解決するさ。きみに食事をおごることから、なんとか逃げ出そうとしてたなんて思わないでくれ」

「そんなこと思ってないわ」彼女は冷ややかに答えた。「今夜は一人になりたいんじゃないかって思っただけなの」

彼は微笑んだ。しかめ面と冷笑の中間のような、ぎこちないかすかな微笑みだった。それから頭を少し動かした。「冗談じゃない! それだけはごめんだ。一人でいるなんて。今夜だけは」

彼女はビニールのシートカバーにもたれ、自分の身を守るために、彼の居心地を悪くさせてやろうとふと心に決めた。

二人にとって伸び縮みする時間に思えたものが伸びつづけ、それから彼は、それまでとは打って変わった口調で言った。そのぎこちない、軽い口調は、嘘くさいものだとどちらもわかっていた。

「きみはどんな店に行きたい？　中華料理？　イタリア料理？　小綺麗なアルメニア料理の店があるのを知ってるんだけど……？」

彼女はわざと黙って、そのもくろみどおりになった。彼は居心地が悪く、それまでよりも不機嫌で、次の瞬間にはそれが消えて悪意に満ちた気分になり、露骨に意地が悪くなって、この女をすぐさまベッドに連れ込むか、放っぽり出したくなったが、こんなふうにうじうじと一夜を過ごすのだけはごめんだと思った。そういうわけで彼女は自分自身に負けた。ちょうど岩壁がせりあがって、彼がその夜に見せることになるやさしさを覆い隠すように。ずるさがやさしさに、悲しさに取って代わった。

「聞いてくれないか」と彼はなめらかな口調（これもまた、打って変わった口調、つやだしをした口調、メッキをしてつるつるした口調）で軽く言った。「きみを迎えに行く前に髭を剃る時間がなくてね、だらしない感じなんだ。おれの家にちょっとだけ寄って顔を当たってもいいかな？」

彼女は騙されなかった。一度結婚したこともあるし、離婚もしていて、十五歳のときからデートの経験があるので、彼が何を言っているのかははっきりとわかっていた。エッチングの技法を彼女だけに見せてやろうというのだ。その申し出を頭の中でゆっくりと転がして、じっくりと見てみた——すべての決定がなされる、あの息も止まるような永遠の一瞬に——そして輝く切子面のひとつひとつを調べてみた。それが愚策なのはわかっていた。どの点から見ても価値はないし、そんなことをまともに考えるのは馬鹿だというのも、賛成できないとちょっとでも口にしたら相手が引いてくれるのもわかっていた。そう、まったくそのとおり、愚策で、即座に捨てるべきものだし、彼女は捨てた。「いいわよ」と彼女は言った。

彼は次の曲がり角で急にハンドルを切った。

女の顔を見下ろすと、やにわにそれが六十五歳のときの女の顔に見えた。水晶玉をのぞき込むようにはっきりと、女が歳を取ったときにどう見えるかがわかった。枕に縁取られた、青白くピンク色のたしかな現前性を持った女の顔に二重写しになって、いつの日にかそうなる、年老いて血の気がなく皺の寄った相貌が見えた。口にはステッチ線が入り、小さな杭でできた垣根となって唇へと続いている。目の下にはくすんだ窪みが忍び寄っている。性格線と表情の面には暗部ができている――まるでその区画全体が売り払われたのは、たとえ見てくれの良さを失うことになっても、命を保つためだったかのように。煤のような古錆が肉体を覆い、ちょうど押しつぶされた蛾に似ていて、その翅の粉のように細かな灰が死の起こった表面に刻み込まれている。彼は女を見下ろして、二重のイメージを目にした。未来が女の現在の顔に初期段階でかぶさり、彼の真下にいる不倫相手を、偽装した予備品と空虚な情熱の遺物に変えていた。眼窩の中、そして彼が接吻した口元に見られる、ぼんやりとして、濡れた蜘蛛の巣のような可能性が、鼻孔から光を放ち、喉元の窪みにかすかに脈打っていた。

すると女の若い顔から幻が溶けてなくなり、目にしているのは彼がたった今空虚な目的のために使ったばかりの生き物になった。女の目には狂ったような、正気とは思えない光がちらちら浮かんでいた。「愛してると言って、本気じゃなくていいから」と女はかすれた声でつぶやいた。

女の声には飢えた切迫感、切実な要求があり、女がそう話したときに、拳が彼の心臓をわしづかみにして、つい先ほど戻ってきた落ちつきを、そして現実感覚を、寒気が台無しにしてしまった。彼は女の体から離れたかった、女からできるだけ遠ざかって、ベッドルームのどこかでうずくまり、辛抱強く、胎児のような安全に守られていたかった。

しかし彼が選びそうな部屋の一角はすでに占領されていた。ずっしりした、凶々しいものによって黒々と占領されている。その一角から聞こえる呼吸音は苦しげだが、以前よりもはるかに規則正しいものだった。二人が部屋に入ってきたときには、もっとしっかりして、脈打つような音になっていたように聞こえた。そして二人の対戦で、かわし、反撃、切り返しが行われているあいだ、それはメトロノームのように速度を早め、頻繁なまでのレベルになった。なんと、それは形を、形を現してきたのだ。

ポールはそれを感じていたが、直感を無視した。

よく響いて、苦しげな、深い呼吸——しかし次第に規則正しいものになっている。

「言って、愛してると言って、十九回、早口で」

「愛してる愛してる愛してる愛してる」彼は早口で言いはじめ、片肘を突き、左手の指で数えた。

「愛してる愛してる愛して——」

「どうして数えてるの?」女は艶っぽくたずねた。うぶな娘の奇怪でグロテスクなパロディだった。

「どこまで行ったか忘れないように」と彼は荒々しく答えた。それから横向きに崩れ、ベッドのジョーゼットの側で仰向きになり（そこはどうも居心地が悪く、彼女の体の畝や渦が刻み込まれているようで、でこぼこした感じがするのだが、この女をそちら側に寝させないでおこうと心に決めていた）「寝ろよ」と命じた。

「寝たくないの」

「だったらてめえの頭を壁にぶつけるんだな」と彼はぴしゃりと言った。それからむりやり眠ろうとした。目を閉じて、横にいる女がどれほど怒っているかを知りながら、眠りにやってこいと命じると、おずおずと、不吉な深い森の中にいる仔鹿のように、眠りがやってきて、彼に触れた。それで彼はまた夢を見はじめた。また、あの夢を。

目の中に、右目の中に。火掻き棒の先端が食い込み、傷を与え、血まみれになって引き抜かれた。ポールはその光景から必死に逃れようと体をねじったが、刈り上げの若い男は血まみれになってそばに倒れ込み、どういうわけかまだ生きていて、這いずりながら、朽ちていく一秒ごとに肉体の一片一片が死んでいった。星の光と暗闇が頭上で通り過ぎるなかを、ポールはくるくる舞って、回転し、気がつくと別の場所にいた。たぶん、広場だろう……

群衆が、瀟洒で小綺麗な店に縁取られた通り――洒落た通り（どこだ？）、たぶんビヴァリー・ヒルズだろう、つやつやしてエレガントで、プラチナ仕上げをした、ほとんどまばゆいばかりに清潔な通り――を吠えたてながら、こちらに向かってやってきた。

連中は仮面を着けていて、戯画化されており、何か奇怪なマルディ・グラか、仮装舞踏会か、魔女の集会のために仮装していた。本物の顔をしていたら本物の人間だとわかり、彼らの呪いも多少なりともつかめるのだが。見知らぬ者たちが、あふれかえり浴びせかかるように雪崩（なだれ）を打って通りをこちらに向かってやってくる様は、怪物のような狂気を明暗法（キアロスクーロ）で描いたモンタージュだった。ボッシュの絵から抜け出した幻視。生煮えのポテトか消化不良のダリか、ホガースが描いた夢のイメージから投げ出されたもの。ダンテの地獄の最も中心部にある円から抜け出したパントマイム。それがこちらに向かってやってくる。彼に向かって。

何週間もの悪夢の後で、とうとう夢のパターンが破れ、恐怖の群がりが今や一団となって彼に向かってやってくるようになった。もはや一度に一人、あの愛想のいい殺し屋たちの終わりなき連続における一対一の対決ではなくなった。今や彼らは集団となり、仮面を着け、飢えた、グロテスクな生き物だった。

もしこれがどういう意味なのか推理できたとしたら、きっとわかるはずだ、と彼はふと考えた。夢の色とりどりの霞のまっただなかで、彼は突然、確信を持った。もし眼前で展開される出来事から何らかの意味を引き出せたとしたら（そして彼は、まさしくそのとき、それが夢だとわかっていた）、問題を解く鍵があるはずだ、悩みを解決してくれる方法が。そこで彼は精神を集中した。**やつらが何者なのかさえ理解できたら、ここで何をしているのか、おれにどうしろというのか、どうしておれを逃してくれないのか、どうしておれを追いかけてくるのか、やつらをなだめるにはどうしたらいいのか、やつらから逃げるにはどうしたらいいのか、おれは何者なのかおれは何者なのかおれは何者なのか理解できたら……そうしたらおれは自由になれる、また完全になれる、これはきっと過ぎ去る、これはきっと終わる、きっと終わる……**

彼はその白くて清潔な通りを走り抜け、突然列を成して現れた車の群れの中や陰に隠れ、信号が変わるのを待っていた。通りを走り抜け交叉点に出て、のろのろ動く車の群れを横切ると、恐怖で喉がつまり、走ったせいで足が痛み、逃げ道を探した。出口、どの出口だっていい――休める場所、ドアを閉めてやつらが入ってこられない安全な場所を。

「こっちだ！　助けてやるよ」と車から男が叫んだ。男は家族と一緒で、大勢の子供たちと一緒に寿司詰めになっている。ポールは車のところまで走っていき、男がドアを開け、後部座席に入れるように座席を引いてくれたので、なんとか乗り込めた。男をハンドルに押しつけるようにして、ポールは体をねじ込んだ。すると座席が倒され、ポールは後部座席で子供たちと一緒になり、車には衣服（か何か？　ぼやけていて、はっきりしない）やら、子供たちが座っている何かやわらかい持ち物やらが堆（うずたか）く積んであり、後部窓の下のデッキに体を横に投げ出さざるをえなかった。

（しかしどうしてそんなことが？

いい歳をした大人なんだから、そんなに狭いところに体を押し込めるはずがない、そんなことをしたのは子供のときで、両親と一緒に旅行したとき、後部座席が満杯だったので後部窓の下で横になったのだが、父が亡くなったときもそうで、母と一緒にこれまでの家から新しい家に移るために車で行ったのだった……

どうしてそんな記憶が突然鮮明に浮かんできたのだろう？

おれは大人なのか、それとも小さな子供なのか？

たのむから答えを！）

そして後部窓から外を見ると、恐ろしい仮面を着け、目をぎらぎらさせた亡霊のような人影の群れが、置き去りにされていくのが見えた。それでも、どういうわけか、もう安全だという気分にはなれなかった！　助けてくれる人たちと一緒にいて、あの運転している男はたくましいし、車の群れの中をすいすいと進んでいき、ポールを亡霊たちから守ってくれるのに、どうして安全だという気分になれないんだろう……どうして？

彼は悲鳴をあげながら目を覚ました。女はいなかった。

やっているあいだにガムを嚙んでいた女がいた。自分の体をもて余している、太腿のつるつるした娘だった。その行為は汗まみれで、緩慢で、セックスがなすべき義務をまったく怠っていた。後になってから、その女のことを想像の産物だったのかと思うようになった。笑い声だけを後に残して。

女の笑い声は、エンドウ豆の鞘がはじけたような音だった。出会ったのはパーティで、女の魅力は主にウォトカとジントニックの飲み過ぎに起因しているようだった。

別の女は申し分がないほどの美人だったが、それでも、部屋に入ってきたとたん、そこから出ていったばかりのような印象を与える女だった。

小柄で痩せていて、訳もなく金切り声を出す女もいて、情熱的な女性はクライマックスで絶叫するのを本で読んだからというだけの理由だった——くだらない本だ。もっと正確に言うと、それは平凡な本で、というのも彼女は平凡な女だったからだ。

次から次へと女たちはこの部屋にやってきた。目的もなければ方向性もない気まぐれな不倫で、彼は何度も何度もセックスに溺れ、とうとう（隅で形をとりつつあるもののせいで）これが自分自身をだめにして、もはや生活とは呼べない彼の生活をだめにしていることに気づいた。

創世記によれば罪は門口で待ち伏せしている、あるいは門口で待ちかまえているというが、だとするとこれは新しいことではなく、昔からある、とても古いことで、それを生み出した無意味な行為や、それを成熟させる狂気、そしてやがてはそれ自身やその視界にあるすべてのものを必然的に喰らい尽くすことになる、罪悪感に満ちた悲しみ——孤独痛——と同じくらいに古いものだ。

愛を買うために実際に金を払った夜、実際に財布に手を突っ込んで十ドル札を二枚取り出し、女にくれてやった夜、その生き物は完全で最終的な形になった。

この女——「育ちのいい子」が「ふしだらな女」という言葉を使うとき、この女やその姉妹を指している。しかし「ふしだらな女」というものは存在しないし、犯罪者ですら自分のことをそんな言葉では考えない。働く女性、事業主、サービス業者、頭のいいやつ、なんとか暮らしている人間……そんなふうに彼女は考える。この女には家庭があり、過去があり、顔があり、セックスの場所もある。

しかし商業主義は愛にとって最後の落とし穴であり、自暴自棄という道や、残酷で悪用された感情という道を通ってそこに到達すると——すべての希望は失われてしまう。奇跡以外には戻る道はなく、普通人の群れの中にいる普通人にとっては奇跡など起こらない。

いったいなぜ、なぜだ！と思いながら女に金を渡したとき、リネン用クローゼットのそばの隅にいる獣が最終的な形になって、実在性、現実性がその未来になった。その獣を召喚したのは、情熱の音と絶望の腐臭から形作られた現代の呪文だった。女はブラジャーのホックを留め、ポリエステルとエチケットで体を覆ってから、ポールを置き去りにして出ていった。残されたポールは座ったまま茫然として、新しいルームメートの存在に震え上がり言葉も出なかった。

獣は彼を見つめ、彼は視線を避けようとしたものの（叫んでも無駄だ）、見つめ返した。


「ジョーゼット」彼は送話口に向かってかすれた声を出した。「聞いてくれ……聞いて、聞いてくれ、たのむから、お願いだ……べらべらしゃべるのはやめ、やめてくれ、たのむから、ちょっと、ちょっと**一秒くらい黙れないのか！**　たのむから……」彼女の気分がようやく鎮まって、彼の言葉は、断片的に彼女の言葉のあいだに割り込む必要がもうなくなり、ぽつんと裸で立ち尽くし、目の前にあるのは沈黙だけで、おずおずと震えながら、彼の中に引き返した。

「それで、どうなんだ」と彼は反射的に言った。

彼女はもうそれ以上話すことがないわと言った。どういう用件があって電話をかけてきたの、これから外出する準備をしなくちゃいけないから。

「ジョーゼット、実は、その、なんと言ったらいいか、問題を抱えていてな、それでどうしても誰かに打ち明ける必要があって、わかってくれるのはおまえだと思ったから、ほら、その問題というのが――」

堕胎医なんて知らないわと彼女は言った。もしあんたのつきあってる、体の具合が悪い女の子が妊娠してるんなら、コートハンガーを使えばいいんじゃない、錆びたコートハンガーをね、どうなっても知らないけど。

「違う！　そうじゃない、このマヌケ、べつにそんなことを怖がってるんじゃないんだ。そんな話じゃないし、おれが誰とデートしようがおまえの知ったこっちゃないだろ、この売女……おまえなんか、おれの分まで立ちんぼしてるくせに……」そこで彼は思いとどまった。いつもこんなふうに口喧嘩が始まるのだ。話題から話題へと、岩から岩へと移る白岩ヤギのように、最初の議論を忘れ、急に向きを変えて、お互いのつまらない部分に歯を立てる。

「ジョーゼット、たのむから！　聞いてくれ。その、獣がいるんだ、このアパートに住んでる獣みたいなのが」

何言ってるの、頭おかしいんじゃないの？

「わからない。おれにもそいつが何だかわからない」

蜘蛛みたいなやつ、それとも猫とか？

「熊みたいなやつなんだ、ジョーゼット、ただそいつは別物で、おれにも何だかわからない。そいつはなんにも言わないで、おれをじっと見つめているだけ――」

あんたなんなの、頭がいかれたかどうかしたの？　熊はしゃべったりなんかしないわよ、テレビに出てるやつは別だけど、それにあんたなんなの、くだらないお芝居なんかして、裁判所が決めた額を払わないでおこうっていう気？　それにそもそも、どうして電話かけてきたの？　そして結びの言葉は――あんたは気が変になってるんだわ、ポール。あんたはクズだって、いつも言ってたけど、今あんたはそれを証明してるのよ。

そこで電話がプツンと切れて、彼は一人きりになった。

二人きりに。

煙草に火をつけながら、彼はそいつを横目に見た。部屋のむこうの隅、リネン用クローゼットの近くでうずくまり、彼を見守るようになっていた、大きくて薄茶色の体毛をはやしたやつが、黙って座り、広い胸の前で前足を組んでいる。でかいヒグマみたいだが、姿形はまったく似ていなくて、頭を切り落とした三角形みたいな膨れ上がった形をやりすごすことはできない——ちらっと見るのも、考えるのも。狂おしく金色に光る丸い目は、彼を見守っているあいだ、決してよそ見をしないし、決してまばたきしない。

（この記述。忘れてくれ。そいつはまったくこれと似ていない。まったくこんなものじゃない。）

そしてバスルームに閉じこもっても、非難の視線が感じられた。彼はバスタブの縁に腰掛け、熱湯を出しっぱなしにして、しまいには蒸気で洗面台の上にあるキャビネットの鏡が曇り、自分の顔も見ることができなくなった。彼の目に宿った狂気の光は、あまりにも見慣れたもので、別の部屋にいる生き物の盲目的な視線にあまりにも似ていた。彼の想念は流れ出し、溶岩のように激流となってから、凝固した。

その時点で、彼はこれまでアパートに来た女たちのどの顔も見たことがなかったのに気づいた。誰一人として。全員、顔がなかった。ジョーゼットの顔ですら浮かんでこなかった。誰一人として。女たちはみな表情もなければ記憶もなかった。彼が射精してきたのは、大勢の痩せこけた骸骨たちだった。どっと吐き気がして、どうしてもここから出なくては、この部屋から出て、隅にいる生き物から逃げなくては、と思った。

　彼はバスルームから飛び出し、速度を落とさないまま玄関のドアまで行って、壁に跳ね飛ばされ、閉じたドアの硬板に背中をもたれて、苦しそうに息を吸い込み、そんなに簡単に逃げられないなとようやく気づいた。戻ってきたら、いつでも、そいつは待ちかまえているはずだ。

　それでも彼は出ていった。シナトラのレコードしかかけないバーがあり、彼はお涙頂戴の悲しみと自己憐憫をいやというほど吸い込み、弦楽器と男声が甘い歌を奏でるそのバーからようやく転がるようにして出た。

　　忘れられたらいいのに
　　幸せだったあの歳月を
　　後に残っているのは
　　涙のロザリオだけ

　別の場所、おそらく砂浜で、彼は砂の上に立ち、心の中は沈黙で、黒い空にはカモメの群れが舞いながらキーキーとわめき、それでさらに頭にきて、素手を砂の中に突っ込み、ざらざらした黒い塊を頭上に投げつけ、忌々しい、ギャーギャーわめく口先女どもをぶっ殺してやろうとした！

　そしてまた別の場所では、灯りが何か言っていて、ありとあらゆるわけのわからないこと、ネオンの文字、卑猥な言葉が氾濫し、そのどれも読むことができなかった。（ある場所で、彼は夢から出てきた、あの仮面を着けて浮かれ騒ぐ者たちを間違いなく見たと思い、泡をふきながらあわてて逃げた。）

ようやくアパートに戻ってきたとき、一緒にいた娘はあたし望遠鏡じゃないんだからと毒づいたが、まあ、いいわよ、そんなに見てほしいものがあるなら見てあげる、それが何だか言ってあげる、という。そこで、そう言うんだから女を信用して、鍵をまわし、ドアを開けた。そして脇柱に手をまわして電気をつけた。ほら、ほら、いるいる、そこに奴が、たしかに。ほらほら、いるじゃないか、じっと見つめている奴が、いるいる。

「どうだ？」と彼は、誇らしげに、指さしながらたずねた。

「どうだって、何が？」と女は答えた。

「あいつをどう思う？」

「誰のこと？」

「あいつだよ、あいつ、このマヌケ！　あそこにいるじゃないか！　あいつが！」

「ねえ、あなたちょっと頭おかしいんじゃないの、シド」

「おれの名前はシドじゃない、それにあいつが見えないなんて言うなよ、この嘘つき女！」

「いいこと、シドだってあなた自分で言ったでしょ、だからあなたはシドなのよ、それにそこには誰もいないんだから、いいかげんにしてちょうだい、セックスしたいならかまわないわよ、したくないんだったら、そう言ってくれさえすりゃ、もう一杯飲んで、それでおしまい！」

彼は女をどなり、顔につかみかかり、ドアから押し出した。「出て行け、出て行けったら、そらそら、出て行きやがれ！」女がいなくなると、彼はふたたびその生き物と二人きりになった。相手はそれまでの出来事にまったく動じる気配はなく、執念深く、ふわりと座っていて、時計のカチカチという最後の音が正気の網目から離脱して自由に飛びまわるのを待ちかまえている。

二人はそこで一緒に震えながら、おずおずとした共生関係で結ばれ、お互いが相手から何かを引き出していた。彼は恐怖と絶望の薄膜に覆われ、恐ろしい孤独痛が心の中で、太くて黒い煙のように渦巻いていた。その生き物は愛を与えてくれて、彼は心痛を、孤独を受け取っていた。

彼はその部屋で一人きり、いや二人きりだった。彼自身と、それからあの薄茶色をした、じっと見つめる脅威の存在、彼の惨めさが具現化したものと。

そのとき不意に、夢がどういう意味だったのかわかった。それがわかって、自分だけの秘密にした。なぜかといえば、夢の意味とはそれを夢見る人間のものであり、他人とは決して共有できないし、他人には決してわからないからだ。夢の中に出てくる男たちが何者だったのかもわかったし、どうしてそのうちの一人として簡単に拳銃で殺されなかったのかも今になってわかった。それに気がついて、彼は衣服用のクローゼットに飛び込み、古い軍服がいっぱい詰まっている雑嚢を見つけ、その底にある鋼鉄の塊を見つけた。自分が誰かもわかった、わかったぞ、わかったぞ、と気分が高揚して嬉しくなり、これでなにもかもわかった、あの生き物が何だったのか、ジョーゼットとは誰なのか、あの忌々しい世界に出てくるどの女たちの顔も、そしてあの忌々しい夢に出てくる男たちも一人残らず、ぜんぶここにある、ここ、この手の中に、もうすぐ理解されようとして。

彼はバスルームに入った。うまくやるところを、隅にいるあの畜生には絶対見せてやるものか。じっくり味わいながらやるのだ。鏡の中にはまた自分がいた。目にした顔はいい顔、とても落ちついた顔で、彼は自分自身をにらみ返して微笑みながら、小声でこう言った。「どうしておまえは逃げたりしたんだ？」

それから彼は鋼鉄の塊を持ち上げた。

「そんな奴は、絶対に誰一人としていないな」そう言って、大きな45口径の拳銃を顔に突きつけた。「目を撃ち抜くだけの根性がある奴なんて」

大きくてずっしりした武器の虚ろな口径を閉じた瞼に押し当てながら、まだ小声でしゃべりつづけた。「頭をぶち抜くんだったら、たしかに、誰でもできる。あるいは金玉のある奴だったら口の中に突っ込むこともできる。だが目を撃ち抜くのは、誰にもできない、誰にも」それから軍隊で教わったとおりに引き金を引いた。なめらかに、むらなく、一度の動作で。

別の部屋からつぶやくような呼吸音が聞こえてきた。重々しく、よく響く、むらのない音が。

ガキの遊びじゃない

渡辺佐智江訳

No Game for Children

ハーバート・メストマンは四十一歳だった。身長百八十五センチ、七歳のときに数ある小児病の一つに罹り、はっきりと鳩胸で、やせぎすだった。髪は青みがかった灰色で、遠近両用メガネをかけていた。しかし、ほかの者にはない最大の特徴は、彼の学識だった。ハーバート・メストマンは、アメリカの、いや、世界のだれよりも、エリザベス朝の演劇について知っていた。

彼は、「年代記史劇」として知られる演劇のジャンルの基本型と最上の例を知っていた。マーロウとシェイクスピア（Shakespeare）（本来の綴りはShexpeerだと信じ切っていた）に精通していて、デッカーとマッシンジャーの作品は諳誦できた。『フィラスター』とジョンソンの『錬金術師』については、マニアといえるほど熟知していた。実のところ、エリザベス朝期の演劇に関しては完璧な学者だった。伝記あるいは書誌のデータにほんのわずかでもあやふやなところがあれば、見逃さなかった。ジョン・ウェブスターの――ほとんど知られていない――生涯を徹底的にまとめ上げた伝記を書き、『マルフィ公爵夫人』の初期の版すべてを扱った、明快で実に見事な正誤表も付した。

ハーバート・メストマンは、魅力的な住宅地の、手頃な価格だが機能的なスキップフロアのある家に、ローンを抱えず暮らしていた。博識が大いに利益をもたらす場合もあるが、大学での彼の地位はそのようなケースで、ブリタニカ百科事典と提携していた。

妻のマーガレットは、気持ちが通じ合う相棒だった。細身、小ぶりの乳房、茶色い天然の巻き毛、話し方は彼女の故郷のケントをかすかに思い起こさせる。長い脚、ドライだがあたたかいユーモア。茶色い目は潤んでいて、唇はたっぷりしている。すべての点で、好ましい魅力的な女性だった。

ハーバート・メストマンは、座りがちな生活、静かな生活、良質なもの――マーロウ、スカルラッティ、アクアヴィット、ポール・マッコブ、ピーター・ヴァン・ブリーク、そしてマーガレット――に囲まれた生活を送っていた。

彼は穏やかな男だった。第二次大戦中は、南部にある陸軍駐屯地の小規模部隊の法務部付き内勤副官として仕え、そしてまた、朝鮮戦争からは、史書に埋没することでかろうじて気をそらすことができた。いかなるかたちの暴力も忌み嫌い、テレビとウォルト・ディズニーのどぎつい場面を軽蔑し、堅実にしかしケチケチせずに金を貯めた。

近所ではとても好かれていた。

そして――

フレンチー・マロウは十七歳だった。身長百七十センチで、好物はプレミアムビール。なにがちがうのかわからなかったが、ともかくプレミアムが気に入っている。広い肩、細い腰。女にモテる。茶色い髪をダックテールにし、ポンパドールから突き出した細いピンのような毛が、トニー・カーティス風の思わせぶりな感じではらりと額にかかっていた。ほかにいてもいいと思えるましな場所がないときには学校へ行った。彼の五一年製スチュードには、五五年製キャディのエンジンにレース仕様のカムシャフトがついていた。改造してパワーアップするために、ファイアウォールを引っ込めなければならなかった。クロムめっきが施された部分はすべて、埃やグリースがつかないように、これでもかというほどケアしていた。デイリーマートから車を急発進させて疾走するとき、デュアルマフは二頭のマスチフが喉を鳴らすような音を立てた。

フレンチーは、ポール・アンカ、リッキー・ネルソン、フランキー・アヴァロン、ボ・ディドリーが好きだった。アイドルはミッキー・マントル、バート・ランカスター（あれこそが正しい女の扱い方だと固く信じていた）、トム・マッカヒル、ドイツ在留第三歩兵師団三等特技兵の兄アーニーだった。

フレンチー・マロウは、魅力的な住宅地の、手頃な価格だが機能的なスキップフロアのある家に暮らしていた。父親は二重ローンを抱えていた。父親は昔、デューク大学のアメフトチームのフルバックだった。防犯対策をしたり銀行口座に入れる以上に、私室のガラスケース——トロフィーを入れておくため——に金を遣った。

フレンチーはクールに振る舞った。〈スロットルボッパーズ〉として知られる暴走族と走ることがあったが、そのときにはズボンを三十センチ近く巻き上げるので、夜それを脱ぐのに手間取った。

難なく飛び出しナイフを操った。男ならそれが必要になるだろうとわかっていたから。

近所では、軽蔑され恐れられていた。

ハーバート・メストマンは、フレンチー・マロウの隣に住んでいた。

ハーバート・メストマン

ある土曜の夜、メストマンは、この少年がブラインドのすき間からのぞいているのを見つけた。それは始まりに過ぎなかった。

「おい、きみ！　そこでなにしてるんだ？」

声を聞きつけた少年が驚いてとっさに頭を上げたとき、メストマンは大きな懐中電灯でまっすぐ顔を照らした。それは、四六時中猛スピードで車を走らせている、隣に住むブルース・マロウだった。

マロウは家の角をまわって姿を消し、ハーブ・メストマンは戸惑い、怒って、湿った草の上に立っていた。

「こら、図々しいのぞき屋」と声を上げ、乾電池八個の巨大な懐中電灯を振りまわしながら大股に歩いて生け垣をまわり、アーサー・マロウの家の前庭に入っていった。

その少し前、マーガレットは寝室にいた。その夜は大学で聞かれたオルガン演奏会を堪能し、ゆっくり着替えていたところだった。びくりと手を止め、夫に小声で呼びかけた――

「あそこ、ハーブ」

メストマンが、洗面台で水を流したままにして、洗面所から出てきた。歯磨き粉をつけた歯ブラシを手にしていた。「どうした?」

「頭がおかしくなったと思われちゃうかもしれないけど、だれかが窓から見てるのよ」マーガレットはスリップを手に寝室の真ん中に立ち、ブラインドのほうに頭をかすかに動かした。じっとして、体を隠そうとはしなかった。

「あそこか? あそこにだれかいるのか?」慄然とし、苛立った調子で、メストマンが言った。こんなことは初めてだった——わたしの寝室の窓からだれがのぞいてるんだ? 正しくは、わたしと妻の寝室の窓から。「ここにいるんだよ。ガウンを着なさい。でも部屋から出ないように」

彼は玄関付近の廊下へ行き、客間に入ると、予備のクロゼットからペンキが飛び散っている着古したズボンを取り出した。それを履き、家のなかを移動して地下室へと続く階段へ向かった。それを降りて、すぐに長い懐中電灯を手に取った。

上に戻ると、玄関のドアをそっと開けて、暗闇のなかに歩み出した。家のまわりの露で湿った草を踏んでいくと、身をかがめている人影があった。顔を窓ガラスに近づけ、ブラインドのすき間からのぞいている。

メストマンが呼びかけてライトで照らすと、それはアーサー・マロウの息子でフレンチーと呼ばれている少年だった。いまメストマンは、自分の家の玄関とそっくりな玄関の前に立っていた。控えめに、しかしぶっきらぼうにドアをノックした。なかからだれかが動いている音が聞こえてきたが、マロウ家の窓はからっぽでなんの気配もなかった。やつらは私室でテレビを観ているか床についているんだろう、と思ってくやしがった。こっちがそうしてるはずなのに。そして頭のなかで付け加えた。あのむかつく小僧！

リビングに明かりが灯ると、ピクチャーウィンドウから、カーテンの後ろをすべるように移動する人影が見えた。掛け金を手探りする気配。アーサー・マロウがドアを開けた。

彼は大柄な男だった。肩も大きく、腰も大きく、元アメフトの花形選手の太鼓腹は、大学を卒業してから腹筋運動を毎日七十回やってこなかったことを隠そうにも隠せない。

マロウはぼんやりと外に目をやり、暗闇で苦労して焦点を合わせていたが、しばらくして口を開いた。「ん？　やあ、どうしたんだ、メストマン」

「あんたのとこの息子さんが、さっきうちの寝室の窓からのぞいてたんだよ。息子さんがいたら話をしたいんだが」

「なに？　なんのことだ、寝室の窓って。ブルースは一時間以上前に寝たよ」

「彼と話をさせてくれ、マロウ」

「なんだよ、話なんかさせない！　いま何時だと思ってるんだ、メストマン。こっちはみんな、あんたら先生方みたいにおかしな時間に活動してないんだよ。九時五時の仕事でヘトヘトのもいるんだ！　まるっきりバカげている。おれはブルースが寝にいくとこ見たんだから」

「あのね、マロウさん、わたしは見たんだ――」

マロウの顔が真っ赤になった。「さっさと出てけ、メストマン。がまんもここまで来てるんだ」と、喉元で指を一本横に引いた。「あんたら嫌味なインテリに邪魔されて。なんの用か知らんが、関わりたくない。出てかないと張り倒すぞ！」

ハーバート・メストマンの目の前で、あっけなくドアが閉まった。彼は、人影が窓を横切って退却し、リビングの明かりが消えるまでそこに立っていた。自宅に戻る途中、マロウの家に別の明かりが灯るのが見えた。

それはブルースの部屋だった。

飛び降りられるほどの高さにある窓は、大きく開いていた。

フレンチー・マロウ

ブルース・マロウはスチュードラックで縁石のところに乗りつけ、エンジンを二度吹かして到着したことを知らせ、イグニッションを切った。車からさっと出てチノパンの超タイトな股ぐらを下に引っ張り、歩道を渡ってモルトショップ（ミルクシェイクなどを出すカフェ）に入っていった。店は騒々しく、人が動きまわっていた。

「おい、モンキー！」と彼が、スタッズだらけの黒い革ジャンを着て口をぽかんと開けた少年に呼びかけた。少年はマンガから顔を上げた。「落ち着けよ、やかましい。すわれ」フレンチーはボックス席でモンキーの向かい側にすべり込み、からっぽのミルクシェイクのグラスの横にあったタバコの箱に手を伸ばした。

モンキーはマンガから顔を上げずに、相手の手をタバコからピシャリと振り払った。「タバコ吸える歳なら、自分で買えんだろ」つぶれた箱をシャツのポケットに押し込んだ。

マンガに戻る。

フレンチーは顔を曇らせたが、また元に戻した。こいつは、山の手のスタッズだらけのチンピラなんかじゃない。こいつはモンキー、〈笑うプリンス〉のリーダーだ。モンキーに対してはクールにいかないと。

それにこのキモい男には愛想よくしておく理由がある。こいつの助けが要るんだ。隣のメストマンの野郎をやっつけるために。

フレンチーは、今朝のことを思い返した。朝食をとろうとテーブルへ向かう途中、父親が話しかけてきた――

「ゆうべ外にいたか？」

「ゆうべって、いつ頃？」

「とぼけるな、ブルース。メストマンの家へ行って、窓からのぞいてただろ」

「おい、なんのことだよ」

「おいとはなんだ！　父親に向かって！」

「わかった、わかったよ。落ち着いて。メストマンさんなんか知らない」

「おまえ寝てたんだろ」

「寝てた。そうだよ」

そういうことだった。信じらんねえ！　あのクソ野郎のメストマンがやって来て、キャンキャン吠えやがった。親父があの事故とダッジのつぶれたラジエーターグリルに金払わされたことを忘れかけてたときに、ウチん中かきまわしやがって。ま、フレンチー・マロウ相手にふざけたマネしてしらばっくれていられるなんてことはない。あのキモいメストマンにおしえてやる。だからおれがいて、モンキーがいて、そんで――

「なあ、おい、おもしれえことしないか？」

モンキーは顔を上げなかった。ゆっくりとページをめくり、絵の新たな展開がすぐに呑み込めなくて眉間にシワを寄せた。「おもしれえことってなんだよ」

「車くすねるってのはどうだ？」

「だれの？」

「だれのだっていいだろ。車は車なんだから」

モンキーはマンガを置いた。ダウン症っぽい顔を上げ、張りつめた小さな黒い瞳でフレンチーの青い瞳をじっと見つめた。「なんだよおまえ。首突っ込もうとしてんだろ……プリンスに入りてえのか？」

「そんな、おれ――」

「じゃあ、失せろ。何度か言ったよな、おまえは合わねえんだよ。おれたちはおれたち、街の反対側のやつらに声をかけたりしねえんだ。失せろ、邪魔だ」

フレンチーは立ち上がり、モンキーを見下ろした。こいつはのろまどもの一人だ。連中は街を牛耳ってて、おれのことは仲間に入れない。おれはやつらに引けを取らないし、てか、やつらよりましだ。

おれは連中より広い家に住んで、自分の改造車を持ってるじゃないか。いつだって女どもに気前よくしてるじゃないか。フレンチーは、ロングブーツの履き口から飛び出しナイフを取り出して、モンキーに突きつけてやりたかった。

だが〈笑うプリンス〉たちがたむろしていたので、そんなことしたらやつらにぶちのめされる。フレンチーはモルトショップを出た。あのまぬけどもに思い知らせてやる。でしゃばりオヤジのメストマンを痛めつけてやる。メストマンのポンコツ車をくすねるだけじゃすまさない。とことん困らせてやる。

フレンチーは怒りをつのらせながら、一時間ほど街を流した。

車の時計を見ると四時半。日のあるうちはなにもできないことはわかっていたから、ジョアニーの家へ向かった。彼女の母親はズボン工場の遅番で、彼女が幼い弟の面倒を見ていた。フレンチーは、ブラインドが閉じられていることを確かめた。

それはいままであったなかで最高のことだとジョアニーは思った。まだ十六歳だった。

ハーバート・メストマン

オレンジシャーベットには、夜のひとときを浮き浮きさせるなにかがあった。近頃は本物のアイスクリームを食べる者はいないし、だれもが甘すぎてコシもないデイリー・スクイッシュのようなニセモノに手を出しているが、ハーバートと彼の妻は、プラスチックの容器に入った自分たちのためのオレンジシャーベットを売っている小さな食料雑貨店を見つけた。二人は一日おきに五百ミリリットルの容器に入っているそれをがつがつ食べた。それは二人にとって大切な習慣となった。

一日おきに夜七時半になるとハーバート・メストマンは家を出て、車を十六ブロック走らせ、閉店間際のその小さな店へ行く。そこでオレンジシャーベットを買い、現代の名著を取り上げるニューヨークのFM放送の夜の番組に間に合うように戻る。

それは彼の楽しみだった。

今夜もいつもと変わりはなかった。玄関のドアを閉め、車庫へ行き、埃がついたプリマスに乗り込んだ。洗車はしないほうだった。車は走らせるためのもので、他人にいい印象を与えるためのものじゃない。私道からバックで出て、通りを走っていった。

後方、縁石のところに二つの強力なヘッドライトが現れ、暗闇から車が一台現れて彼をつけた。

〈絶壁〉と呼ばれる街の一帯に続く丘を登りはじめたところで、ハーバートはつけられているのではないかと怪しんだ。だが、スピードメーターに目をやって、狭い道で制限速度を十五キロもオーバーして走行していることに気づかなかったら、つけられているはずはないと思っただろう。ついてくるのは警察車両だろうか。スピードを落とした。

後ろの車もスピードを落とした。

メストマンは不安になってきた。二十一ドル五十セントの罰金なんてごめんだ。後ろの車に抜かせようと、車を停めた。その車も停まった。それで、つけられていると確信した。

だが、その車は先に走り出した。続いて彼が路肩から離れ、右側の斜面の下に街が広がったとき、なにかがおかしいことに気づいた。

さっきの車が迫っていたのだ。

メストマンはスピードを速めたが、その場から動いていないように思えた。さっきの車は急速にミラーに近づき、気づいたときには、左側の車線が黒っぽいかたちにふさがれていた。初めて横に目をやると、その車のダッシュボードのほの暗い明かりのなかに、フレンチー・マロウの青臭い邪悪な顔が見えた。

やつだったのか！　なぜこんなことをしているのかわからなかったが、理由はなんであれ、少年は二人の命を危険に晒していた。二人はスピードを上げ、見通しの悪いカーブを曲がった。そのたびにヘッドライトの光線が空っぽの暗闇を射抜き、メストマンはじわじわと恐怖にかられた。おれたちは衝突する。フェンダーとフェンダーをかみ合わせ、ちゃちなガードレールを突き破り、真っ逆さまに落ちていく……深い深い谷底に。

街の灯りが、黒い深淵からほの暗くまたたいていた。

あるいはきっと、最後には一方の車が落っこちて……

二つの明るい点が、二人のライトと結合した。車が一台迫ってきていた。メストマンはスピードを上げようとした。少年は横につけていた。

スチュードベーカーがじりじりと寄ってきて、こすれるかというところまで近づいた。だが二台は接触しなかった。メストマンがちらりと見ると、フレンチー・マロウの若々しい目から地獄が照射されたかのようだった。するとやって来る車に道を照らされ、フレンチー・マロウがメストマンの車線にぐいと入った。

ハーブ・メストマンが急ブレーキを踏んだ。プリマスは生き物のように跳ね上がり、車線で鋭い音を立て、速度を落とした。

フレンチー・マロウが元の車線に戻り、カーブをまわって消えた。

パン屋のトラックが唸りを上げながら丘を走り降りてきて、立ち往生しているメストマンの車を通り越した。

フレンチー・マロウ

これはガキの遊びではなかった。少なくとも年配のメストマンにはそれがわかっていた。フレンチーの親父さんには、絶壁ロードでのあの嫌な出来事のことを告げ口せず、ふたをしておいた。もしフレンチーがあれほどメストマンを憎んでいなかったなら――フレンチーはすでにメストマンを権威そして大人の醜悪さの象徴と見なしていた――このことでメストマンを尊敬しただろう。

フレンチーは猫を高々と掲げて、ブーツの履き口から飛び出しナイフを引き抜いた。

猫は最初に切りつけられたとき甲高い声を上げ、手のなかで激しく身をよじった。三回目でとどめを刺し、胴体から頭をほぼ切り離した。

フレンチーは死んだ猫をメストマンのポーチに投げ捨てた。猫が眠っていたところを見つけたのはそこだった。

ジジイにそれと遊ばせといてやろう。

立ち去り、繁華街を流した。

しばらく、見られている気がした。モルトショップの入口の前で止まったとき、緑色の古いプリマスが角を曲がるのが目に入った。だが、そのことは考えずに、なかに入っていった。まぬけがいる以外は、がらんとしていた。スツールに腰かけて、チョコレート・コークを注文した。アリバイを確立できるだけの時間、メストマンがやつの汚らしい猫を見つけるまでの時間。

チョコークを飲み干すと、無性にビールが飲みたくなった。そこで金を払わずに出ていって、なかのまぬけに向かってとりわけひどい悪態をついた。

道の向こうの戸口にいるの、だれだ?

フレンチーは、〈笑うプリンス〉の一団が一ブロック先から歩道をやって来るのを見た。彼らはいつもの戦闘隊形をつくりアスファルトの上で横に広がっていたので、通り過ぎようとする歩行者は、必ず溝のなかを歩くはめになった。今日は、からかってやるには凶暴に見えた。知らんぷりして、もっと穏やかなときにお目にかかることにしよう。

フレンチーは一気に駆け出し、角を曲がり、ルーニーズに入った。ビールを九本飲んだあと、ミスター生意気野郎のメストマンと対決する用意ができた。街の端に、暗闇がひたひたと打ち寄せた。

家の裏のフレンチウィンドウは開いていて、フレンチーはそうしているという自覚もなくすべるように入っていった。彼の思考には霧がかかっていた。首のあたりがドクンドクンいっている。スネアドラムをたたくドラマーにティババパウと叩きつづけられているうち、指を鳴らすか、そうじゃなければ、タイヤジャッキを取り出してだれかを殴りつけたり、あのクソ猫を捕まえてまた切り刻んでやりたくなった。

リビングに女がいた。

彼はフレンチドアの内側に立ち、女を見ていた。すわってテレビを観ている女の脚にスカートがぴったり貼りついている。なにやら可笑しいらしく、暗い眉の線が持ち上がる。彼女を見ていると、霧が渦を巻いてさらに高く昇っていった。腹に、抑えられない強くねじられるような感じをおぼえた。

ダイニングの影から、テレビに照らされたリビングの薄明かりのなかに歩み出た。

女はすぐに彼を目にとめ、反射的に片手を口に持っていった。「なんなの――なん……」恐怖に満ちた目を大きく見開き、痙攣を起こしたように乳房を上下に揺らした。フレンチーは女に近づいていった。自分でわかっているのは、心底あのメストマン野郎を憎んでいること、プリンスの連中に自分が手加減なしの強者だと思わせなければならないということだけ。

よろめきながら近づくと、片手を伸ばして女のブラウスの布をつかみ、引きちぎった……

女は彼の前に立ち、両手を爪のようにして彼を引っかき、金切り声が滝のように壁を流れ落ちた。

彼は女を強姦し、罵倒し、彼女のエラそうなクズ亭主を罵倒してやるつもりだった。彼は……

だれかがドアをたたいていた。やがて、錠に差し込まれた鍵がまわる音がほんのかすかに聞こえた。メストマンだった。フレンチーはフレンチドアから一目散に逃げ、生け垣を超えて車庫に駆け込み、スチュードの陰で長いことしゃがみ込み、震えていた。

ハーバート・メストマン

メストマンは妻をなだめようとしたが、彼女はヒステリーを起こしかけていた。彼は、帰宅して猫を発見したあと、さっきまで少年を追っていた。サー・エピクロスはいい猫だった。嫌いだとすぐに反応し、友だちになるのはもっと早かった。出会ったとき両者はたちまち親しくなり、ハーバート・メストマンにとってこの猫は安らぎだった。

のぞきに始まり、続いて絶壁ロードでのトラブル、そして実に恐ろしいことに、今夜はサー・エピクロス、そして今度は――今度は――

これか！

彼は両の手でこぶしをつくった。

ハーバート・メストマンは穏やかな男、まともな男だったが、ゲームの開始は宣言された。これはガキの遊びじゃない。こちらが平和主義だとしても、とがめられるべきろくでなしがいるのだと悟った。

破れたブラウス姿のマーガレットを抱き寄せ、わけのわからないことを口にしてわけがわからなくなるほど彼女をなぐさめながら、決意を固めていた。

フレンチー・マロウ

日々、朝は着実に、すごい勢いで、またたく間にやって来ては去っていった。フレンチーは、あった。

の晩から、メストマンとその妻に近寄らないようにしていた。メストマンの家が視界に入る場所さえ避けた。ありがたいが不気味なことに、どういうわけかメストマンは彼のことを通報していなかった。

そうしたところで、どうなるものでもなかっただろう……証拠はなかったし、取り立てて話を裏打ちする方法もなかった。隣同士なのだから、指紋がそこここにあっても別に不思議はないし、ブルース・マロウが出入りしていたにしてもなんらおかしくはない。

それでフレンチーは、日常に戻った。

ハブキャップを盗んで小遣いを稼ぐ。

ジョアニーの母親が夜勤のとき彼女を訪ねる。

それから、〈笑うプリンス〉――

「おいおまえ、グループに入りてえか?」

フレンチーは驚いた。今日の午後、モルトショップに入っていったとき、モンキーが出し抜けに話を切り出したのだ。

「え〜、まあ、そうだな、うん、入りたい!」

「よし、じゃあこうしよう。今夜度胸試しのレースに来い。そのとき、おまえがプリンスのメンバーになれるガッツがあるか確かめる。いいな?」

「ああ」

そして真夜中近く、彼の目の前には、車のライトが入って来ない、影だけが波打つ野原が広がっていた。

昔、街の貯水所がいまは干上がっている小川から引いた水を使っていた時代、この野原は良い低地だった。水は、野原の中央にせり上がる巨大な鋼鉄のパイプを通って流れていた。暗渠は三メートル深さの溝にあり、パイプはいまも野原の地面の上数十センチのところにせり上がっていた。パイプの手前の溝は、いまも三メートルの深さがあった。

数台の車が、度胸だめしレースに備えてエンジンを吹かしていた。

「おい、フレンチー……おい、こっち来い！」

モンキーだった。フレンチーはスチュードから降りると、野原で多くの車のまわりに群れ集まっている不良少女たちの手前クールに見せたくて、チノパンの股ぐらを引っ張り上げた。これは大規模なレースだから、プリンスの一員になるチャンスだった。

成長が遅れた木立の近くで一方の側に群れている若い暴走族の一団のなかに入っていった。全員の目が自分に向けられているのを感じた。十五人はいた。

「で、ルールだけど」とモンキー。「フレンチーとプーチとジミーは、パイプを越えて走ってる道のどっちかの側に車を出す。おれは道でおまえらを先導する。で、グロリアが――」と、金髪をポニーテールにした巨乳の娘を指し示す。「――彼女が合図したら走り出して、あの溝とパイプを目指す。最後までよけなかったのが勝者、そのほかは根性なし。わかったな？」

全員うなずき、フレンチーは向きを変え、その場を離れた。スチュードに乗り込み、この競走に勝つために。

だが、ブロンドの娘が彼を止め、片手を彼の腕に置いて身を寄せ、言った。「あの人たち、この競走に勝った男をあたしにくれるって約束したのよ、フレンチー。あなたがほかの二人を困らせるとこ見たい。あたしのために勝って、ね？」

若い娘にしては妙に図々しい口調だったが、すぐ近くまで迫っていて、明らかにキスされたがっていたから、フレンチーは彼女を引き寄せ、唇を押しあてた。彼女は口を開け、未熟な性欲をたぎらせて、飢えたようにキスをした。

それからフレンチーは身を離してウインクし、スチュードへ向かいながら、「おれの早業見ててくれよ」と肩越しに言った。

彼が駆け寄ったとき、少年たちは群れをなして車のまわりをうろうろしていた。「がんばれよ」と、そのなかの一人が妙なニヤニヤ笑いを顔に貼りつけて言った。フレンチーは肩をすくめた。この一団には変わり者が数人いるが、正式なメンバーになれば相手にせずにすむ。

車に乗り込み、エンジンをかけた。音はいい感じ。勝てる。ブレーキは順調。今日の午後、点検してもらい、きつくしてもらった。

モンキーが、野原の中央を走り、上りの勾配になって暗渠パイプの上にかかる道に車を乗り上げた。フォードを停車させ、窓から身を乗り出して大声でグロリアに伝えた。「オーケー。いつでもいいぞ！」

娘が道の真ん中に走っていくと、レーサー三人が車を出し、スタート地点までじりじり進んだ。三人は、解き放たれるのを待つ、飢えた獣のようだった。

彼女が飛び上がり、黄色いバンダナを振ると、彼らは後方で大量の土埃と草を雨のように降らせて走り出した……

フレンチーがひとまとめにたたくようにしてギアを入れると、スチュードラックは飛び上がって進んだ。アクセルを踏み、ありったけのパワーをエンジンに注ぎ込んだ。

彼の両側で風が切れ切れになにか言いながら耳を通り過ぎ、ほかの二人はハンドルのところで体を丸め、巨大な鋼鉄のパイプとそれの前に横たわる深い溝に向かって野原を突き進んだ。

よけたやつは臆病者、それがルール。おれは意気地無しじゃない。それはわかってるんだ。でも——

死人が出るかもしれない。もし間に合うように止まらなかったら、パイプに撃突し、スピードで大破するだろう。

スピードメーターは85を指していたが、まだ彼はアクセルを踏んでいた。やつらはよけるつもりはない。よける……つも……りは……ク……ソ……ない！

フロントガラスのなかのパイプが大きくなってきたとき、両側の車がまるで示し合わせたようにいきなり進路を変えた。

フレンチーは、勝ったとわかった。

ブレーキを踏んだ。

なにも起こらなかった。

スピードメーターは90を指していて、車は止まらなかった。彼は狂ったようにブレーキを踏んだ。

そして、スチュードラックが溝を跳び越えて虚空に突っ込み、ジャンプする時間も行く場所もないとわかったとき、窓から片手を出して叫び声を上げた。

車はすさまじい爆音を立ててものすごい勢いでパイプにぶちあたったので、フロント部分が運転席にそっくり詰め込まれた。そして車は爆発した。

ハーバート・メストマン

だれもが面食らった。窓から突き出したあの手。そして音。

男が一人、木立の足元の影から歩み出た。暗渠から上がる炎がなめるように空に向かい、彼の顔を安らかで満足げな深紅の仮面のように照らした。

モンキーは影の端へ車を走らせ、そこで半分身を隠して立っている男に歩み寄った。

「申し分ない」と背の高い男が言い、上着に手を入れてなにかを探った。「申し分ない」

「これを」と言って、少年に札束を手渡した。「約束どおりだ。それから」と、革の札入れからまた札を取り出して付け加えた。「これは、ブレーキをいじってくれた子への五ドル。必ず渡してくれ」

モンキーは金を受け取り、適当に会釈して、フォードに戻った。唸りを上げて車を出し、野原から急いで立ち去った暴走族に合流した。燃え上がる炉が暗渠の溝に突き刺さっていた。

だが長いこと、遠くからむせぶようなサイレンの音が近づいてくるのが聞こえるまで、エリザベス朝の演劇に関して、アメリカで、恐らくは世界で最も優れた学徒は、影のなかに立ち、炎が空に食らいつくのを見ていた。
それはまちがいなく……まったく……ガキの遊びじゃなかった。

ラジオＤＪジャッキー

渡辺佐智江訳

This Is Jackie Spinning

やあお待たせ、ＤＪジャッキーです。時刻は東部標準時で七時、ジャッキー・ウェイレンが、ホットな曲にクールな曲、バップにロックにいろんなのを、みんなのためきみのためあなたのためにかけまくるよ。今夜の放送はマジでしびれるぞ！　ラジオから離れちゃだめだよ、ジャッキーの今夜のスペシャルゲストは、サファイアレコーズの歌姫、すてきでセクシーなクリスティーネ・ロングだから。クリスの大ヒット中の新曲〈愛なんて〉、そのあとで、ヒットパレードナンバーワン〈わたしの街はピンク色〉もかけよう。生きたお人形さんみたいなロング嬢に、インタビューもする予定。でもまず――まずは――リッキー・ネルソンの新曲をちょっと聴いてみようか。

（曲フェードイン）

（ジャッキー・ウェイレン――小柄な男で、大量の巻き毛が眉のあたりまでかかっている――が、レコードをかけ、調整卓の向こうで立ち上がる。バリバリのアイビーリーグ風スポーツジャケットを脱ぎ、椅子の背にかける。うね織りのボタンダウンシャツのカフスボタンをはずし、手首をポリポリかき、二の腕まで袖をまくり上げる。地味な平織りのネクタイの小さい結び目を引き下ろし、シャツの襟のボタンをはずす。左側にあるカラフからグラスに水を注ぎ、右側にあるターンテーブルの端にきっちり盛ったピンク色の小さな錠剤の山から二つ手に取り、口に入れてすぐに水で飲み下す。怒ったような暗い目を調整室のむこうに向けてから、大きなピクチャーウィンドウの近くに置かれた金属製の椅子にすわって待ちかまえている背の高い金髪の女の、薄いストッキングに包まれた脚にすえる。脚を見て笑みを浮かべる。その笑みは、注意深くゆっくりと上へ移動し、女の青い目に届き、笑顔は嘘のようにいつのまにかスケベづらになっていた。女が媚びるように笑みを返す。「あとでな」とウェイレンが言い、唇を舐める。女がすわったままけだるそうに動いて、片膝を見せる。ウェイレンは、女から終わりかけているレコードにしぶしぶ目を移す。腰を下ろし、トグルスイッチを入れる。）

（曲が聞こえて終わる）

お届けしたのは、リッキーの新曲でした。今週トップ60で17位は確実だね。トップ60といえば、クールなティーンのみんな、のんびり過ごすのにレコードほしいかなってときには、一七丁目六七二〇の〈スピンドル〉でお買い上げを。店長のバーニー・グラスを中心に、ショップのスタッフみんながサポートしてくれるよ。ジャッキーの紹介で来たって言ってくれれば、ジャッキー・ウェイレン大幅値引きが適用になるからね。

さて今度は、きみらの〝ディスク・ジャッキー〟的にはもうすぐナンバーワンかもって曲をお送りしよう。ていうか、ぼくの予測ではナンバーワンまちがいなし。新星ロッド・コンランが歌うイケてる大ヒット曲……〈愛するんじゃなかった〉！

（曲フェードイン）

（レコードをかけ、また女を見つめる。女がにやりとして言う。「あたしたちのこと、奥さんに言った？」ウェイレンは感情を正直に表して一瞬顔を曇らせるが、お得意の狡猾なユーモアを取り戻したように見せかける。「心配ないって。時が来ればちゃんとバレるし」女は立ち上がり、ツイードのスカートを太ももの上でなでて伸ばし、調整卓のところにいる相手に歩み寄る。「タバコちょうだい」ウェイレンがフィルター付きのタバコを箱から一本振り出すと、女が続ける。「フローリーが、今朝のコラムであからさまに匂わせてたわよ。奥さんがそれ読んで、ゆうべあなたがどこにいたかって不思議がらないかしらね」ウェイレンはスリムな純銀のライターで彼女のタバコに火をつけると、またしてもわざとらしく子どもっぽい笑みを浮かべた。「あいつはさほど賢くないんだよ、クリス。忘れてるだろ、おれがあいつと結婚したのは、あのかわいらしいピカピカの都会のねーちゃんと付き合ってたときだったのを。あいつは田舎娘……コラムは読んだかもしれないが、フローリーが言ってんのはおれのことだとはわからないはずだ。ゆうべはレコード販売店が集まる会議に出たと思ってる。気にしなくていいよ、おれが知らせる気になったらわかるんだから。それよりおれ、もっと大きな心配事があってさ」女が椅子に戻り、腰を下ろす。「キャメル・エアハルトと暴力団、みたいなこと？」ウェイレンの顔から再びごまかしの色が消え、あからさまな恐怖が目からぬるっと輝く。「あなた、あのお粗末なコンランを一週間以上推してきたでしょ。彼らはよく思わないわよ。自分のところの男性歌手にパティ・ペイジをカバーさせて、あなた以外のＤＪは協調してそれを大々的にプレイしてるのに。あなたはコンランを推して自分を追い込んでる」ウェイレンがじりじりして下唇を引っ張る。「知るか、あんなチンピラども。おれはコンランに投資してる。今度のは奴にとってビッグなものになるかもしれないんだ。連中はせっついたりしない。そんなことしたら、おれが非合法活動の監視委員会に訴えるんじゃないかと怖いんだ。おれには策がある。コンランはＤＪジャッキーが推しまくるんだ！」女がわかったように笑みを浮かべてそっと言う。「ジャッキー、あなたを失うなんていや。半端なまねはしないわよ、あの連中は。フレッド・ブレナマンが連中の曲をかけるのを拒んだとき、なにされたかわかってるでしょ」川から釣り上げられる男の姿が、ジャッキー・ウェイレンの脳裏をかすめる。髪には浮きかすと藻が貼りつき、皮膚は真っ白、目は大きく見開かれて水を含んでいる。座面にウレタンフォームを使ったすわり心地のいい椅子に腰かけて考えに沈んでいたが、回転するレコード盤の最後の溝で針が音を立てているのを聞きつけ、我に返る。）

（曲フェードアウト）

お届けしたのは、ロッド・コンランの大ヒット曲でした。〈愛するんじゃなかった〉、ナンバーワン目前だね。長年ありとあらゆるポップソング聴いてきたけど、ぼくの見るところ、今回ロッドは確実じゃないかな。

ぜひ一七丁目六七二〇のスピンドルに寄って、ロッド・コンランのビッグな新曲〈愛するんじゃなかった〉、手に取ってみてね。

さてここで、トップ60圏内のトップ5を紹介しよう。

一位は、クリス・ロングの〈わたしの街はピンク色〉――そしてお忘れなく、もうすぐクリスティーネ・ロングご本人にインタビューすることになってるからね。ファッツ・ドミノの〈聖者の行進〉が二位をキープ、今週の三位はサム・クックの〈みんなチャチャチャがお気に入り〉、四位はスティーヴ・ドン&ドンビーツの〈ふざけすぎたね〉、そしてビッグな第五位はロッド・コンランの〈愛するんじゃなかった〉。じゃ、もう一回ロッドの大ヒットいくよ、トップの座めがけてまっしぐら。

(曲カットイン)

(「あなたほんと墓穴掘ってるわよ」と女が眉間にシワを寄せ、象牙のように完璧な額を台無しにする。「うるさく言うなって」とウェイレンが言い、レコードをかける。「シビルもうるさい。あいつには耐えられない」女はウェイレンの妻と比べられたことに顔をしかめ、タバコの吸いさしを手にすわり直す。ウェイレンは調整卓用の椅子に身を預け、下唇を引っ張ってなにやらつぶやく。「え?」と女が訊く。「リボルバー持ってくるの忘れた。ナイトテーブルに置いてきちまった」女は再び立ち上がると卓に歩み寄り、大きな陶器の灰皿でタバコをもみ消し、「今日必要になるかもね」と言う。女の顔には不快感や心配でできるシワはなく、ウェイレンがまずいことになるとは思っていない。そのことは、彼女の態度、表情、声に明らかだ。「仕方ない、マンションに着替えに戻ったとき持ってくる。あそこなら安全だ」「だけど、あなたはどうなのよ」と、金髪の女が強い調子で言う。ウェイレンは彼女を無視し、先が鋭いダイアモンドの針の下で黒い皿がまわっているのを眺めている。針が最後の溝にとどくと、スイッチを入れる。)

（曲の音量が下がり、アナウンスが重なる）

……そのクールな唇であなたは言った……

……愛するんじゃなかった……あんなにも。

再びロッド・コンランのいかした新曲、大ヒット〈愛するんじゃなかった〉でした。見苦しいニキビ、吹き出物とさよならする魔法のクリーム〈ブリム〉のCMのあとは、お約束、すてきなクリス・ロングとのトークだよ。

（曲終了、CM、カットイン）

（ウェイレンは、放送用台本の担当部署が書いたCM後のコメントの紙の束をぱらぱらめくると卓に放り投げ、「このブリムってのは、砂場から泥も取り除けない役立たずでさ」と女に言う。女は軽く笑い、マニキュアが剝げた爪を点検する。ぼんやりと爪をかむ。）

（CMが終わり、アナウンスに移行）

まちがいなし。ブリムは効果抜群、必ずあなたの肌をフレッシュに、明るく、清潔に保ちます。効果が得られなければ返金します。見苦しいニキビや吹き出物のせいでダンスパーティーに行かない、なんてだめですよ。番組が終わったらすぐに飛び出して、頼りになるブリムをゲットしましょう。

さあ、ここでお待ちかねのコーナーだよ。サファイアレコーズが誇るシンガー、クリスティーネ・ロングをお呼びしましょう。彼女の〈わたしの街はピンク色〉、全国で一位の座をしっかりキープしてます。

ようこそ、クリス。

「こんばんは、ジャッキー」

今日は来てくれてほんとにうれしいよ。

「こちらこそワクワクしています」

クリス、少しマジな話になるけど、どういう経緯で歌手の道に入ったのかお訊きしたいんだよね。あなたはとてもステキな女の子で、ジャッキー。そうだな――二十一歳くらいでしょ。

「あはは。まあ、ありがと、ジャッキー。ほんとは二十五歳、デトロイトでアール・ペティフォーのバンドで歌ったのが始まりです。あれがソロになるための一歩だったんじゃないかと」

そうか、それはすごいことだね。〈わたしの街はピンク色〉が成功したことについては、どう感じてる？

「本当にうれしく思っています。自分がレコーディングした曲が多くの人たちにこんなに気に入ってもらえるなんて、本当にうれしい。サファイアのアル・ハッキーから初めて曲を見せられたときはあまり乗り気じゃなかったんですけど、さすがアルはサファイアのA&Rだけのことはあるわ。彼はまちがいなく――」

――ちょっとごめんね、クリス。

A&Rっていう言葉になじみがない人たちもいると思うんで解説すると、これはアーティスト&レパートリーの略で、楽曲を選んだり、それをだれに歌ってもらうか決めたりする人の役職名なんだ。失礼、クリス、続けてもらえる？

「――ええと、なにを言いたいかというと、アルはまちがいなく、曲がヒットするか聞き分けられるんです」

　ぼくらも聞き分けられるよ、クリス。〈わたしの街はピンク色〉を全国でナンバーワンにしてくれたきみたちみんなのために、クリスティーネ・ロングに大ヒット曲をかましてもらおう。

（曲カットイン）

（ジャッキー・ウェイレンがレコードをかけ、箱からタバコを取り出して火をつける。「あたしにも」と女が言うと、口にくわえていた火のついたタバコを手渡す。「これ以上こんなバカみたいなおしゃべりしてたら、あたし精神病院行きよ」と言って、煙を肺に吸い込む。ウェイレンが肩をすくめる。「しょうがないだろ、十代のアホどもはそれを求めてんだから。おかげでおれポルシェ買えたし」女が相手を指差す。「その乗り物についてもフローリーが書いてたわよ。あたしと出かけるとき、あなたどうしてスタジオ支給の車使わないの？」ウェイレンは手入れした爪で下唇をこすり、彼女の異議申し立てを振り払う。「どうでもいい。なにを聞かされようが、ジャッキー・ウェイレンじいさんにはこの人生で驚くことなんかもうないんだって」）

（曲フェードアウト）

　さてクリス、ヒットパレードナンバーワンのあなたの曲を聴いたわけだけど、最近はどんな感じ？

「わたしが出演している新作映画『ホリデー・ロック』のプレミア上映会が、明日リアルトであるんです。それでこちらに滞在しています。歌う役としては初めての大役なんですけど、ファッツ・

ドミノ、トミー・エドワーズ、ジョニ・ジェイムズ、ジーン・ヴィンセント&レッドキャップス、ビル・ヘイリーといった大スターのみなさんと共演できるなんて、とてもすばらしいことでした」

わあ、これはニュースだね。明日は、大成功まちがいなしのリアルトのプレミアにみんなで集まろう。クリス、もう一度タイトルをお願い――

「『ホリデー・ロック』です」

じゃあクリス、ここでまた曲をかけたいと思うんだけど、大好評だったあなたの新曲、〈愛なんて〉をお送りしようか。

「うれしいわ。ほんとにありがとうございます」

(曲フェードイン)

(ジャッキー・ウェイレンがレコードをかけ、右手のターンテーブルのところの予備のマイクの向こうにまだすわっている女になにか言おうと向きを変えるが、その途中で止まる。三人の男たちが大きなピクチャーウィンドウから調整室をのぞいている。ウェイレンがそのなかの一人を見分けて、深くため息をつく。女が彼の視線をたどり、向きを変える。「どうしたの?」と両者を見て訊く。ウェイレンは「エアハルト」とだけ言って、キャメルヘアのコートを着たずんぐりした男を見つめている。男は目の上まで茶色いスナップブリムをおろし、薄い唇の端にしっかりとパイプをくわえている。「出てく」と女が大声を上げ、立ち上がろうとする。ウェイレンは乱暴な口調で彼女を黙らせる。「そこにすわってろ。おれにまかせろ。おれは――連中を待ってたんだ」調整室に来るよう男たちを手招きする。赤いON THE AIR(放送中)のライトが消える。キャメル・エアハルトに付き従っている、エアハルトより背が高く無表情な男たちの一人が調整室のドアを開けると、ずんぐりした男が入ってくる。「キャメル、どうやって入ってきたんだい？」と、ウェイレンが愛想のいい陽気な声音で訊く。ずんぐりした男は調整卓のところに金属製の椅子を引っ張ってきて腰を下ろす。パイプの柄をくわえているのでしゃべりづらそうにする。「入る方法くらいあんだよ」と、教養あふれる甘美な調子で言う。「協力しろって頼んだだろが、ジャッキーさんよ。ワリー・ジョージ売り出すためにおれたちが時間と金注ぎ込んでんのは知ってんだろ。その金を全部無駄にしてあんたがあのコンランの野郎で金もうけするなんざ、ご免なんだ」ウェイレンが口を開こうとすると、レコードが終わる。音を立てないようにと全員に手振りで合図し、クリスティーネ・ロングの青い目に半狂乱の恐怖の色が浮かんでいるのに気づく。スイッチを入れる。）

（曲カットアウト）

おおくりしたのは、クリス・ロングのビッグな新曲、〈愛なんて〉でした。次は、コロンビアレーベルのミッチ・ミラー楽団で、〈ミュンヘンの酒盛り歌〉。ミッチに合わせて歌ってね！

（曲が始まり、自動利得制御が高くセットされたヴォリュームを下げる。）

（キャメル・エアハルトが、キャメルヘアのコートに縫いつけられたポケットから、肉づきのいい大きな片手を出す。その手には、32口径のポリス・スペシャルが握られている。「ジャッキーさんよ、今晩ラジオの歴史に残るようなことが起きっぞ。人間がオンエア中に死ぬとこ耳にすんのは、あんたのリスナーたちが最初だろうな」レコードをかけたウェイレンがまた椅子に腰を落ち着けると、エアハルトのお付きの二人が卓をまわってウェイレンに向かってくる。「放送中に殺人はできんだろ、エアハルト」とウェイレンが笑う。「入ってくるところを大勢に見られてるし、大勢に――」エアハルトが乱暴に口をはさむ。「入ってくるとこなんざだれも見てねえし、出てくとこも見られやしねえんだよ」口からパイプを離す。ジャッキー・ウェイレンは分厚い下唇をわなわな震わせ、女は自分の口にこぶしを詰め込もうとしている。ウェイレンが、キャメル・エアハルトの動きから身を守ろうと、片方の手のひらを相手に見せる。「待てよ、キャメル。あんたが来てくれるのを待ってたんだ。このことでおれたちが対立する理由なんてないだろ」ずんぐりした男が太い眉毛を片方持ち上げる。「そうなのか？　なんでだ？　銭くすねるケチないかさま野郎を好きになれってのか？」ウェイレンが身を乗り出すと、用心棒たちは彼に飛びかかろうと構える。「聞けよキャメル、いまの倍もうかるぞ」キャメル・エアハルトが不満げに顔を傾けて言う。「聞こうじゃねえか」レコードが最後の溝に来て、引っかくような音を立てる。ウェイレンがエアハルトに向かって静かにするよう手振りで合図する。）

（曲終了）

ミッチ・ミラーの〈ミュンヘンの酒盛り歌〉でした。〈クワイ河マーチ〉と〈子どもの行進曲〉に続いてヒットしそうだね。いまかけた曲は今週大ヒット。ぼくの友だちのエド・サリヴァンが言うように、「ほおおんとに、ビッグ、だよおおー」。いまから一分間、ウェイン・マークスがスパークル歯磨き粉の説明をしてくれるから、よく聞いてね。

（ＣＭ、カットイン）

（「続けろ」とエアハルト。ジャッキーは壁にかかった大きな時計に目をやってＣＭの時間をはかり、すばやく切り出す。「おれはロッド・コンランを押さえて、あんたはワリー・ジョージを押さえてる。だから暴力団が――」「おれたちをそんなふうに呼ぶんじゃねえ！」とエアハルトにすかさず言われ、青ざめて続ける。「――あんたのグループがどっちも押さえたらいいじゃないか。そうすればドル箱スターを二人持てる。おれが二人のヒット曲を大々的にプッシュして、あんたに大もうけさせてやれるよ」エアハルトは銃を握った手を震わせ思案しながら、長いことウェイレンを見つめている。「コンランの分をこっちに取らせるってのか？」ジャッキーがうなずく。「何パーセントだよ」とエアハルト。ジャッキーが静かにするよう合図し、フェードアウトするＣＭの音に声をかぶせる。）

（ＣＭが終わり、アナウンスに移行）

本物の愛みたいに輝く歯のために、スパークルをよろしくね。ほかのブランドじゃだめだよ。スパークルには奇跡（スタートル）の成分ＰＡＸ‐60が含まれていて、さわやかなミント味。歯ブラシになにもなくなってもあわてたりしないで……スパークルしてね！

ではここでお待ちかねの曲いこうか。アンジーとフィル、マルシアとカール、デイヴと彼の大切な人、そしてトライアングル・デイリー・ホップのみなさんにおくります。ジェリー・リー・ルイスのビッグな新曲……〈引き波〉！

（曲カットイン）

（「なんだよウェイレン、何パーセントなんだ？」とエアハルトがまた尋ねる。銃を持った手は震えていない。「ゼロパーセント」とウェイレンが答え、レコードをかけると同時ににたりと笑いを浮かべる。女が鋭く息を吸い込むと、二人の用心棒が彼女のセーターのフロント部分をまじまじと見る。「そっくり売るってことだよ、キャメル」とウェイレン。「五万ドルであんたのもの。契約とか、おれが彼のレコードから手を引くとか、すべて保証する。それにワリー・ジョージのも」ずんぐりした男は薄い唇をちょっとなめると落ち着きはらった表情になり、「なんで急に心変わりしたんだ？」と尋ねる。ウェイレンが両手を広げる。「あんた方、まさかおれがあんた方の組織をだますなんて思っちゃいないよな。おれはコンランと契約したんだから、それをあんたに売ることができる。話し合いに来てくれるのを待ってたんだ。残念なことに、あんたは長いこと保留にしてて、おれにだまされてると思ってた。でもこれであんたは、おれが抱えてるコンランが上物だってことがわかっただろう。あんたもビジネスマンなら、金の卵産んでくれるガチョウを蹴っ飛ばすなんてことはしないはずだよな」エアハルトが、ジャッキー・ウェイレンにじっと目を据える。突然、まだ音を立てていない武器をコートのポケットにしまう。やたらとゆっくり、台所用マッチでパイプに火をつける。椅子を後ろに押しのけて立ち上がる。「また今度な」用心棒たちに鋭くうなずく。三人の男は調整室を立ち去る。ジャッキー・ウェイレンがターンテーブルのトーンアームに手を伸ばすと、三人の男は調整室の大きな窓の外で立ち止まり、彼を見つめている。）

（曲フェードアウト）

お届けしたのは、ジェリー・リー・ルイスの大ヒット曲〈引き波〉でした。一七丁目六七二〇のスピンドルでは、ジャッキー・ウェイレンの大幅ディスカウントでヒット曲が全部買えちゃうことをお忘れなく。たとえばこういうヒット曲——フランキー・アヴァロンの〈かわいい唇〉。

（曲カットイン）

（ジャッキー・ウェイレンは無言で腰かけ、唇を引き結び、目もしっかり閉じ、まぶたをかすかに震わせている。女がなにやらひと言言うが、ウェイレンは手を振って黙らせ、指先でごしごし目をこする。暗闇のなかでレコードが終わるのを待つ。終わると、いきなり割り込む。）

（曲終了、アナウンス）

さて、今日はビッグな日だったね、みんな。みんなが思ってる以上にビッグだったな。壁の大きな時計だともうすぐ六時、みんなのディスクジャッキーは店を閉めるよ、また明日。あと二曲かける時間があるから、それをお送りしてお別れしようか。ふつうはこの二枚ほどバッチリかけることはないけど、今日はほんと特別な日だったから、規則を破っちゃおう。きみたちのお気に入りになったんだものね。

じゃあもう一度、みんながたくさん電話くれて、もっとかけてとリクエストしてくれたロッド・コンランの〈愛するんじゃなかった〉と、めちゃラブリーなクリス・ロングの〈愛なんて〉、いくよ。二曲とも、今シーズンビッグなヒットになることまちがいなし。

（曲カットイン）

（ジャッキー・ウェイレンは立って体をかき、クリスティーネ・ロングが背をまっすぐにして青ざめた顔ですわっている椅子のところまで歩いていく。「あなたほんとに荒っぽい人生おくってるのね、ウェイレンさん」ウェイレンはかがんで彼女の顔を両手で包み、唇にしっかりとキスをする。「どれだけ荒っぽいか、おまえも今晩わかるよ」にやりと笑うと、体を起こして後ろに手を伸ばし、調整卓からタバコの箱を取り、一本振り出す。肺いっぱいに煙を吸い込んでから、訊かれてもいない質問に答える。「さっきのは計算ずくのリスク。やつらのほうから取引に来るのはわかってた。『聖バレンタインデーの虐殺』の時代は終わったわけじゃないかもしれないが、ごろつきのチンピラだとしてもあいつらはビジネスマンだ。コンランみたいな上物を取り逃すわけがない。連中は来る。今日はうまくいった。おれの策略どおり」女がかぶりを振る。「あの人たちは彼を使い倒すわ。しょうもない曲を大々的に売り出して、いろんなとこに出演させまくって、チャリティーにブッキングしまくって、徹底的に搾り取るわよ。そういう人たちなんだから」ウェイレンは肩をすくめ、卓の端に腰かける。「そういう仕組みになってるんだ。やつじゃなけりゃおれ。あいつは暴りょ――グループのために働きたがるさ」

（一枚目のレコードから二枚目に移る）

（女が立ち上がり、額にかかっていた一房の金髪を元のところに戻そうと半分顔をそらすと、調整室の大きな窓がそこにあった。ベレー帽をかぶり黒いコートに身を包んだ小柄で陰鬱そうな女がガラスの中央に立ち、二人を見つめている。女は妙な表情を浮かべてわなわなと顔を震わせ、体の前でぎっちりと銃を構えている。「ジャッキー！」とクリスティーネが金切り声を上げる。ウェイレンが振り向いて女に気づく。「シビル！」と言って息を呑むと、女は三センチばかり銃を持ち上げる。銃が移動するそのわずかな時間に、ジャッキー・ウェイレンの頭にさまざまな考えが猛然と駆けめぐる。それらは、ごちゃごちゃとまとまりのない考えだった。一つは――

女房は、フローリーがコラムでだれのことを語ってんのかわかってた。もう一つは――

あいつ、ナイトテーブルのリボルバーをどうやって見つけたんだ？　三つめは――なんてバカなんだ――しょうもないアホな田舎娘からこんなもの食らうために、人を蹴倒して生計立ててる殺人者の集まりをかわすなんて。ああ、なんてこった！　そして最後に考えたことは――

ジャッキー・ウェイレンにはこの人生で驚くことなんかもうない。

リボルバーのすさまじい発射音が控え室を抜けて調整室に響くとき、ピクチャーウィンドウのガラスにあいた三つの小さな穴から、無数の放射状の線が魔法のように生じるとき、火と痛みと無念さと呪いがジャッキー・ウェイレンをからっぽの容れ物のように満たすとき……）

（音楽がフェードアウトして消える、すっかり消える。）

ジェニーはおまえのものでもおれのものでもない

若島正訳

Neither Your Jenny Nor Mine

ジェニーが孕まされたと知って、最初に思ったのは、ロジャー・ゴアを見つけ出し、歩道に脳天逆落としをくらわせてやりたいということだった。最初に思ったのはそれだ。ジェニーが電話をかけてきたとき、おれは煙草に火をつけ、ルームメイトでおれの彼女のルーニーはこのことを知ってるのかとたずねたら、ええ、ルーニーは知ってるわ、あなたに電話をかけたらと言ってくれたのもあの人なの、とジェニーは言った。〈マッコールルズ〉でも一冊持ってトイレに行ってろ、ちょっと考えてみるから、二十分たったらこっちから電話する、と言ってやった。電話を切るときにジェニーが泣いていなかったのは不幸中の幸いだった。

この国では、すぐに思いつくどんな犯罪よりも凶悪で、しかも処罰されないのが一つある。それは、他人の話を真に受けるという犯罪だ。中古車販売店の承諾先取り法を本当に信じてしまう奴。「ドリンク二杯以上注文制」という鉛筆書きのカードがテーブルに置いてあるのを見て、それが決まりだと思い込んでしまう奴。プレイボーイがベッドに連れ込もうとして使うくだらない台詞を鵜呑みにしてしまう女の子。まあそんなものだ。ジェニーはそうした犯罪の波の産物だった。ゴマンとあるマスメディアが送り出す四色刷りや夢物語にイチコロになってきた、おつむカラッポの典型的なカモ、赤ちゃんはコウノトリが運んでくると信じている女だった。

九十日ほどして、あの娘のおなかは嘘をつかれたと告げるようになった。かつがれたと。

ルーニーとつきあいはじめて、彼女のルームメイト二人がどちらもどこぞの田舎から出てきたばかりの十八の小娘で、彼女が母鶏役をしてしっかり守ってやっていると知ったときに、こっそりいただいてしまうか、それとも雛鳥に対して頼れるお兄ちゃん役をやるかは五分五分だった。しばらくしてわかったのは、ルーニーを相手するだけでも精一杯ということで、それで後者の道を取ることにした。

おれたちは外出するときにジェニーと仔猫ちゃん（旧称マーガレット・アリス・カーゲン、二人目のルームメイト）を一緒に連れていくようになった。パーティ、映画、車で何マイルもブラブラして倦怠感を深く埋める集まり。仔猫ちゃんは悪くはなかった。なかなか世慣れた娘で、生まれたのはジェニーより六ヵ月遅いのに、身のまわりで起こっていることにずっと敏感だった。ジェニーはまったくありえない娘だ。性格にはどこかナイーヴなところがあって、それが独特の魅力なのかもしれないが、どうしようもなく愚かだときているから仕方がない。ナイーヴさと愚かさというのは異なる二つの側面だが、両方が合わさるとサッカリンのように甘いお馬鹿さんができてしまい、こっちは唖然と立ちすくんでしまうほどだ。

どうしてあの娘たちが一緒に来ても放っておいたのか？　それはある程度、おれたちを親代わりに思ったということだ。いやむしろ、おれたちがあの娘たちを子供代わりに思ったのか？　それはおれの過去のせいにしてもらってもいい。あまり思い出したくないふるまいの不完全な記憶だらけだ。本当に若かったときがあったのかどうかすら憶えていない。いくら記憶をたどってみたところで、他人の中に見つけ出したいと願うような、子供の頃の無邪気さというか本性はなかった。だから、ジェニーと仔猫ちゃんはおれの社会事業になったわけだ。深い意味があるわけじゃないが、あの娘たちが若さの恩恵にあずかるのを見て嬉しかった……まったく冗談じゃない、ノーマン・ロックウェルにエドガー・A・ゲスト、ペプシの広告用にみんなでポーズを取りましょう、ってか。

ケネス・デュアン・マーカム、三十歳の人道主義者。この子をキャンプに送ってあげましょう（手出しできないんだったらな、ほらほら！）。高潔な志と呼んでもらってもいいが、動機がまるで不純だ。

ジェニーを連れていったあるパーティで、ロジャー・ゴアに出くわした。ハンサムな成金だった（現在もそうだ）（未来もそうだ、おれの右手があいつの顔に命中するまでは）。他の人間だったらだらしないと映るような服装でもうまく着こなして、これまでまともな労働をしたことがないという見上げた経歴の持ち主だった。父親は何ややかやのチェーン店を経営していて、ロジャーは暇つぶしに鉄道の転轍手や戸別訪問する石鹸のセールスマン、夜警といった仕事についた。そのどれも長く保ったためしはない。そういう面倒な仕事についた理由は、野心満々の小説家と変わらない。そういう体験をしたと言いたいのだ。それはいかにもロバート・ルアーク、胸毛もじゃもじゃ、プロレタリア的だった。あいつは偽物だった。しかしハンサムで、人当たりが良くて、他の人間だったら——いや、この話はしたな。

そのパーティは、ジャズ演奏をやっている繁華街のナイトクラブで大学生がヒップスターに会い、次の夜「ちょっとした集まり」に来ないかと誘うようなパーティだった。その結果、部屋は満杯になった。半分は不器用で青臭いＵＣＬＡの学生、もう半分は色とりどりの衣装に身を包んだ、動きのなめらかな黒人だ。そこは、灰色の猫（白人を指す）たちがニグロと同じ時間帯にいるというだけで、冒険をしているような気分になって興奮し、黒人たちは出すぎた真似をして、白人が踊るワッシを自分たちの超素敵なダンスで顔色なからしめ、只酒をさんざせしめていくような場だった。

腹の底では、みんながみんなを嫌っていた。

入っていくと、いの一番に目に飛び込んできたのはロジャーだった。繁華街で見かけたことがある黒人二人の仲間に加わろうとしていたところで、相手の方は大目に見ていた。ところが彼らも「冷たいものを感じて（当時の用語で、人種的偏見の表れを指す）」、ロジャーは締め出しを食うことになった。けなされると（げんなりした表情からわかる）、あいつは立ち去っていった。おれは彼女たちを連れていって紹介した。黒人二人にだ。ロジャーはむこうから勝手に自己紹介にやってくるから、こっちが心配する必要はない。しかし繁華街の仕事師たち二人は悪い奴、つまりいい奴だった。そのうちの一人はレコード販売店の配送係で、もう一人は男性用高級美容室のモッテコイをしていた（モッテコイとは、「コーヒーを持ってこい、ジェリー」「ベントリーさんの靴を持ってこい、ジェリー」）。

「よう、調子はどう？」

「どうしてたんだ、おまえ、長いこと見なかったじゃないか」

「忙しくてな」

「ああ、どうせそうだろ、いつもあれやこれやで忙しいんだな」

「パンはテーブルの上に出しておかないとな（食っていかなければならない、という意味）……」

「ポケットの中に入れておかないと、だろ！」

「まったくだ」

ジェニーはポカンとした顔でそこに突っ立っていた。あの娘にしてみれば、ここはどこ？といった感じだろう。ルーニーはいつもどおりにご機嫌で、愛情のこもった視線を送ってくるのが最高だった。おれは二人を順に指さして、紹介した。

「おい、ジェリー、ウィリス、こちらがルーニーとジェニー」仔猫ちゃんはデート中だった。サンタモニカ出身の公認会計士だ。スゴい！

「お会いできてとっても光栄です」ジェリーはにっこりした。西欧人の中でもいちばんきれいな歯並びで、本人もそれをわかっているから、グローマンズ・チャイニーズ・シアターの入口みたいにそれを光らせた。「お会いできてとても光栄です」とウィリーは言った。いい気分にさせようとおれをかついでいるのだ。ルーニーに気のあるそぶりを見せたのは、そうすればおれの鼻が高くなるのをわかっているから。おれは奴らの力こぶに軽くパンチを食らわせてから、そこを離れて群れの方へと行った。ホストに挨拶したら、こいつが本物のノロマ、それからおれたちは寝室にコートを持っていった。そこではＵＣＬＡのお二人さんがベッドの上に積まれたコートの中で事に励んでいる最中だったので、コートは窓側席に掛けておいた。くだらなくて、退屈なパーティになりそうだ。

リズム&ブルースの大音響がリビングルームから聞こえてきて、ダイニングから流れてくるバブルガム・ポップと正面衝突し、二つの部屋をつないでいる廊下で互いに打ち消しあっていた。

おれたちはそういう台風の目地域に足を踏み入れ、バーを探しはじめた。ロジャー・ゴアが台所へ向かうのを見かけたので、どこへ行けば酒が見つかるのか、すぐにわかった。おれはジェニーの方をふり向いて言った。「ほら、あそこにグレーハウンドみたいな歯をしたのがいるだろ、台所に入っていく奴」

彼女はうなずいた。

「あいつには近づくなよ。このパーティには厄介じゃない奴がわんさかいる。でもあいつは厄介だ。抜け目がないし、見た目もいいが、クソ野郎だぞ。おまえに三回言っとくけどな、一、二、三、あいつの手の届くところにはいるなよ。それが今夜の唯一のアドバイスだ。さあ行った行った」尻を押してやったらあの娘は移動していった。

ルーニーがニヤニヤ笑った。「若人のモラルのお目付役なのね」

「消してやるぞ」おれは答えた。

「ここじゃやめておいてね」彼女の耳にかじりつきたくなるときがある。それにあの忌々しい笑い方。ハイジ。ラプンツェル。白雪姫。マタ・ハリ。

おれたちはおれたちで行動して、台所にいるロジャー・ゴアに会釈した。マティーニと酢漬けのキュウリで何かよからぬことをやっている。なんてクソ野郎!

一時間ほどたち、ルーニーはウィリスと踊っていて(あの調子のいい奴!)、おれは隅っこで、誰かがレコードの山にこっそり入れたT－ボーン・ウォーカーの七十八回転を聴いていたところだった。ジェニーがこっちにやってきた。「ロジャーと一緒に外で一杯飲んでくる。半時間したら戻るから」

怒るほどのことだとも思えなかった。どうせこうなるとわかっていた。棚の上にのぼって壜から豆を一粒取り出して鼻の穴に突っ込んじゃいけないよ、とちっちゃな子供に言ったとしても、家に帰ったら、案の定その子が顔を真っ青にしてリノリウムの床にのびていて、鼻の穴には豆。子供というのはそういうものだ。

あの娘はロジャー・ゴアの腕をとって出て行き、ルーニーがウィリスと汗をかくのをおしまいにして戻ってきたとき、おれはジェニーがニタニタしながら退場したことを教えてやった。

「どうして止めなかったの？」とルーニーは詰問した。

「おれが誰に見える？　トルケマダ（スペインの異端審問所長官）か？」おれはカッとなった。「おまえとおれの仲を切り盛りするだけで手一杯で、世間全般を相手になんかできっこない。それに、あいつはきっとあの娘を傷つけたりしないさ。きっと戻ってくるから」

六時間待った。パーティは終わっていたし、おれたちはすっかりくたびれ果てて、ようやく家へ寝に帰った。午前五時に電話が鳴ったので、そいつを手探りして、なんとか鼻のところに持っていき、それで鼻をかんだ。一分ほどしてハテナと思い、間違っていたのに気がついた。そこで目のところに、次には口に持っていって、消去法でようやく耳に当てた。かけてきたのはジェニーだった。

「迎えに来てくれない？」

「イマナンジ?」

「わかんない、遅い時間だわ。迎えに来てくれる?」

「イマドコ?」

「サンセットの公衆電話、ハイランドの近くの。迎えに来てくれる?」そこであの娘は泣き出した。おれはたちまち目が覚めた。

「大丈夫か?」

「うん、うん、大丈夫、迎えに来てくれる?」

「いいとも。もちろんさ。でも、何かあったのか? みんながいなくなるまで待ってたんだぞ。いったい何があったんだ? ルーニーが死ぬほど心配してたぞ」

「後で話すから。すぐ迎えに来てくれる?」

「十五分でそっちに行く」

ジェニーが電話を切り、おれはルーニーを起こさないようにこっそりベッドを抜け出して、チノパンとジャケットを急いで着込み、ずらかった。ジェニーは言っていたとおりの場所で街灯の下に立っていて、車の中に放り込むと、すぐに泣き崩れた。家まで連れて帰って、リビングのソファベッドに寝かせてやってから、おれももう一度寝直した。

翌朝ルーニーは彼女をみなしごアニー扱いしてやさしい声でなだめた。ようやく引き出した話は、それほど目を剝くようなものじゃなかった。あの男はジェニーを近くの小さなバーに連れていき、酔わせようとして(わざわざそんなことをする必要はなかった。ジェニーは——おとなしい言葉を使えば――ちょろい相手だと思われるのを嫌がるほど頭が良くはない)、ようやく、車であいつの家まで行こうと言った。その車はルームメートのものだということになっていた。家に着くと、あいつはお遊びに取りかかり、ジェニーが誓って言うには、結局思いを遂げなかったという。子供っぽい仕返しで、ロジャーは眠りこけてしまった。三時間ほど待ったが、それでも相変わらずいびきをかきつづけていて、とうとう彼女はあいつを起こそうとした。起きられなかったのか、それとも起きる気がなかったのか。ともかく彼女はとうとう立ち上がって、一時間半後に公衆電話までなんとかたどりついたという話。

「どうしてあいつの家から電話しなかった?」

「あの人が目を覚ますのが怖くて」

「でも、起こしたかったんだろ?」

「うん、そうね」

「だったらどうしてそこから電話しなかった?」

「怖かったの。あそこから逃げたかったの」

「怖かった? 何が? あいつが?」

「それは……」

「ジェニー、言えよ、本当のことを、あいつはやったのか?」

「いいえ。誓うわ。わたしが抵抗したら、すごく怒って。わたしのことを……ひどい言い方で……」

「あいつがおまえを何と呼んだかはわかってる。忘れてしまえ」

「そんなことできない」

「だったら憶えているんだな。でも、おれに嘘はつくなよ。あいつは挿れたのか？」

ジェニーは顔を背けた。そのときには、言葉の選び方のせいかと思っていた。「ううん、やってない」と彼女は言った。それでおれは、自分のものを取られたような気分でロジャー・ゴアに腹を立てる気にはどうもなれなかった。あいつはどんな男でもしそうなことをしただけなのだ。ものにしようとして、失敗して、それでうんざりしたのだ。あいつの最大の罪は紳士じゃなかったことだ。眠りこけて、彼女に自力で身を守らせたことだ。しかしそうは言っても、ゴアが紳士じゃないのはとうの昔にわかっているから、見つけ出してのしてやるほど腹は立たなかった。おれたちはそれで一件落着にした。その話はもう忘れていて、幸いにも、しばらくのあいだはロジャー・ゴアにふたたび出くわさなかった。

さて、八週間後、おれが煙草をふかしているあいだ、ジェニーはアパートのトイレでぐったりとして、〈マッコールズ〉を読み、おなかでは胎児が成長していた。おれは責任を感じた。電話が鳴った。しぶしぶ取ると、ルーニーだった。「あの娘、話をした？」おれはもぐもぐと肯定らしき言葉を口にした。「解決策が何かあるの？」

「三通りあるな」とおれは答えた。「産むか、堕ろすか、それともロジャー・ゴアに結婚してもらうか。おれの意見じゃ、第一案と第三案はペケで、第二案がいちばん実現可能、それと手っ取り早い第四案もまったく可能だな」

「第四案って？」とルーニーはたずねた。

「あの娘がドタマをぶち抜くことさ」


ジャズミュージシャンの数人と親しくなること、パーティで娼婦に会うこと、近所で数字賭博をやっている食料品店の主人と懇意にすること、ときどきは黒人街で深夜セッションをすること、それだけでいい。するとたちまち、謎の人物、暗黒街に「コネ」を持つ男になれる。これまで唾を飛ばせる距離で耳にしたことがないような、口に出せないほど汚らわしい相談事を持って、みんながやってくるようになる。それは、現実世界がどういうものか、これっぽっちもわかっちゃいない人間にはお決まりになった反射神経なのだ。そういう連中は一線を踏み外したことが一度もないものだから、社会的に許容された世界の制限範囲を超えたところに住んでいる人間は、誰であろうが謎の人物、まあ、そういうあれ……の男だということになる。

すぐに堕胎医を見つけられないか、とルーニーが訊いてきた。

「何だってえ？」

ルーニーは蜂蜜がとろけるような声で、ずばりと質問を繰り返した。それは最初からわかりきった結論だった。怪しげな暗黒街の住人であり、ならず者、チンピラ、安娼婦の知り合いである「スパイダー」マーカムこそ、屠殺屋が必要なときにたずねてみる相手というわけだ。

「堕胎医を知ってるだなんて、どうして思った？」

「あれ、知らないの？」

「当たり前だ。知るわけないだろ。おれはちゃんと避妊をする。ロジャー・ゴアみたいな低能じゃない。これまで誰も孕ませたことはないし、それゆえ、堕胎医なんて一人も知らない」憤慨をあらわにして見つめると、彼女は平然と見つめ返した。納得していないのだ。自明の理由から、コネを隠しているに決まってる、と思っている。

「なあ、おれの話、信じてないだろ、違うか？」おれはこの口論でズタズタにされた気分になってきた。それにジェニーはただそこにずっと座ったまま、うなだれているだけで、そのあいだにもおなかが大きくなりつつあるときている。

「じゃあ、誰かに電話をかけることくらいできるでしょ、あなたの変なお友達の一人にさ、違う？」

おれはヴァン・アレン放射線帯よりも空高くぶっ飛んだ。「かついでるんだろ、ルーニー！　誰に電話しろって？『変なお友達』ってなんだよ？」顔がカッカとして、口の中まで熱くなるほどだった。

ルーニーは非難めいた目で見つめた。

そこでおれはキャンディに電話をかけた。

キャンディは、犯罪組織とまでは呼べなさそうな、名前のない利益団体の用心棒をしている。集団、あるいは連中、あるいは奴らと呼べるかもしれないが、犯罪組織ではまったくない。どだいギリシャ人で、シチリア人じゃない。

しかしキャンディは、たしかに怪しげな奴だった。東ロサンゼルスで数字賭博をしている胴元に雇われて借金の取り立てをしていて、その三百四十ポンドの巨体がバレエのプリマドンナみたいに軽やかに飲食店へ入っていったかと思うと、十秒もたたないうちにテルミット爆弾でも投げ込んだ騒ぎになったのを目撃したことがある。「今週は当たりが多くてな、キャンディ」と店主がだまそうとする。「取り分はちょびっと。ちょびっとなんだよ。ぜんぶは精算できない。でも半分くらいだったら渡せるよ、キャンディ、残りは来週いつか払うからさ」

威容ときたらエトナ山と比べてもさほど遜色がないキャンディは、ふいごのような胸に息を吸い込み、ポーター鳩みたいに、通常の二倍くらいに胸をふくらませ、窒息しかけの赤ん坊めいたかよわい声を出して、こう答える。「アンジー、すまないがちゃんと工面してくれないと、痛い目にあわせることになるからな。マジで」奴らはちょこまかする。そしてカウンターの下にある薄汚い現金入れから、隠してあったキャンディの取り分を取り出すのだ。

そういうわけで、知り合いの中でもいちばんおとなしい奴かもしれないキャンディに電話をかけた。

「やあ」とおれは切り出した。とりたてて冴えた切り出し方ではないものの、そのときにはそれしか手持ちがなかった。「実は、友達の友達が、おなかが大きくなっちゃってな。誰か、その、面倒を見てくれる人間を知らないか?」

キャンディは侮辱されたと思ったらしい。金切り声をあげてどならんばかりだった。おれをどういう人間だと思ってるんだ? そういうたぐいの連中とつるんだりはしない。いいか、おれをそういうたぐいの人間だと思ってるんだったら、電話帳に載っていないおれの電話番号をどうぞお忘れになっていただきたい。なんて厚かましい！　なんて図々しい！　おまえはどういう連中とつきあってるんだ、そんなことをする奴が必要になるなんて。そして最後に、あばよとガシャン！

おれはジェニーとルーニーの方をふり返った。「切りやがった。やれやれ」

二人はショックを受けたように見え、ルーニーは怪しげな連中の胡散臭さを遠まわしに皮肉った。おれはうめき声を出したような気がする。

次にヴァン・ジェサップを当たってみた。いろんな人間を知っていそうな性格俳優だ。彼は誰も知らなかった。次に当たったのは、何回かジンラミーをしたことがあるテレビのディレクター。彼はあらためて電話すると言った。次に当たったのは、サンセット・ストリップでよく見かける変な女で、彼女は用心深い質問をいくつかしてから、かけなおすと言った。次にポモナに住んでいる親戚に訊いてみたら、笑いが止まらないといったふうで、あらためて電話してちょうだいと言った。次にボファーに電話をかけてみた。作家であり、歌手であり、下の世話をしてくれる遣り手だ。会話はこんなふうに進んだ。

「医者が要るんだ」

「だったら医者に行けば」

「おれじゃない、女だよ」

「妊娠したのかい？」

「当たり前だろ、馬鹿野郎。ブルー・クロス協会かなんかだと思ってるのか？」

「ルーニーか？」

「笑わせるなよ」

「だったら誰だ？　それに、おまえがよろしくやってたのをルーニーは知ってるのか？」

「孕ませたのはおれじゃない」

「らしそうな話だな」

「いい加減にしろよ。こっちは真剣なんだ。これはもう笑える話じゃなくなってる。おれの女のことじゃないし、やったのはおれじゃないし、子宮掻爬(そうは)をやってくれる男を探してるんだ。それで、助けになってくれるのか、どうなんだ？」

「まあな。たまたま、これまでにも――」

「そういう話は知りたくない。おまえがその筋の玄人だって、みんな言ってるぜ。誰か紹介してほしい……頼みたいのはそれだけだ、ボファー。友達のためなんだ」

「なあ、そういう電話をかけられると、誰だっておまえのことだと思うぞ」

「わかってる」

「いつから博愛精神に目覚めた？」

「つい最近かかった病気さ。で、そいつの名前は？　電話番号は載ってるか？」

「おまえはおれよりずっと高潔で友達思いなんだな。こんな汚いことに手を染めたら評判を落とすぜ」

「評判なんてない。名前は？　言えよ！」

しばらく間があり、まるでボファーはノーと言おうか真剣に考えているみたいだった。そういうところが妙な奴だ。ものの考え方は根拠がきわめて薄弱で、彼自身ですらほとんどわかっていないようなごちゃごちゃしたことで頭がいっぱいだし、ネズミみたいにチョロチョロするのが特徴なのは、長年ハリウッドのメリーゴーランドに乗りすぎていたせいだ。「書き留めてくれ。鉛筆は持ってるか？　よし、いいか、書けよ。S・ハイメ・クインターノ。電話番号は――」

彼は早口で二度言ったが、それでもまだよく聞き取れなかった。そこで彼はゆっくりと言い聞かせ、おれはできるだけ正確に書き留めた。

「恩にきるよ、ボファー。礼はきっとする」

情報を渡すと、ジェニーはまるでそれを汚染物質みたいに見つめていた。「電話をかけるのはおまえだぞ」と教えてやった。「この男は腕が良くて、自分の病院も持っているし、週の大半はミゲル・アレマン病院で働いている。大きな病院だ。友達の話じゃ、女の子をそこに何回か連れて行ったことがあって、この医者はとてもちゃんとしていて、とても腕が良いらしい。費用は三百ドル」

ジェニーはまだその紙切れを見つめていた。

「これが電話番号」とおれは強調した。まるで銅像に向かって話しているみたいだった。「DU-5-3-3-7-2、それがティファナ市内の局番で、名前はそれで綴りが合ってると思う。ジェニー……？」

最初にジェニーの肩が波打ちはじめた。無言で。それから、まるで憑かれたように、全身が激しく震えた。そして瞬時のうちに涙を流さず泣きはじめ、顔をほとんど胸に埋めて、頭の先を荒海のコルクみたいに浮き沈みさせていた。事の次第をようやく呑み込んで取り乱したのだ。彼女が経験したのは愛ではなく、もっと粗野で、もっと単純なこと、もっと破壊的なことだった。彼女は汚染され、侮辱されたと感じた。時代遅れになった言葉の最も厳密な意味で、汚されたと感じたのだ。そばに寄って腕をまわした。そのときには、彼女はおれがそこにいることすらわからなかった。強く抱いてやった。それは長い時間に思えた。それからゆっくりと震えが収まると、彼女は顔を上げた。おれのシャツの前はぐっしょりになっていた。

ジェニーは腕の中から出た。「ティファナの市外局番は?」と彼女は小声で言った。

「9-0-3」と、部屋のむこうからルーニーが言った。おれはびっくりしてルーニーを見た。

「わたしもそこに行ったことがあるから」悲しそうな顔だった。そのときおれは気づいた。指一本触れられずにやってくる子は誰もいない。

誰もが火の中をくぐり抜けてくる。

ジェニーは受話器を取ってダイヤルを回しはじめた。

木曜がめぐってきた頃には、さらに六人の名前が挙がっていた。モントレーパークの医者。料金は三百ドルから五百ドルという噂だが、どうやらちょっと前に手入れを食らったらしく、今では秘密になっている。行くとしても、その郊外地まで車で出かけることになるだろう。ティファナにさらに五人。自前の病院(エンフエルメリア)を持っている兄弟。料金はたったの百五十ドルで、「看護婦のカルロッタさんに、ここへ電話しろと言われました」とさえ言えばいい。どうやら看護婦のカルロッタさんとは、この兄弟がつるんでいるロサンゼルスの遣り手らしい。もう一人は、伝えられるところによれば、患者を八時間も待たせるらしく、考えただけでも恐ろしい。あの町で一晩過ごすのはジェニーにとって手術を受けることよりもツラいだろう。そこにはオズワルド・トレメイン・ジュニアというアメリカ人の医者もいて、情報源に「屠殺屋」という仇名を付けられていたが、料金はたったの百二十五ドルだという。おれたちはクインターノが最善だと決めた。彼の名前はきわめて信頼できる筋からふたたび挙がったので、ジェニーがあの夜に入れた予約の日付を動かさないでおくことにした。

ルーニーとおれがジェニーをそこまで車で連れていくことは、暗黙の了解になっていた。もし彼女の両親がこのことを知ったら、結果はどうなるか、想像するだけでぞっとする。ジェニーはそれ以上何も言わなかったが、もし出来事を包み隠さず説明すれば、ひょっとすると親御さんたちは理解を示してくれるかもな、と言ってみたら、彼女はこう答えた。「パパに殴られたことは一度もないけど、とても声が大きくて、革のベルトをしてるの。ママはきっと泣き出すわ」

話はそこまでにして、おれたちは電話をかけた夜からあの木曜までのあいだ、忙しく過ごした。おれが乗っていたのはＭＧのマグネットで、ジャガーのツーリングセダンよりも安い、見かけ倒しの模造品だ。そうは言っても素敵な車で、内装は本革張り、デュアルキャブだし、取り外しがきく、どっしりしたウォールナット製のダッシュボード、４ドア、ＭＧではおなじみの赤く塗ったエンジンが付いている。旅に備えて油をさし点検してもらった。ルーニーはもちろん働いていたので、準備はすべて心の中だった。ジェニーについて言えば、十八歳の年が悪夢に変わって、今どういう心理状態でいるか、これをうまく切り抜ける能力があるか、という点では、もう二度と泣かなくなり、話す言葉も自分を責める口調ではないことしかわからなかった。

医者に電話をかけたときどんなことを言われたかとたずねたら、こうだった。「女の人が電話に出たわ。『こんにちわ（ブエノ）』って。フレズノ出身の友達から、クインターノ先生に診てもらえって言われたんですと言ったの。そしたらその女の人が先生に取り次いでくれて、そこで同じことを言ったら、何の診察ですか？って。生理不順なんです、って、あなたのお友達に教わったとおりのことを言ったら、ちょっとお待ちくださいって。もうこれ以上話はしたくない、みたいな早口だった。そしたらまたあの女の人が出て、お越しになりたいのは何日ですかってたずねるから、木曜ですって答えたら、サンディエゴまで来たところでお電話くださいって」

ジェニーは大丈夫だろう、そんな気がした。彼女はごく短期間のうちにずっと鋭くなっていた。幼年期と青年期はそんなふうにあっというまに過ぎ去ってしまうことがある。太陽か不愉快な体験のせいで蒸発した朝霧のようなものだ。哲学者マーカム。おれの思索集をぜひお見逃しなく。あそこの紫色の書類綴じに入ってるから。

クインターノの係の女が次に持ち出したのは三百ドルの件だった。「先生の料金はご存じですか？」と女はたずねたそうだ。三百ドル、とジェニー。今は違いますよ。それは去年の料金です。あれやこれやとコストが高くなって、頸管拡張子宮掻爬手術の現時点での料金は四百ドルになってます。それで結構ですとジェニーはその女（名前はナンシーで、かすかにスペイン語訛りがあった）に言ったし、おれにも言ったし、ロジャー・ゴアにも金の件で電話をかけたときに言った。

彼女はそれで結構ですと言った。

しかしロジャー・ゴアはノーと言った。

それだけではなく、おまえは売女だとも言った。性悪女で、ゆすりで、尻軽女で、道端の犬とだって寝るし、たぶん体内に刺さってるのと同じだけのトゲが体外に出てるとしたら、まるでヤマアラシみたいに見えるだろうとも言った。そして騎士道精神を発揮した議論を終えるに当たって、ロサンゼルス繁華街のファースト・ストリートとメイン・ストリートで尻でも売って手術代を稼ぐんだな、と付け加えた。「おまえじゃまともな値段を取れやしないが、それだけの金を稼ぐのに二、三百人以上の男と寝る必要はないから」

ジェニーがそのやりとりを再現したときに、おれは顎の筋肉がコンクリートになったような気分だった。歯ぎしりで奥歯のエナメル質を五、六層くらい削ってしまったに違いない。正直、あの野郎をぶっ殺してやりたかった。

「あいつに話をつけてやる」とおれは言った。

おれは車を出して、ガソリンスタンドの公衆電話で停めた。そして二ドル分のハイオクを入れてもらっているあいだに、ロジャー・ゴアに電話をかけた。

「ロジャーはいるか?」

「誰だ?」

「ケン・マーカム」

「いないよ」

「もし一人前の男らしくふるまわなかったら、この世にそう長くはいられないぜ、ゴア」

「来たら言っとく」

「シャキッとしろ、ゴア。あの娘が厄介なことになってるんだ、ちゃんと責任を取る覚悟しとけ」

「うるさい」ガシャッ。

おれは車のところに歩いて戻った。「ブルーチップのスタンプは要りますか?」とガソリンスタンドの店員がたずねた。

「ああ。貯めてるからね」

店員はにっこり笑った。話のきっかけをつかむこと。それが顧客をつかむコツ。「そうですか。お目当の賞品は?」

「水素爆弾さ」

おれが出ていくときに彼はまだポカンと見つめていた。

言うまでもなく、思ったとおりだった。奴はたしかにとんずらしかけていた。あいつの家の車道に車で入っていこうとすると、ちょうど奴は車で出ていこうとしているところだった。奴が急ブレーキをかけてインパラを停め、おれはその行く手をふさぐように急ターンしてマグネットを横向けに停めた。そしてエンジンをかけたまま、非常ブレーキをかけたままにして車から飛び出し、相手が態勢を整える前に、吐いた唾のような速さで奴に向かって突進していった。奴は窓ガラスを閉めドアをロックしようとしていたが、おれは奴から遠い側の後部ドアを思いっきり開けた。ドアが四つに窓ガラスが四つあったら、奴がそれだけ手をかけるよりおれが奴に手をかける方が早いに決まってる。物の道理だ。バシーン！
ドアを開けて、奴がふり向く前に後部座席に飛び込んだ。腕を首に巻きつけ、奴を運転席から半分引っぱり出した。そして空いた手で奴のそばにあるドアハンドルを引き、フロントドアを大きく開けた。まだ奴をつかみながら、後部ドアを殴って開け、腕をまわした。上着をつかみ、横向けに引きずり出した。そして尻から落ちたところを、馬乗りになった。

「おまえの家に行こうか」とおれは言った。

車のキーを取り、二年間のアンクル・サム暮らしに懐かしのフォートベニング（米陸軍の駐屯地）で学んだ引っ立て方を使いながら、犬みたいな小走りで家まで戻った。ドアの鍵を開けると、尻のまんなかにちょうどおれの足を載せられるくらいの距離まで、奴をどんと押した。それから思いっきり蹴飛ばしてやると、伊達男ブランメルは手足をばたつかせながら部屋のむこうまで吹っ飛び、本物の偽マホガニー製ポータブルバーに頭から突っ込んだ。ガラス食器が四方八方に飛び散り、奴の右手が引っかけた装飾用のカクテルシェーカーは壁にぶち当たり、キャスター付きのバーは横倒しになった。おれはドアを後ろ手でバタンと閉めてから、だらしない恰好で伸びている奴のところに近づいていった。その目はまるでロールスロイスのフォグランプみたいだった。

「四百ドル」上着の前とヴィダル・サスーンの料金二十ドル也のレザーカットをつかんで、奴を吊るし上げながら、おれはとてもやさしく言った。

「いや、おれは、聞いてくれ……」奴はぶつぶつ言いはじめた……

「掻爬（キュレタージ）とは」とおれは最近読んだものから暗唱した。「掻き出すという意味のフランス語である。これは子宮に対して行う最も簡単な手術であり、子宮内膜を掻き取ることを指す」まだ髪の毛をつかんだまま、奴の上着を放して、握り拳をかまえた。「手術は軽い全身麻酔で行う」左目のすぐ下のところを、ありったけの力で殴ってやった。「通常、子宮は洋梨形をした筋肉性の器官であり、およそ長さ三インチ、幅二インチ、厚さ一インチで、骨盤の中央部にある」奴は横様に崩れ、皮膚が焼けこげ、青くなってから灰色になり、小さい傷口から出血が始まっていた。目はかすんでいる。「子宮は」とおれは続け、意識を取り戻させようと鼻梁に平手打ちを何度となく食らわせた。「三つの層からできている——薄くて、外側にある、鞘のような膜と、厚い筋層、そしてこの器官の中央にある空洞の内膜である」意識を取り戻したらしく、青い目が復讐の女神に対する恐怖でうわごとを叫んでいる。舌が口からのぞいていて、手の平で打つと、奴は舌の先を噛み、おれに向かってわけのわからないことをわめいた。右の耳、それから左の耳と殴ってやると、頭がアイスクリームのコーンの先っぽみたいにグラグラした。

「簡単に言えば、子宮の機能は受精卵（卵巣から卵管を通って移動する）を受け入れ、妊娠中に成育する受精卵に栄養を与え、そして——」ありったけの力で殴ると、口の中が真っ赤に染まった——「充分に成育した胎児を排出することである。四百ドルだぞ、ロジャー」下唇が切れ、歯が上唇を噛んで、奴はまた気を失った。

小さな声で、「四百ドルだぞ、ロジャー坊や」。奴はズルズルと横向きに倒れた。怯えた表情でそこに伸びている。

おれは台所に行って、冷たい水を一杯グラスに注いだ。だらしない奴だ。こっちがグラスぬぐいをさせられるなんて。

みごとな手際の良さとは言えないが、おれは訓練を受けた殺し屋じゃない。ただ、そこには典型的な逆上ぶりと、自分の中にこんなものがあるとは知らなかったほどの憎悪と暴力があった。じっと座ったまま、奴が濡れたタオルで顔を拭くのを見つめていると、膝が震えてきた。奴の顔は、誰かが十ポンド分の犬肉と間違えて、揚げ物にしようとしたみたいだった。左の目は腫れあがってふさがり、赤と青が混じってぼってりした角膜が明かりの中で光っていた。口の中はギザギザで、歯で嚙んだところがザックリ切れている。体じゅう小さな切り傷や打撲傷だらけで、正直言って、PJ's（ハリウッドにある有名なナイトクラブ）のクローク係の女の子が彼を見てウィンクするまでには少々日数がかかるだろう。おれは奴に受話器を渡してやった。奴はそれを見て、それからおれを見た。目から頰にかけて青く染まりかけている。

奴は父親に電話をかけ、ひどく困ったことになったので四百ドルが必要だとかなんとか、たわけた話を口にした。どれくらい困ったことになったかはわかっていたようだ。奴の親父は承知したらしい。というのも、やりとりの途中でロジャー・ゴアの顔が見るからに明るくなったからだ。「わかったよ、パパ、これで最後だから。心機一転するから、まあ見てて。がっかりさせないから、パパ、恩にきるよ」と何度も言ってから、奴は受話器を下ろした。おれはこれ以上ないほどのきびしい目つきで奴をにらんでから、こう言った。

「ジェニーみたいな女の子が馬鹿な真似をしないように守ってやる法律がないなんて恥ずかしいことだ。紳士らしくふるまわない男を処罰する法律がないのも恥ずかしいことだ。だがな、いずれにせよ、ロジャーくん、おまえに貸してやった痛みよりも、もっと深刻な痛みが世の中にはあるんだぜ。おれはべつに、脅迫と暴行の罪でおれを訴えに行くなとは言っちゃいない。ただ、そんなことをするのはばかげてるな。脅迫というのは暴行するぞと脅すことで、べつにおれは脅しなんかしなかったから、せいぜいおまえに言えるのは暴行を受けたということだし、それでおれはムショに五年ほど食らい込むことになるかもしれんが、世の中にはもっと深刻な痛みが本当にあるんだぜ、ロジャーくんよ、そいつを施すのはおれよりもっともっと不愉快な連中だ。そこをゆっくり考えてみるんだな。

木曜にジェニーをティファナまで連れていくことになってる。それまでに金を渡しておけよ」おれは立ち上がって去ろうとした。

奴は床に倒れたままおれに向かって吠えた。「おまえのジェニーは思わせぶりな売女だぞ！　おれと同じくらいにヤリたかったんだ、おまえのジェニーはな！　いったいおまえは誰を助けてやっていると思ってる？　おまえのジェニーはおつむの薄い尻軽女で、守る貞操なんてないんだぞ！おまえのジェニーなんかクソ――」

おれは慎重に計算した力を込めて奴の股間を踏みつけた。そして静かに付け加えた。「あの娘は、おまえのジェニーでもなければおれのジェニーでもない。あの娘にはジェニーという自分があるんだ。そのどこが悪かろうが、それでも人間なんだ。

「その条件は、おまえにははなさそうだな」

おれが去ったとき、奴は浜辺に打ち上げられたバスみたいに口をパクパクさせていた。車のエンジンはまだかかったままだった。


戻ってみると、ジェニーは一人きりだった。ルーニーは両親に会いに出かけていた。新しい犬を買ったそうで、赤ん坊や仔犬となるとルーニーは目がないのだ。そのどちらにもジェニーがちょっと似ている、というのは気まぐれな思いつきではない。赤ん坊のような、洗ったばかりみたいなピンク色の顔と困惑ぶり、それと仔犬のような、愛したい、愛されたいという熱望と欲求が、第二の首輪のようにまとわりついている。

「ジンラミーでもやるか？」とおれはたずねた。

彼女は黙ってうなずき、食器棚のところにいって、端が折れたトランプを取ってきた。おれたちはソファに座り、彼女がシャッフルしているあいだにおれは煙草に火をつけた。おれたちは何も言わずにしばらくプレイしていた。とうとう、おれがスペードの手で四点でノックしたら、彼女はざっと二十五点の手だった。おれは言った。「ロジャーに話をした。あいつは気が変わったよ」

「手荒なこと、しなかったでしょうね！」ジェニーが最初に思いついたのはそれだった。金はもらえるのか、とか、これで助かるのか、じゃなくて、あいつは大丈夫か、なのだ。おれは胃袋の筋肉がキュッとなる、あの方向感覚の喪失を感じた。それはまるで、誰よりもお互いのことをよく知っている二人が痴話喧嘩をしているところへ、仲裁してやろうと割って入ったお邪魔虫のような気分だった。「あいつは大丈夫だよ。ただ……ちょっとばかし話をしただけで。責任を取るのがあいつだというのを納得させてやったのさ。木曜までに金をおまえに渡すことになってる」

ジェニーが両腕をだらりと下げたので、持っているカードが見えた。あまりすごい手じゃなかった。「よかった」と彼女はやっとの思いで言った。その姿にはミルクのような薄白さがあった。まるで生気の根本的な成分が触媒作用に遭って、体内で蒸発してしまったみたいだった。その瞬間、ほんの少しだけ、死人に見えた。

ジェニーはカードを手から落とし、目を閉じてソファにもたれかかった。髪は生まれつきブロンドで、きついカナリヤ色と黄土色のあいだくらい、それをいつもは最近の女の子だとあまりやらないポニーテールにしている。しかし似合っているし、若さが見ていて心地よい。そこで静かにしている彼女を見つめていると、おれの中で何かがグラッときた。

彼女が何か言ったのだ。

実際に聞いたわけではなく、聞いたように想像しただけなのだが、ジェニーは言ったのだ、ぼんやりと、恐怖や心もとなさを伝えるのにどんな言葉が選ばれたかもわからずに、ジェニーはこう言ったのだ。「ああ、ケニー……」

するとそれは別のときの他の誰かの声になった。今でも誰だか思い出せない。いいわよ、と言ってくれた女の子の名前をみな憶えられるくらい、片手で数えられるほど、おれがまだ若かった頃の女の子。たぶん二人目に寝た女の子だったか。それが誰だか思い出せない。最初の相手を思い出せないような奴は、男であろうが女であろうが、誰もいない。だが二人目となると……話は別になる。

たぶんその女の子だったんだろう。

それが誰だろうが、今は今で、「ああ、ケニー……」と言ったのはジェニーだった。おれはほっそりした体をぴったりと抱き寄せ、まだジンのカードを握ったままの手を彼女の背中で組み合わせていた。彼女は顔を上げた。何色だったかわからない目の中で、塵が舞っていた。

髪の匂いを嗅いだ。清潔な匂いだった。それがまた過去を思い出させたが、くだらなくて、どうでもいいこと、たとえばピクニックの日に駆け抜けた冬の野原のことで、まさしくピクニックにうってつけという日があった頃の話だ。つまらない記憶で、あっというまに過ぎ去ったが、その前に思い出したのは、野原を走りに走って、とうとう仰向けに倒れ、あらゆるものから隠されて寝ころがり、見えるのはただ空だけ、まっすぐ空を見上げていると自分がどうしようもなくかわいそうになってきたことだった。ジェニーにキスをすると、もう一人前の女のように、口元はやわらかかった。おれは心やさしい恋人が崇める誰かにキスをするように、ジェニーにキスをした。

「そんなのじゃなくて」と彼女はささやき、顔をぐいっと引き寄せた。「こうよ」と唇を開いて、激しいキスにとりかかった。それがやる価値のあることで、だから、一所懸命にやるだけの価値があるとでも言いたげに。それはおそらく、あらゆる精魂込めたキスの先祖であり、それがすむと、おれはたしかにキスされたという感慨を味わった。おれの手は太腿に置かれていて、彼女がかすかに身をよじると、おれの手は股上の、スラックスがいちばんきつい部分に伸びた。クローゼットから誰かが飛び出してきて一部始終を映画に撮るんじゃないか、とばかなことを考えたが、それも一瞬のうちに過ぎ、あっというまにおれたちはお互いの服を脱がし合い、唇と唇を重ねたままで裸になろうとしていた。

ジェニーは若いくせに達者だった。ジェニーとのセックスは、ヒラリーとテンジン・ノルゲイのエヴェレスト登頂と同じだった。つまり、最後まで行くこと、「そこに山があるから」というのが主な理由だ。やる価値のあることはすべて一所懸命にやるだけの価値がある。途中、弓なりになったときの顔には野生の輝きがあり、唇を引いて小さな歯をのぞかせた姿には、ノースベイの近くで撃ったことのある森林狼を思い出させるものがあった。だが、彼女はときおり花になり、またときおりは熱いシャワーに、またときおりは優雅なメロディを奏でるピッチパイプにもなった。特別なときには尻を横にひねるちょっとした癖もあった。

最後の丘を越えてしまうと、背後に見えるこれまでの道はとても一人でのぼれないほどの難路で、ましておれたちみたいに奇妙な恰好でもつれあった二人にはとうてい無理なように思えた。おれは浴室に行って風呂に入った。シャワーじゃない。風呂だ。十六歳のときに腰を痛めてからずっと、シャワーにしている。風呂は面倒だし、浴槽のまわりに輪のような汚れが残る。

おれはどうしても風呂に入らねばと思った。

そして、輪のような浴槽の汚れを目にしておきたかった。


木曜はまだ、地獄二つと断頭台処刑を越えた先にあった。ルーニーがこっちを見るたびに、勘づいてるんだなと思った。三人で行った映画館でジェニーがおれの方に寄りかかり、手をおれの足の上に置いて、「あなたのせいで妊娠したんじゃない、ってことだけはたしかね」とささやいたとき、缶ビールのタブで手首をかき切りたくなった。おれがつまずいたのは、若者の堕落ぶりを知るための鍵か？　それとも己の陰と陽を知るための鍵か？　べつに罪悪感をおぼえていたわけじゃなく、汚らわしいと感じていた。そっちの方がはるかに悪い。おれ、ケネス・デュアン・マーカムは、自分自身にとって絶好例になってしまったのだ。「おれたちは自分が立派な人間だと錯覚している、その見本がこれだ」と腹立ちまぎれに考えた。ジェニーがただいるだけで、いつも自分の本性の裏面を思い出すことになる。そのどうにも始末に負えない裏面は、一定であるだけの一貫性も、品位も、スタミナもないものだ。ドリアン・グレイなんかクソくらえ！　同じ穴のムジナじゃない奴なんて一人もいない。

しかしとうとうおれたちは出発した。プリザヴェーション・ホールのディキシーランド楽団の演奏がないニューオーリンズの葬儀みたいなはしゃぎぶりと落ちつきで、おれたちの小さな隊商は道に繰り出した。

ハリウッド・フリーウェイに入り、国道一〇一号線をまっすぐすっ飛ばした。サンタアナ・フリーウェイ、パシフィック・コースト・ハイウェイ、エル・カミノ・レアル。ダウニーとそこの中古車カーニバル、ディズニーランドとそこの愚劣なマッターホルンがみすぼらしい周囲からそびえているところを過ぎ、タスティンとそこの高速道路に面した美術書専門店を過ぎて、おかまいなしにめちゃくちゃなスピードを出した。サン・ファン・カピストラーノ、おれはまだツバメを一羽も見たことがない、出て行くのもやってくるのも（サン・ファン・カピストラーノはツバメの群れが訪れる土地として有名）。サン・クレメンテ、デル・マール、パシフィック・ビーチ、そしてサンディエゴに入った。以前、そこに住んでいる人間に、海軍の連中がサンディエゴのことを「ダゴ」と呼ぶのは気にならないかとたずねたことがある。するとその大人(たいじん)は、金を落としてくれるんだったら、犬のクソと呼んでくれてもかまわんよ、と答えた。そこがサンディエゴの美と栄光を一言で表していると思う。美しい州のしめくくりとして最高だ。ここで急いで付け加えておくが、比喩的に言ってその州のケツと呼べそうなところにダゴがあるのは偶然ではない。サンディエゴのはずれにあるナショナルシティのすぐ手前で、一〇一号線に面した小食堂に車を停め、ジェニーが電話をかけにいっているあいだに、ルーニーとコーヒーを飲んだ。おれは首をまわして、こりをほぐそうとした。

「あなた、今日はどうしたの?」とルーニーはコーヒーカップに口をつけながらたずねた。

「どうした、ってどういう意味だ? どうもしてないよ。何か変に見えるか?」おれはピノキオみたいに鼻が伸びてくるのを感じた。

「さっきの四十マイルくらい、ひどく静かだったから」

おれは肩をすくめた。「くたびれたんだ。腰も痛いし。それだけさ」

ルーニーは答えなかったが、嘘だとわかっていた。

「それに、史上最高の観光旅行でもないしな」とおれは付け加えた。しゃべりつづけろ、この馬鹿、と自分に言い聞かせた。もうちょっと気合いを入れろ。

「どうせ、すぐにすむわよ」ルーニーはおれの気分を察していることを隠そうとした。彼女はおれのことを知りすぎていた。これでじきに別れることになるだろうな、と思った。そんなに核心まで近づこうとする女はごめんこうむる。表面でバチャバチャと泡を浮かべているうちは安全だ。しかし三十歳ともなると、すっかり厚い膜ができている。おれは安心させようと微笑みかけた。

ジェニーが戻ってきた。「コーヒーとパイでもどうだ」とおれは声をかけた。彼女は首を横に振った。「手術の前には食べちゃいけないの。六時間前からなにも食べないようにって、受付の人に言われた。昨日の晩からなにも食べてないわ。おなかぺこぺこだけど、こういうことの前には食べちゃいけないって知ってるでしょ」

知らなかったが、事をおおげさに思わせても仕方ない。ああそうだな、知ってるよとかなんとかつぶやいた。それで話はおしまい。彼女はルーニーの隣に座り、あからさまに敵意のこもった目でおれを見つめた。まるで孕ませられたのはおれのせいだと言わんばかりに。哲学的な意味では、ロジャー・ゴアと同罪なのだろうが、とにかくあのお粗末なパイを食べる気にはなれなかった。見知らぬジャック・ホーナーたちがゴマンと、すでにそのパイに親指を突っ込んでいるような気がしたのだ（マザーグースの童謡を踏まえている）。

「で、他には？」とルーニーがたずねた。

ジェニーはやっとの思いでおれから視線を引き離した。本当に暴力でもふるいそうな表情だった。それは恐怖と、おれがロジャー・ゴアと同類だという事実のせいだろうと思った。ただ、憎もうにもあいつはすぐそばにいないだけの話だ。

「国境を越えて、ティファナの繁華街に入り、四時半にウールワースの裏手で車を停めたら、そこに出迎えが待ってるからって。その人の名前はルイ――」

「ルイスだろ」とおれは訂正してやった。

「だからルーイース」彼女はぴしゃりと言った。「だからなんだって言うのよ？」彼女はルーニーに向かって話を続けた。おれにはまったくどうでもよかった。「あまりいい服は着てこないようにって、観光客(ツーリスツ)みたいに――」

「ツリスタス」おれは小声でつぶやいた。

「うるさいわね！」ジェニーは叫んでいた。カウンターにいた男がふり向いてこっちをにらみ、スイングドアを通ってキッチンに行こうとしていたウェイトレスが途中で立ち止まった。

おれは腕を伸ばしてジェニーの手首を思いっきり手荒につかんだ。「よく聞けよ、この鼻つまみ。こっちはこれまでおまえから、うんざりするほどたわごとを聞かされてるんだ。先週、おなかが痛いだの何だの、メソメソグチグチを聞かされてきた。感謝してないかもしれんが、堕ろす手助けをするのは刑務所行きの罪なんだぜ、それにルーニーとおれは首を賭けておまえのケツをここまで引っ張ってきたんだ、だからおとなしくして、今以上のお荷物にならないように心がけることくらいはしろよ」荒々しく手首を突き放して、どっとボックス席にもたれかかった。ジェニーは手首をさすっていて、鞭打たれたスパニエルみたいな顔をしていた。おれはコーヒーを飲んで、アラスカ州のノームにでもいるふりをした。

誰も身動きしなかったように思える長い沈黙の後で、ルーニーが用心深く言った。「じゃあ行きましょう。もう三時だわ。たぶん、ウールワースを見つけるのに時間がかかるし」

「頭がひどく痛いの」とジェニーは言って、片手で額をこすった。「アスピリン持ってない？」

おれはテーブルに五十セント硬貨を投げ、ボックス席から出た。車の方へゆっくりと歩いていくときに、ジェニーはウェイトレスに向かってエンピリンか何かないかと無理を言っていた。車に乗り込んで煙草に火をつけると、カスみたいな味がした。今日という一日もカスみたいな味だ。

ティファナに入っていくのは、地獄に渡るのとは違って、ステュクス川のウォーターライドもないし、たとえ国境警備員がカロンという名前でも、少なくともシャロンと英語化するだけの良識は持ち合わせている。ただし、違いがあるのはそこまで。

道のむこうに広がっている大きくて白いくぐり抜けのところまで行った。アメリカ側の駐車場は満杯ではなかった。これが週末だと、ハイアライの試合に、カリエンテでドッグレースに競馬、それから闘牛があり、駐車場はフェンスまでぎっしり埋まっていただろう。しかし今日は木曜で、まだ正午を少しまわったところ、車の流れも一定あるが、明日みたいに洪水ではない。

警備員はこちらをちらりとも見ずに、行った行ったと手で合図して通してくれた。メキシコに密輸品を持ち込む奴なんて誰もいないのだろうか？

くぐり抜けを過ぎて数フィート行くと、メキシコに入ったことを車が教えてくれた。それで、どうしてたいていの連中は車をアメリカ側に置いてくるのか、その理由がわかった（三つあるもっともな理由のうちの一つ）。舗道がおしまいになり、三フィートほどのだだっぴろい埃土になって、それからまた舗道に戻るのだ。しかし戻ったところで、合衆国を去ったことを痛いほど思い知らされた。メキシコの舗道はぶつ切りになっている。凸凹して、その上を十年間にわたって通り過ぎていても、補修工事の連中はまるで知らん顔をしてきたように見える。ガッタンバッタンと揺れながら通り抜け、マグネットはまるで夕食を知らせる銅鑼のようにガンガン音をたてた。

(ついでに言うと、他の二つの理由とは、もしティファナで車が事故に巻き込まれた場合、正しかろうが間違っていようが、ぶつけられようがぶつけようが、車は没収され、無期懲役を食らって、出ようと思うと気前のいい賄賂しかないこと。第三の理由は、ホイールキャップ、カーシート、ダッシュクロック、ルーフキャリア、ヘッドライトなど他のこまごましたものには、当該の車から消えてなくなるという不思議な性癖があるということ。そこがこの町のピリッとした雰囲気だと言い張る者もいる。)

メキシコ側を通り抜けるのは、ヤンキー側の入口よりもさらに事もなく済んだ。ドルを落としてくれるのに追い返すわけがない。

ひとたびアーチをくぐり、左に曲がると、そこはホガースから抜け出したような場面だった。ヒエロニムス・ボスと言ってもいい。ダリでもいいか。ダンテは絶対。

汚濁だ。

その言葉が不意に出てくる。何列にもなって駐車し、観光客(ツリスタス)を待っている、百台、いや二百台はあろうかという、ガタガタのタクシー。踏み固められた泥と壊れたコンクリートでできた道路。薄汚いボロを着て裸足でチョコチョコ走りまわり、手にはチクレットが詰まった葉巻の箱をつかみ、安煙草代を稼ごうと十セントか五十セントで売ろうとしている、何十人ものガキ。うしろから柱で支えてるみたいに、傾いで揺れているオンボロの建物。太陽に照りつけられた空気の中で、立ちのぼっては舞っている、道路の埃の瘴気。せきたてられているような、期待と、恐怖と悪寒と、何かが起こりそうな感覚。汚らしいタクシー運転手やショールをまとったドル目当ての娼婦たちがわけのわからないことをしゃべっている、その群れの動きの中にある、かすかに電流が走っているような動き。つねに至るところにある、今にも災難が襲ってきそうな気配。この悪臭は、火に包まれて消える前のポンペイにただよっていたものだろうか？　ソドムやゴモラは、どんな防臭剤でも封じ込められないあの悪臭と戦わねばならなかったのだろうか？　風の中や、まさしく地平線の中にも見出だせる、あの狂気の色に？

　おれはマグネットを加速して、大渦巻のまっただなかから抜け出した。音をたてて通り抜けていった道の両側には、露店がでたらめに並んでいて、そのどれも車の内装品を売っていた。シート張り替え。超お得。直すならここ、仕上げはたったの十分、満足保証。どれも綴りが間違ってる。

　車を分解し再塗装する隠蔽店。やばい車。盗難車。遺棄された車。没収された車。そして、まっとうな内装張替えも。少なくとも国境をふたたび越えるまでは保つことを保証。

　通りの端のむこう側で、巨大な看板が大声でどなっていた。

ようこそみなさん（ビエンベニーダス・アミーゴス）！

　ようこそ、カモのみなさん。あなたがお持ちの欲望を全開にしてください、それでどんな旗の下にこそこそ隠れているか見せてもらいましょうか。ここにはご用意していますよ、保証付きで、満足度百パーセント、それとも性病をどっさりタダでさしあげましょうか！

　似たような建物が道端の両側に蝟集していた。そのうちの一つは、看板にだらしない文字で**結婚**

離婚　自動車　保険と書いてある。二つ目はメキシコ滞在中全額保険保証！と宣伝している。三つ目はその順を反対にして（それとも店主が皮肉屋なのか）スピード離婚――結婚――公証人を提供している。何の公証人か、ふと考えることもしなかった。繁華街こちと書かれた白い矢印に従って、ドッグレッグして別の通りに入っていくと、そこもさっきと同じくらいひどい状態だった。たぶん誰かが標識の残りを噛みちぎってしまったのだろう。こういうきびしい天候の土地では、狂犬もそんなに珍しくはないと聞いている。

さらにティファナに奥深く入っていくと、住民たちの信じられないほどの貧しさと不潔さがまるでハンマーのようにおれたちをぶちのめした。裸足で泥まみれの子供たちの群れが、真正面を走って横切ったせいで、それをよけようとして道にあいた大きな穴に車を突っ込むと、「なんてまあ、信じられないわ！」とルーニーは言った。連中は足にアスベストでも巻きつけているみたいに、剃刀のように尖った石が突き出ている道を平気で走っているのだ。

羽根板造りの家屋が縁石のいたるところでぐらついていた。ポーチには太った老女たちが堂々と腰掛け、若い娘たちがこれから耐え忍ぶことになる恐怖を見物するのが唯一の楽しみといわんばかりだ。居住可能な土地があればどれほど狭かろうと、必ずそこには誰かが即席の掘っ立て小屋を建てていた。ゴミ箱はゴミを出す人間よりもあけっぴろげな生活を送っていた。酒を宣伝している店が半丁ごとに一軒以上はある。

それはよくわかる。こんな肥溜めで暮らして正気でいようと思ったら、いつも酔っ払っているしか手はない。おれたちはさらに先へと進んだ。

曲がりくねったミノタウロスの迷宮と見紛うような、生物や無生物のゴミ、捨てられたものや意気消沈したもの、汚いものや哀れなものが散らばる道を抜けると、そこにはネオンの灯と明るい建物の通りがあった。信じられないほどごったがえしている。タクシーは今にも免許取り消しになりそうなほどの走りぶり。歩行者は急に飛び出してくる――たぶん、金持ちの外国人（グリンゴ）に撥ねられるのを期待しているのだろう。そして信号という贅沢を知ることのない交叉点では、大量の人間が一斉に渡ろうとしてあふれかえっている。

トレロ・デ・ティファナという古い闘牛場を通り過ぎた。新しい闘牛場は町を見下ろす丘の上に建っているが、そこへ行くのは観光客（ツリスタス）で、本物の血が流れる闘牛（コリーダ）を観ようと思うと、町の人間は古い闘牛場へ行く。そこは闘牛士（トレロス）たちがさらなる技と情熱を発揮するはずの場所だ。外に貼られた派手でロマンティックなポスターにはこう謳われていた。**6　ラ・トラスキーラ　6　地上最大の闘牛　出場者　カルロス・アルーサ（メキシコの竜巻）　フェルミン・エスピノーサ・アルミジータ（名人中の名人）　シルベリオ・ペレス（テスココ出身のファラオ）　死闘を繰り広げ　猛牛を刺す**

6　ラ・トラスキーラ　6　より!!

この宣伝はそのときいっぺんに読んだわけじゃない。ずっと後になって、それというかそのコピーを、ゆっくり時間をかけて、仰向けになりながら熟読するという苦々しい体験をすることになったのだ。そのときに目に映ったのは、派手なポスターの色とアルーサという言葉だけだった。おれたちは町の中心部であるはずの方向へと走行を続けた。

進んでいくと、みすぼらしいなりをして、巻いた新聞を手に持った男が通りに飛び出してきて、車を駐車場代わりに拝借した適当な空き地へと誘導しようとした。おれたちは車をまっすぐ走らせ、町の心臓部へと入っていった。道路はここでは少しましで、アメリカで言えば手入れのされていない脇道か田舎道といい勝負だ。戻ったら、マグネットを徹底的に整備しなければならないことはわかっていた。継板はぜんぶ反ってるし、ボルトもぜんぶゆるんでいる。

ぐるぐるまわっているうちに、ようやくウールワースが見つかった。アメリカから持ち込んだ、プラスチックとクロム製のどんな目ざわりな建物とも変わりはないが、ティファナの繁華街の汚くて、倒れてきそうな店やバーやアーケードの中では、ウールワースはキラキラピカピカに輝いて見え、まだ世の中には不動のものがあると安心させてくれる。ゆっくりとその大店舗に向かっていくと、通りに空きの駐車スペースがあるのが見えた。「ウールワースの裏手にある駐車場で、って言ってたわ」とジェニーが言った。

ナショナルシティの喫茶店を出てから、彼女が初めて口にした言葉がそれだった。

おれは建物の側面に車をまわし、駐車場に入りはじめた。すると金歯をしたメキシコ人の老人がガタガタの守衛所から走ってやってきて、一ドル取ろうとした。ここはウールワースの専用駐車場かとおれはたずねた。おれのスペイン語はそこそこ通じるものだが、町長に選出されるほどじゃない。老人は英語もどきで答えた。「ここは誰の駐車でもない、ウウルワーツのでもない、誰でも払わないといけないのさ！」そしてしつこく窓から手を突っ込もうとした。この前石鹼で洗ったのはカルヴィン・クーリッジが国際司法裁判所を是認したとき、みたいな手だった。「人待ちをしてるんで、ここには数分しかいないから」とおれは伝えようとした。我ながら気の利かない言い訳だ。

いかにも観光客（ツーリスタ）が言いそうな、まぬけな言葉。そこにいるのが数分だろうが数十年だろうが、そんなこと、あいつはかまっちゃいない。車を後退させてまた通りに出ると、老人はまだおれに向かって罵っていた。彼の貴重な塵芥の上におれのポンコツ車を走らせたことを怒っているのだろう。

空きの駐車スペースはまだあった。車をそこに入れて、バンパーを盛り上がった縁石にこすれさせないようにと骨を折っているときに、九歳か十歳くらいのちっちゃな男の子に歩道から「誘導」されていることに気づいた。たのまれもせずに、そいつはおれがカモだと踏んだのだ。ついさっきまでそいつはそこにいなかったが、まるで何かの移動性植物みたいに歩道の陰から飛び出してきて、区画に誘導しようと手を振っている。それから抱えていた葉巻箱に手を伸ばし、一ペニーを取り出してパーキングメーターに飛びついた。他の四人の男の子をギリギリのところでかわして一着だった。ガキたちは悲劇的で、哀れなくらいに同じだった。どの子も一個の人間だが、同じティファナの垢をびっしり身にまとっていて、みんなそっくりなのだ。メーターに小銭を突っ込んだ子は車のところにやってきて、おれがエンジンを切る前にドアを開けようとした。

ルーニーはジェニーごしに手を伸ばして、ジェニーがロックしたばかりのドアのロックをはずした。「ほんの子供でしょ、ジェニー」

ジェニーは熟した柿を食べたみたいな顔をした。「でも、ひどく不潔なんだもの！」と上品ぶった。彼女は鼻に皺をよせた。

「風呂に入ってないからさ」おれはぴしゃりと言った。「それに、戸口で寝なくちゃならないからな。まったくうんざりするだろ」

ジェニーは答えなかった。この頃までにはもうおれたちは永遠に袂を分かっていて、この冒険がお互いの関係をすっかり変えてしまったという思いがふとよぎった。すると男の子がおれのドアを空けて、車を停めてやった代金を要求していた。手を振って誘導してやり、小銭をメーターに入れた代金を。

「ドゥ・ラー、セニョール」とその子はせがんだ。「ドゥ・ラー！」

おれは首を横に振った。その子はめげなかった。「ちょうだい、ちょうだい、ちょうだい！」そう繰り返す声は、叫んでいるのではなく、ただ要求しているだけで、どれほど頑なな心の持ち主でもひるむこと請け合いという義憤の口調だ。そしてあっというまにその子の横には他の子が、さらには三人目の子が、それからまだ五歳か六歳くらいのごくちっちゃな子が現れた。ひどく様式化されたあのマーガレット・キーンの絵みたいな大きな濡れた目をしていて、どの子も小銭やら、チクレットやら、たぶんナイフが入った葉巻箱やらを持っている。

ちっちゃな子はなんとかおれをすり抜けて、車の座席とドアのあいだに入り込み、てこでも動こうとはしなかった。その子にどいてくれと何度も言って、「あっちいけ（バモノース）」と言ってみたが、それでもだめなので、体ごと持ち上げて車の外に放り出し、ドアを背中で閉めた。こう言ってわかるなら、その子の体はかたくなに力が抜けた。腹を立てているのだ。その子は金を要求した。どんな漠然としたサービスの見返りだったのか、いまだに想像がつかない。

なんとかガキどもを追い払って、小銭を投資した男の子に半ドルやるだけですんだ。時刻は四時十五分前。あと四十五分ある。そこでその通りを歩いてみた。

二百年の間だと、どちらの取り引きが得になるかは五分五分だ——歩道の客引きに斡旋された女の子のうち一人を選ぶのと、手持ちの二人を売り飛ばして、かなりの利益をあげるのとでは。ルーニーの当惑した目つきを見ていると、どちらの可能性もない。あちこちの店をひやかしているうちに、おれは鉄製のリムが付いたボンゴを買おうと心に決めた。オープン価格は十三ドル。店を出たときには、ボンゴが増えた分、財布が六ドルと五十セントだけ軽くなっていた。

ようやく四時半近くになって車に戻ると、フロントグリルからフォグランプがなくなっていた。おおげさに悪態をつくと、取替がどうたらこうたらとジェニーがもごもご言ったが、英雄の役をやる気はまったくしなかったので、二人を車に押し込んで、駐車していた区画からバックで車を出した。駐車場に入ると、また例の老人がやってきたので金をやり、バックで車を入れた。

黒塗りの一九六二年型インペリアルを探すように、とジェニーは言われていた。

それが駐車場のもう片方の端に停まっていた。隣にあるフォードには、前部座席に男と女が乗っている。ウールワースの裏手には三人組の脂っぽい髪をした不良がいて、派手な服装でぶらぶらしていた。「あの中の一人がルイスじゃなかったらいいんだけど」とジェニーがささやいた。おれは何も言わなかった。もしかしたらそうかもしれない。

フォードの横に車を停めて、エンジンを切った。

フォードの男は横にいる女の子に熱心に話しかけていた。目が血走ったブロンド娘で、この二人も似たような理由でそこにいるのではないかと、奇妙な予感がした。「さあ降りようぜ、おれたちが何者か教えてやろうじゃないか」とおれは言った。車から出て、ぐるっとまわり、ジェニーが車から降りるのをまるで相手が病人みたいに、これみよがしに手伝ってやった。彼女は妙な目つきでこっちを見たが、おれは説明する気になれなかった。

不良の一人がグループから離れて、仲間のごろつきにじゃまたなと手を振り、ゆっくりと駐車場をこちらに向かって歩いてきた。「ほう、おでましときたか」おれは小声で言った。男とブロンド娘がフォードから降りた。女は取り乱している。もしかしたらごろつき二人はあいつの友達だったのかもしれないな、何かあったときのために送られた護衛役で、とおれは思った。

「行くか」不良がおれたち五人に近づきながら言った。それがルイスだった。右の頰に、記憶に残りそうな切り傷がある。ハイデルベルクでつけた決闘の傷じゃないだろう。

そいつが黒のインペリアルのドアを開け、おれはジェニーとルーニーが後部座席に乗り込む手助けをした。前に座ろうとすると、「うしろ」とそいつはきびしい口調で言った。

「自分の車で後を尾けさせてくれないか」とおれは言った。そいつは首を横に振った。まじまじと見つめていると、声も出さずにルイスが言った、事をさっさとすませたいんだろ、違うか？　おれは後部座席に乗り込んだ。ブロンド娘とその彼氏は前に乗った。彼氏はカフカの『流刑地にて』の読み古したペーパーバック版を持っていて、絶対確実とまでは言えないが、このカップルについての最初の予想が当たっていたような気がした。大学生であることから導かれる系として、用心と常識が等式から決まって抜けているのはどうしてだろうか？

ルイスは車をバックさせて、ファンジオ（アルゼンチンのレーサー）にでもなったつもりでハンドルを切り、駐車場を疾走して、脇の入口から別の道へと出た。一言もしゃべらずに運転していたが、カーラジオのスイッチを入れると、あっというまにおれたちはサンディエゴのロックンロール放送局から流れるイェー・イェーやブーン・ブーンという音の波に呑み込まれた。趣味の悪さがアメリカだけの病気じゃないと知るのは心安らぐことでもある。

車は長いあいだ、前に後にぐるぐると走りまわっていたが、途中でルイスは車を停めて、誰もいない道で突っ立っていた物売りから新聞を買った。車がまた猛スピードでそこから去っていくときに、こっそりとうしろをふり返ってみたら、新聞売りは道からはずれた掘っ立て小屋にすばやく移動していた。見まわしてみると、思ったとおり、その小屋に電話線が引き込まれているのが見えた。合図の第一号で、どうやらおれたちを通してくれたらしい。

さらに長いあいだ走った後で、ルイスは酒屋で車を停めた。そこは輸入品の**フランス製香水　本物！**も売っている。彼は車を降りて、店に入っていき、おれはゆっくりと千数えるうち三百八十五まで数えた。出てきたときには先端をねじった茶色の袋を持っていて、それで通過手続きの第二段階を通り越したことがわかった。どういうわけかは知らないが、彼は確証を得たのだ。尾けられてはいないというだけではなく、おれたちが言っているとおりの人間、つまり陰謀の海に放り出された漂流者だという確証を。彼は轟音をたてて酒屋の駐車場から車を出し、ティファナを見下ろす丘に向かって大型インペリアルを走らせた。カリエンテの食料運搬トラックを通り越した。おれは気分が落ちつき、ジェニーはいっそう怖がっているように見えた。

曲がりくねった道で、おれは煙草を一箱の三分の一消費した。ようやく脇道に入って、左に曲がって路地を抜け、さっき来たばかりの通りと平行に走った。ルイスがふたたびハンドルを切り、磨いた木材でできた高い塀に囲まれている、高級そうな住宅の車道に入っていった。塀の薄板のすきまから見えるその家は、大金がかけられた住まいだった。そこに住んでいる人間が誰であれ（誰が住んでいるのか、すぐわかる）、いい暮らしをしているはずだ。

ルイスは内門の前でブレーキを踏んで停車し、クラクションを二度鋭く鳴らし、一呼吸おいてから、またクラクションを鳴らした。すると門が上がった。客を拾う係のルイスより一、二歳若そうな、痩せて栄養不足そうなメキシコ人の青年が、チェーンで引き上げている。ルイスが車を通し、佝僂（くる）病やみがまた門を下げた。塀と家の側面とのあいだは狭い通路になっていた。家のむこうでは、通路は広い裏手へと通じ、その先は屋根なしのガレージだった。おれが座っているところからは、ベントレー、サンダーバード、それとアストンマーティンのロードスターらしき車が一台ずつ見え、そのどれもが決められた場所に置かれ、最新型で、ピカピカに光っていた。

ルイスが車から出て、おれもドアを開けた。

車からなんとか出ても身動きが取れなくなるほど、家の側面と車とのあいだはわずかな隙間しかなかった。なにしろ通路が狭いので、前部座席にいる大学生のカップルはまだ車から出ていない。ルイスが車をぐるっとまわって、おれのそばにある、家の中に続くドアを開けた。おれが身を引くとジェニーとルーニーが先に行った。ルイスは車から出てくるジェニーの脚を眺めていた。目は涎をたらすもの、気にしたところで仕方がない。ジェニーは視線を感じて、コケティッシュに微笑んだ。

ルイスはふさふさして光っている髪に手を走らせた。悪魔の恋人また現る！

おれたちは中に入り、そのあとに大学生の二人が続いた。中では三組のカップルが待っていた。女の子はみな飛び抜けて美人で、みな二十一歳以下、思ったとおりだ。

そこは控室で、ソファが二つに、今風のでかい椅子が数脚、テレビがお馬鹿な当てっこゲームをわめきたてている。お互いを信じてとかなんとか……。

座って待った。ルイスは家に通じるたった一つのドアを入っていった。他の連中を見まわすと、みなテレビで賞を争っているウスノロ二人に熱心な注意を向けている。そこで起こっていることに興味があるんだなと思うほど、おれも馬鹿じゃない。みな怖がっていて、どういう決まりなのかわからず、他の誰もが医師の友人ではないのかと疑っているのだ（その名前には不吉な響きがあった。もっとも、裕福な環境だったら違っていたはずだが）。

ルイスが頭を突き出して、ジェニーとルーニーとおれ、そして大学生のカップルに合図した。おれたち五人は立ち上がって、彼の後についてドアを通り、角をまがって、広いリビングルームに入った。壁際にはソファと椅子が置いてあり、床の上には暖房器が音をたてていて、前のよりも大きなテレビが同じチャンネルに合わせてあった。

ソファの一つには、別のカップルが身を寄せ合って座っていた。男の方が女よりも怯えているらしく、慰める役は男じゃなくて女の方だった。

「座って（シードーン）」とルイスは指図して、廊下に消えた。おれはぶあついカーペットの上を歩いていって、いったいどこに消えたのかとのぞいてみたら、廊下の端にもそっけないパネル製のドアがあった。

控室から来たときのドアと、そのちょうど向かいにも似たようなドアがある。三つのドア、リビングルーム、そして静けさ。その静けさはかび臭いあたたかさとなって部屋にただよい、暖房器がついた、外の太陽の光もこの窓のない部屋では目に見えず、置かれたテーブルランプが、ここには昼も夜もないのだと言い聞かせようとしていた。

おれがテレビの向かいのソファに座ると、ジェニーが身を乗り出した。「緊張してる?」

「いいや」とおれは答えた。「中に入っていくのはおれじゃないからな」

彼女はふたたび腰を下ろして、ぼけっとした顔になった。ルーニーがあの独特の目つきでおれをにらんだ。

待たされること四十五分。レコードプレーヤーの自動装置みたいに、ルイスが顔を出してはまた引っ込んだ。おれは退屈さでいらいらしだした。テレビでは「ラインナップ」の再放送「サンフランシスコ・ビート」が始まっては終わった。いったいいつまでワーナー・アンダーソンとトム・タリーは映画に出ているのか。それから「ヤンシー・デリンジャー」の再放送が始まって、北軍の将校がニューオーリンズの紳士に含むところがあって、射撃部隊にそいつを早いこと片づけさせようとしたとかいう話を聞かされるはめになった。おれが親指を口に突っ込み、耳に栓をして、鼻から脳味噌を爆発させようとしたところで、白衣の看護婦が部屋に入ってきた。目を血走らせたブロンド娘に合図をすると、二人は一緒に出ていった。音一つたてない。臆病者は座ったまま、打ちのめされたような顔つきでテレビを観ていた。「ヤンシー・デリンジャー」が消えて昔の映画が始まった。最初に出てきたのはトム・ニール(髭なし)、イヴリン・キース、それからブルース・ベネット、第二次大戦中に士官候補生学校でどうたらこうたらという映画だった。つまらないが、イヴリン・キースはいい。八十回くらいはあくびをしただろうか。ルイスが出ては引っ込むびっくり箱の物真似を何度かしたあと、ようやく看護婦が戻ってきた。「ミース……どーぞこちらへ……」彼女はジェニーに向かって指を曲げた。

ジェニーは百ドル札が四枚入ったハンドバッグをつかんで、しぶしぶ立ち上がった。こっちを向いて生気のない微笑みを見せたので、おれたちは微笑み返したが、心配しているというよりは、退屈なのと、暑さと待たされたせいで頭がおかしくなっていたせいだ。その頃までには、立派な先生の腕前に対する気持ちはやわらいでいた。闇手術でこれだけのいい暮らしができるはずがない。口コミは広告と同じくらいに掻爬にも威力を発揮するものだ。

ジェニーが出ていき、取り残されたおれたちは部屋で待つことになった。しばらくしてから暖房を切った。トム・ニールは髭がない方が男前だな。

悪夢の仕組みはこうだ――

医者のオフィス。現代風のデスク。事務椅子。デスクの前には並椅子。ラジオ。数字盤を取り外した電話器。剝き出しになった壁。ドクター・クインターノ。ハンサム、三十代前半か、三十代半ば。灰色の目。きわめて人間味に乏しい。「妊娠したのはこれが初めてですか?」みごとな英語、訛りがまったくない。「いちばん最近に月経があった日付は? 今の気分は?」座ったまま待って、二十分。医者が戻ってくる。デスクから何か書類を取る。また出ていく。待つこと二十分。誰も現れない。なにも聞こえない。背筋を伸ばして椅子に座っていると、体がべとべとして、暑くて、くたびれて、頭痛がする。看護婦が戻ってきて、「ナンシーさん？」とたずねる。返事なし。看護婦は無言のまま、この部屋を出て、二階へ行くように指示する。階段を上がったところに別の看護婦が待機していて、そのまま洗面所に行く。びっくりするほどきれいな洗面所で、ぴかぴかに光っている真鍮製の蛇口は口を開けたライオンやイルカやカモメに象られている。服を脱ぎ、うしろが開いていて二本の紐で結ぶ院内着に着替える。廊下をずっと行って、関係者以外立入禁止の手術室へ。手術台に横になると、頭上のライトがぎらぎらしていて、まぶしい。二十分。看護婦がまた戻ってきて、静かに仕事をこなし、肌は浅黒く、ひとこともしゃべらない。クインターノが入ってきて、金を払えと言う。新札四枚を渡す。金を受け取り、また出ていく。戻ってくる。パンティーを脱がし、おなかに手を当てる。「おなかの筋肉が硬すぎますね。お手洗いに行って、排尿して、力を抜いてください」行って、戻ってきて、またやってみる。「それでは、これから『掻爬』というごく簡単な手術を行いますよ。だいたい十分で終わりますが、手術の前に診察する必要がありますから、怖がらないように」部屋を出ていく。看護婦が入ってきて、別の部屋に連れていく。廊下には誰もいないし、なにも聞こえない。別の手術台に横になる。クインターノがゴム手袋を着けて戻ってくる。内診。やさしい手つき。まだ靴を履いたまま。クインターノがまた出ていく。看護婦――「楽にして、先生すぐ戻ってくるよ」。三十五分。看護婦が行って、戻ってきて、白い布帯で足首を手術台のベルトに縛り付ける。ベルトに固定された踵の向きが変で落ちつかない。クインターノが手術台の上にぬっと顔を見せる。「眠っていたいんですけど」「それはあなた次第ですね」「どうやって?」「普通に呼吸して、楽にしていればいいんですよ」「麻酔を打ってもらわないと楽になれません」「あなた、この手術を本当に受けたいんですか?」沈黙、長い沈黙、とてつもなく長い沈黙、恐怖、思考、決心が舌の先まで出かかってぐらつき、遁走、逃走、震え、**どうしてもやらなくちゃ!**「ええ。お願いします」巨大な黒い生き物が頭上の空から下りてくる。黒いゴムの吸入マスク。鼻と口が覆われる。ガスの怖さ。強烈な、もし路上で出会ったら避ける匂い、反対側を歩いて、死ぬな戦うななにも見えなくなって光も消えて苦しくなってもし口を閉じて鼻から息をしたらゴム管がゆっくり上がる……会話のやりとりわからないことばがぜんぶぜりーのようにとけて、**さあ!**ここのところに、わかってる、わたしは眠ってないんだ、最初の器具が感じられ、叫びだし、声をあげ、ガスを吸い込み甘美な興奮状態で気が遠くなり深く沈み込んで恐怖ではっと飛び上がりサアァーコチラァーヲミテェー彼らはスペイン語で数えるスイートな麻酔医麻酔麻酔薬眠っていないスペイン語で数える言葉**ウノ**、**ドス**、**トレス**、**クァトロ**、**シンコ**、**セイス**、**シエテ**、**オチョ**、痛っ!うう!うう!そこ痛いここ痛いわかる痛い感じる胎内にごくぼんやりとしたぼんやりうろつくような痛みいた痛みイタい**ヌエベ**、**ディエス**、**オンセ**、**ドセ**、夢大きな白い四角、巨大で実体のない動く四角が、四つの部分に分かれ、そのうちの一つがべったり黒く、その黒がまず次の四角に移動し、そして次へ、また次へと、ぐるぐるぐるぐるまわるうちにイシャイ者医シャ医者と看護婦が右手に立ち、黒い四角が隅から隅へ別の隅へ別の隅へ隣の隅へ隣の隅へと移動し、どの時計も止まりどの時計も黙り、どの部屋にも時計が一つありその場にあるどの部屋にも、どの時計にも文字盤がなくあるのは針だけでそれがぐるぐるぐるぐるとじらすようにじらしながら動き**トゥレセ**、**カ**

トルセ……わたしのやわらかな胎内がやわらかに掻かれ、小さな生き物があたたかさを求め、あたたかさ、あたたかさ……。終わった。白い四角と黒の世界から戻ってくる。クインターノと看護師が右手にいて、見つめている。「気分は?」「ふらふらして……」腕をぽんぽんと叩かれる。起き上がる、それまでは手術台で大の字になった裸体、剝き出しになり、裸で、べっとりしている。院内着を着せられる。手術台から降りる。歩き出そうとしても最初の一歩がちょっとよろけて変になる。最初の診察室に入り、診察台に横になる。毛布をかけてもらうと、あたたかい。頭上のライトがぎらぎらしていて、「それ消してもらえませんか?」「だめです」四十五分過ぎ、一分、眠る。看護婦が戻ってきて、「着替えて」ドアが閉まるときにクインターノがしゃべっているのが聞こえる。「なんとかなんとかかんとか痛みなんとかなんとかかんとかなんとか」何て言ってたのだろう痛み? わたしが? トラブルがあったの? 気分はいいのに。そう、いい気分。空っぽになって。紙コップを二つ持った看護婦。片方には水。もう片方には錠剤五つ——大きい黄色の二つと、小さい白の三つ。呑み込むのが厄介で、二杯目の水が必要になる。また十分待つ。看護婦とクインターノが戻ってくる。「あなたは立派な患者さんでしたよ。あの忌々しいブロンド娘なんか尻を動かしてばかりで、すっかり怖がって神経質になってました。でもあなたはちゃんとした患者さんでした」看護婦と一緒に下に行く。階段を下りたところに別の看護婦が待っている。ハロー。

おれは外の空気を吸いにちょっと外に出ようとした。何も考えられないというのではなく、何かを考えるためだ。そして、ジェニーのこの一件が、べつに責任があるわけでもないおれにとってどうしてこんなに興味津々なのか、どうしてこんなに巻き込まれてしまうのか、考えてみたかった。その答えはわかっているような気はしたが、中絶医の待合室ではないどこか他の場所で考えたかったのだ。

　間違いなく外に出られる唯一のドアから家を出ようとしたら、外の廊下でルイスが待っていて、佝僂病やみとスペイン語でしゃべっていた。ルイスは中に戻るようにと身ぶりで命令した。おれはもうちょっとで堪忍袋の緒が切れそうになった。クインターノが経営しているビジネスはみごとな手際だが、頬に傷がありテカテカした髪のルイスみたいな奴を雇っているのは得策じゃない。そのせいで、医院へ出かける旅が必要以上に怪しく見えてしまう。掻爬手術を受けにやってくる女の子で、こいつを見て大丈夫だとか安全だとか思うようなのは誰一人としていない。それにこいつのメロドラマ趣味にもいささかうんざりする。

「散歩したいんだが」とおれは柵と門がある方に向かって歩きながらルイスに言った。

「だめだね。中に戻って。終わるまで待ってろ」そう言って彼は丈が太腿のところまであるカーコートのポケットに手を突っ込んだ。そのポケットの中に入っているいちばんヤバいもの、といっても埃くらいだろうという気がしたが、ここで言い争ったところで仕方がない。おれは中に戻った。

　たった四時間のことだが、永遠のように思える時間だった。

　フィリップ・モリスを一箱半吸ってしまうと、ルーニーが持っていたケントだかスプリングだかパッションフラワーだかなんだか知らないが、棺桶の釘のくせにもったいぶってメンソールやら香料をまぶした、あのひどい煙草でもおかまいなしに吸った。口の中はまるで中国の国民軍の全部隊が裸足で行進しているような味がした。先頭に立っているのはダライ・ラマ、身に着けているのはドクター・ショールのうおの目保護パッドだけ。

ジェニーが帰ってきた。介抱しているのは白衣の看護婦で、前に見た、しゃべろうとしない女だ。何かおかしいのはすぐにわかった。ジェニーの顔はパピルスに描いた木炭画のようだった。おれは立ち上がって手助けしてやった。ジェニーはソファにいるルーニーの隣に腰を下ろし、手を額から髪にあてた。ボーッとしているときによく見せるしぐさだ。「気分は？」とおれはたずねた。

「うん、大丈夫、だと思う。すんでよかった」

ルーニーはそばに行った。「ちょっと顔色悪いわよ。本当に大丈夫？」

ほとんど無感情に、ジェニーは黙ってうなずいた。

何かおかしい。

「手術中にトラブルでもあったんですか？」おれは看護婦に質問を向けた。看護婦の顔は一面凍てついていた。この強情な冷感症め。もう一度たずねても、看護婦は答えなかった。

「ちょと口紅塗たら気分よくなりますよ」とメドゥーサが言った。それに対してジェニーは何かぼんやりしたことを口ごもった。何かしてやりたかったが、何をしたらいいのかわからなかった。

態度を決める役を引き継いだのは、控室から魔法のように現れたルイスだった。「さあ行こう」と彼は声をかけた。看護婦は別の出入口に消え、おれたちは立ち上がり、ジェニーを両脇から支えた。控室に入っていくと、新しい女の子が五人、待ち行列を作っていた。クインターノがためこんだ仕事量はまったく驚愕ものだ。百万長者で、税金もかからないという身分でないなら、誰か有能なマネージャーが間違いなく必要だろう。大学生のカップルもそこにいて、ブロンド娘は大丈夫、大丈夫という顔をしていた。

おれたちは医院を出て車の中に戻り、門が上がり、車を出した。入ってきたときとちょうど逆の手順だ。おえらいさんのルイスが何度も急カーブを切り、別の道順を通って町へと連れ戻してくれたところで関係なかった。クインターノのささやかな日曜大工仕事への道筋はすっかり頭の中に叩き込まれたのだから。

ルイスはウールワースの駐車場でおれたちを降ろしてから、猛スピードで去っていった。おれたち五人はそこに突っ立ったまま、お互いの顔と、車の群れを見つめていた。「いくらかかったんですか？」と大学生の男の子がたずねた。「四」とおれは答えた。彼はうなずいた。「ぼくたちもいっしょですよ」それで気分がましになったらしい。

「行かない？」と、横にいたジェニーがひどく小声で言った。力がなくて変な気分なのを、おれは勘づいたし、ルーニーもそうだった。おれたちは車に乗り込み、ティファナを出て国境へと向かった。

その国境は決して越えられなかった。

その部分はあっという間に起こったので、あっという間に語ることができる。町を抜けていくときには、埃やら、人間性がどれほど惨めになれるかという署名入り遺言状を、鼻いっぱい、魂いっぱいに吸い込んだ。国境のチェックポイントに向かう車の列に加わると、おれたちは横目でジェニーの様子を観察した。ジェニーはかすかに震えていて、先ほどよりも気分が悪くなっているようだった。おれはひたすら、ロサンゼルスに戻ってかかりつけの医者に診察させてやりたかった。

車が次から次へと検問所を通過していく。

おれたちは呼び止められた。検査官が身を乗り出し、何か申告する物はあるかとたずねた。これでもう当確だろう。「ありません」とおれは言った。「ただ見てまわっただけで、何も買いませんでしたから」

検査官はおれたちを通そうとして、そのときにおれが買った鉄製のリム付きのボンゴに目がとまった。彼はおれの方を見た。後部座席をのぞき込むと、たしかにボンゴがそこにある。おれの笑いはジョゼフ・E・レヴィンの芸術大作みたいに嘘くさかった。

「ああ、それね、忘れてました、ハハハ」

それが身の破滅だった。検査官はトランクの中を見せろと要求した。開けてみたが、中にはなにもない。それから検査官はグローブボックス、後部座席の下、女の子たちが持っていたハンドバックを調べた。なにもない。ジェニーが数週間もハンドバックに入れていた鎮痛剤の壜だけ。ビヴァリーヒルズでラベルが貼られ、かかりつけの医者の名前が署名してあるものだ。

検査官はその壜を手に取り、左のワイパーの下に置いてから、列をはずれて取調室に入るようにおれに命じた。引っかかったか。ジェニーは気絶しそうになっていた。でもおれは言われたとおりにした。

どこかで男がギターを軽く爪弾いているのが聞こえた。それが妙に不思議に思えた。音楽が第二の天性であるような土地に一日中いたのに、そこの人間が演奏しているのを生で聞くことがなかったのだ。カーラジオから流れる劣化した音や、クイズショーの背景に流れるオルガンの音がニューヨークから発散されるのに、この暖かいヴァルハラに住む、ハッピーでニコニコしている人間からは沈黙しかない。それが、ちょうどここを去ろうとしているときに、異世界から現実の音が聞こえてくるとは。妙だ。

検査官は自分のデスクから出てきて、おれたちを取り調べた。まず壜を調べる。それから誰の物かたずねる。ジェニーは自分の物だと言った。主任が少し話があるから、ちょっと来てもらおうか、と検査官は言った。ジェニーはこっちを見た。「一緒についてってやるから」とおれは言った。

検査官の後についてコンクリートの通路を渡り、正面がガラス張りの大きな執務室に行った。こっそりとジェニーを支えてやらねばならなかった。真昼の太陽みたいに顔が真っ白なのだ。あっという間だった。検査官は何が起こっているのか見破った。一目見ただけで、堕胎手術を受けたのだとわかる。ジェニーはシャワーみたいに、熱くだらだらとした汗をかいていた。検査官は話があると言ってジェニーを連れて入った。おれは待った。半時間して、心配になってきた。それでも待てと言われた。

ルーニーがやってきた。トラブルがあったのかとたずねたが、待て、後で言うから、と手で合図をした。一時間経って、隣の部屋から大きな物音が聞こえた。主任が馬鹿面に狼狽の色を浮かべて飛び出してきて、部下に向かって叫んだ。「病院に電話しろ。ミゲル・アレマンだ。救急車をよこせと言え。大至急！」

おれは主任をどなりつけて、カウンターに半分身を乗り出し、奴のネクタイをひっつかんでいた。

「この畜生、脳たりんでろくでなしの畜生め！　見りゃあ具合が悪いとわかるのに、徹底的に取り調べて、絞りあげやがって、ええそうだろ！　この畜生！」

奴は若くもなければ頭もよくなかったが、腕力だけは取り柄だった。両腕をさっとおれの両腕のあいだに差し込んで、ふりほどいたかと思うと、口元にすばやいパンチを見舞った。おれがダウンすると、奴は大急ぎでジェニーを助けに取調室に戻っていった。床から這い上がると、ルーニーが助け起こしてくれた。開いたドアから、床の上にころがっているジェニーが足をばたつかせているのが見えた。

救急車が来て、おれたちはそれについてミゲル・アレマン病院まで行った。待合室はとても清潔でとても白く、約四時間後にジェニーは死んだ。出血多量。それに腹膜炎にもなりかけだった。

待合室の中央で突っ立っていると、奴らがやってきて死亡を告げ、そのとき突然、潜在意識の泥沼の中に埋めておきたかった記憶がぜんぶ浮上してきた。フランと赤ん坊、「まだ今は、子供を育てるだけの準備ができていないからね、ハニー」という理由で妻を堕胎医に送ったこと。手術、恐怖、そしてフランは憎しみをつのらせ、出ていって、離婚した。すべてがよみがえり、おれにとってジェニーが何だったのかを悟った。そして目の前が真っ暗になった。

おれは手のつけられない狂人になって、絶叫しながら病院を飛び出した。奴らは通り道から飛びのいた。おれは口から泡をふいていたかもしれないが、憶えていない。

埃っぽいティファナの通りに戻ると、タクシーをつかまえ、丘の向こうにあるカリエンテ競馬場の方を指さして、「行って(バモノス)くれ、行って(バモノス)くれ！」と口走り、運転手の鼻先に札をちらつかせて指さすと、車の速いこと速いこと……

あっという間に……

赤く垂れ込める靄の中、甲高い慟哭の声をあげながら運転手に指図した。鋼鉄とコンクリートでできた建築物を見つけると、止まるように命じた。測地線ドームのような形をした、初めてクインターノ医師の家に行く道すがら、念入りに記憶にとどめておいた目印のひとつだ。タクシー料金は、ティファナのどこからどこまで行っても五十セントきっかり。手元にあった札をありったけ、四ドルくれてやった。

車が走り去って、おれはドームを見つめ、空を見つめ、両手を見つめて、生まれて初めて罪というものを知った。

匂いを嗅ぎつけた猟犬みたいにあやまたず、その道を走り、脇道を走った。クインターノの家は難なく見つかった。その辺りでは最も威容を誇る家で、高い塀に囲まれてはいるが、そんなことはどうでもよかった。どうしてそこに行ったのか、何をしたかったのか、我ながらわからない。クインターノをぶん殴るつもりだったのか、それともジェニーの治療費を取り返すつもりだったのか――だがジェニーはもういない、もう死んでしまった、そうじゃないのか。おれにはさっぱりわけがわからなかった。

塀をよじ登って、長いことそのてっぺんにつかまったまま、様子をうかがった。まっすぐ先の、門のそばに、佝僂病やみがいた。家に通じるドアが開いて、男が出てきた。背は高くてごま塩頭で、そいつがてっきりクインターノかと思った。てっぺんまでよじ登り、そこで身構え、思い切って飛び降りざまに塀のてっぺんを両手でつかんだ。そうしてしばらくぶら下がってから、下に落ちた。二人の男はおれを見て、驚愕した表情を浮かべた。

「あの娘は死んだ！　死んだんだ！　赤ん坊も、あの娘も死んだ！」とおれは叫び、二人に向かって突進した。年配の方が、あたかも家の中に逃げ込もうとするかのように後ずさりしたが、おれは体を低くして飛びかかり、そいつの足首あたりをつかんだ。そいつは顔から建物の側面にぶつかり、ずるずるっと横ざまに倒れても、おれはまだふくらはぎあたりをしっかりつかんでいた。そいつはスペイン語で悲鳴をあげていたが、佝僂病やみは助けにきてくれそうもなかった。おれたちがもろともに地面に転がったところを、走って通り過ぎて、家の中に駆け込んでしまったのだ。ドアは開いたままで、佝僂病やみが誰かに助けを求める大声が聞こえたが、おれは年配の男の喉元につかみかかろうと必死だった。相手の体を這い上がって、片手でヘッドロックをかけた。奴は振り払おうとしたが、おれは空いている方の拳でぶん殴ってやった。締め上げてはいたものの、うまくはいかず、奴は目をうつろにしながらも逃れようと抵抗していた。頭の横を思いっきり殴ってやったが、奴はその流れに乗りながら、手をおれの口に突っ込み、頰のやわらかい肉をつかんで、おれの頭を文字どおりこじ開けた。喉元をつかんでいた手がはずれると、膝をおれの腹に突っ立てた。おれは息が止まり、仰向けに倒れて、心臓発作を起こしたみたいに喘いだ。それから、おれが防御の態勢を取れないうちに、ルイスが控室のドアから飛び出てきて、おれを蹴りあげた。その足はでかくて、波型になった靴の底がまず右、それから左と降りてくるのが見え、ルイスはおれの顔をまるで虫けらのように踏みつぶした。おれは足をつかもうとして、片方のズボンの折り返しをつかんだ。引っ張って倒し、相手の体の前になんとか這い上がって、一発殴ったところで、誰かが背後から羽交い締めにして、両手でヘッドロックをかけ、おれの体をぐいっと引いて膝の上に落とした。背中に拳が関節炎を起こしたみたいな痛みが走り、目の前のなにもかもが上下し、揺れて、ただよい、沈んだ。視界が一面灰色になりかけて、意識を失う前にかろうじて目にしたのは、ルイスと年配の男と佝僂病やみがさんざいたぶってやろうと屈み込んでくる姿だった。

おれは仰向けにのびていて、右手をだらりと泥のぬかるみの中に垂らし、闘牛のポスターが貼ってある壁を見つめていた。目に映っていたのは色、そしてアルーサという文字で、それからゆっくりとポスターを三回読んで、また気を失った。

二度目に意識を取り戻したとき、誰かがポケットの中をさぐっていた。でも放っておいた。手首から腕時計をはずされても。また気絶して、三度目に意識を取り戻したときには体がひどく冷えて、がたがた震えていた。起き上がろうと思ったら、土の中にころがっている頭よりも上に見える足が壁からずるずるとすべり落ち、そのレンガ壁になんとか足場を得ようとした。壁はゴムとピーナッツバターに化けた。

粘っているうちに、おれはようやく立ち上がった。

世界はどこにも見当たらなかった。

両目がほとんど完全に閉じるくらいに腫れあがっているのに気づいたのはそのときだ。盲人のように両手を前に突き出して、よろけながら歩き、路地から通りに出た。そこは騒々しく、人間であふれていた。まぶしさで目が痛い。見上げると、ティファナの町がずっと見通せた。目が麻痺しそうなネオンの地平線だ。おれはうめき声をあげた。

太りすぎたメキシコ娘の二人組が、大きなハンドバッグをぶらぶらさせながら通り過ぎ、クスクス笑いながら、本音だがやさしく聞こえる何かをスペイン語でしゃべっていた。売女（プタス）！　とおれは罵った。

通りを何時間も歩きつづけているあいだ、なにも見ず、ただ感じていたのは、今にも頭をぶち割りそうな痛みよりももっとひどい苦痛だけだった。他人の目にはきっと見るも無残な姿だったに違いない。というのも、ひょいと角を曲がって、がっしりした体格のメキシコ人と鉢合わせしたら、相手はびっくりしたように目を大きく見開いたからだ。そいつは反吐が出そうな顔をして、おれをよけて行った。まだこっちをじろじろ見ているか、おれはふり向いてたしかめはしなかった。

ポケットはもちろん空っぽだった。頭の中にあるのはただひとつ、酒が飲みたいということだけ。口の中は砂っぽく、腹はズキズキしていた。さんざ踏みつけられたからというだけではない。ああ、ジェニー、ああ、フラン！

〈ブルー・フォックス〉にふらふらと入っていくと、裸の女がカウンターでダンスショーをやっていた。私服の船乗りたちが女の股のところをつかもうとするので、女は体をよじってかわしている。それからディナーの時間ですと誰かが言うと、三人の女が現れて、裸になり、カウンターでごろりと仰向けになった。オードブルというわけだ。変質者が三人、座っていたスツールから飛び降りて、ご馳走の上にのしかかった。用心棒に肩を叩かれて、おれは店を出た。吐きそうだった。

路地に入ると嘔吐した。二度も。この先こんなことはないほど胃の中が空っぽになってしまうと、シャキッとしようとして、服の埃をはらい、顔にかかった髪を手で撫でつけてから、職探しに出かけた。

ナイトクラブの呼び込みをしていた男から、〈ランチョ・グランデ〉でチラシ配りを募集している手配師がいるという話を聞いて、そこに行ってみた。チラシを手渡すか、駐車している車のワイパーにはさむかして、二時間働けば三ドル五十セント。五十セントを前金でくれと言ったら、代わりにチラシをどっさり渡された。おれは仕込まれた猿のように通りを進み、紙切れを手渡し、見知らぬ人間の手に押しつけた。献身的な仕事ぶり。気分は最高だった。また吐きたくなったが、そんなはずはなかった。なにしろ胃の中は空っぽなのだから。

とうとうチラシがぜんぶなくなってしまうと、金を受け取りに戻った。手配師はいなくなっていて、クラブの連中に訊いてみても、どこにいけば会えるのか知らないという。おれは手配師を探して歩いた。長い時間かかったが、別のチラシ渡し屋を見つけた。大きく見開いた、黒い瞳の男の子で、手配師がいなくなったことをそいつに言った。それはあんたが外国人（グリンゴ）だからさ、とそいつは言った。そいつはにやりとして、どこに行けば会えるか教えてくれた。〈ボム・ボム〉に行くとたしかに手配師がいて、もっと多くのバイトを雇っていた。おれは近づいていって、金を払えと言った。手配師は払いたくなさそうな顔をしたが、おれはやすりのような音をたてはじめ、手は鉤爪になり、もし断りでもしたらその場であいつをぶっ殺していたところだ。あいつは喉元におれの歯が食い込んだまま墓場行きになっていただろう。おれは少なからず気が狂っていた。

手配師は札束を取り出して、そこから一ドル札を三枚抜こうとした。おれは手を伸ばして十ドル札を一枚取り、そこから去った。手配師は後を追おうとして、他の男に手で合図しかけたが、おれがふり向いて血だらけの顔でじろりとにらんでやると、ただ肩をすくめるだけだった。

十ドル札を持って飲みに出かけ、テキーラを一本買った。土地の名産を飲むのがふさわしいと思っただけの話だ。その瓶をほとんど一人で空けた。残りを飲んだのは、戸口に座っていた年増のメキシコ女だ。足を結わえているので不具のように見え、この女が物乞いをしているかたわら、通りのすぐそこで五歳の息子が鉛筆やジャックナイフを売っていた。そのうちに、体つきはいいがだらしのない十五歳の女の子が尻を突き出しながら通りかかると、年増の女は下手な英語でこの子はわたしの自慢の娘なのよと教えてくれた。「一晩で十二(ドーセ)、十二(ツエルフ)ドラー稼ぐのよ」女は満面の笑みを浮かべた。いい暮らしをしているのだという。おれはその女からチリビーンズをお相伴にあずかり、それから別れた。

別の場所にいたときのこと、だと思う。そこはクラブだった。喧嘩があり、サイレンが鳴って、おれは走って逃げた。次にいたのは〈マンボ・ロック〉で、誰かが火事だ火事だ火事だと叫んでいて、ふり向いてみたら壁面全体が燃えていた。電気のショートで、その一角全体が火の海だった。炎は夜空に十二フィートの高さまで舞い上がり、おれは店の主を手伝ってボンゴやら木彫りのドン・キホーテやらビーズシャツやらサラペを通りに運び出してやっていた。するとそこにメキシコ兵がやってきた。地方警備隊(ルラーレ)とかなんとかの一員だ……そいつはあっちに行けとおれを突っつきまわした。軍隊が出動し、町の半分は火に包まれ、おれは炎の中から女を一人救い出し、彼女のドレスも燃えていて、おれはその炎を消そうとして素手で体に触れた。それから診療所に連れていかれ、ひんやりして湿った軟膏を手に塗ってもらった。

　それからまた別の場所で、ひどく酔っていて、吐き気がして、ひどく疲れていた。コンスティトゥシオン通りを歩いていくと二八七番地コレオ・デル・ノルテ・ホテルが見え、角の煙草屋でデリカドスを一箱七セントで買って、ホテルに戻った。

　部屋は一泊七十五セント。壁は五フィートの高さまで合板で、そこから天井までは金網だ。靴を盗まれないように靴紐を結び合わせて寝た。ベッドの端の脚に履かせておいてもよかったところだが、なにしろひどく疲れていたので、ベッドを靴から持ち上げられても気づかなかったことだろう。夜中に誰か忍び込もうとしたが、おれが死ぬだとか蛇だとかわめいたので逃げていった。

　夢に出てきたのは、シマウマみたいな模様のロバと、そのシマウマロバに牽かれた荷車に乗って、通りの角で写真を撮ってもらっている観光客（ツリスタス）だった。観光客はシスコ・キッドとつばに書かれたソンブレロをかぶっている。なかなか素敵な夢だった。


　標識には公衆電話（テレーフォノ・プーブリコ）とあり、おれはレボルシオン通りに立っていた。病院に電話してみると、なんとかルーニーが見つかった。昨日、一日中おれを探していたという。今どこにいるかを教えたら、ルーニーは連れ戻しにやってきた。おれは泣いていたと思う。ジェニーの遺体は返却され、両親が引き取りにやってきた。マグネットに積み込んで運ぶとしたら、耐えられなかったと思う……ロサンゼルスまでなんて。それは永遠と同じだ。

いったいどこにいたのかとルーニーはしつこくたずねたが、言えなかった。無罪になったわけではもちろんないが、疲れていたので、それでなんとか許してもらえた。

ジェニーが去り、ケネス・デュアン・マーカムが去り、すぐにルーニーもおれの前から去っていくだろう。おれはただひたすらロサンゼルスに帰って誰か別の人間になりたかった。テキーラの味がまだ喉元にしつこく残っていて、それがいささかの慰めになるはずだった。

クールに行こう

若島正訳

Have Coolth

むかしむかし、デリー・メイラーはクールだった。だがそれも過ぎ去ったこと、今じゃあいつが歩くところには、ひょろっとした黒い影ができているだけだった。あいつにとっては、夜ですら静まりかえっていた。頭の中ではブー・ドゥーという音も鳴り響いていなかった。すっかり野暮ったくなって、襟を立てていたんだ。

男のクールさはどうやったら吹っ飛ぶか？

それに必要なのは、細かいことがたくさん揃ったコンボ。たとえば、瞳がとびっきり緑色で剃刀のように細く、ちっちゃなガキが「おねえちゃん、中国人？」とたずねそうな女（スケ）のようなもんかな。必要なのは、食いぶちをぜんぶ失くし、精力をぜんぶ失くし、それからとりわけ、男らしさをぜんぶ失くしてしまうこと。

一度でも性悪の女にコテンパンにやられたらそうなる。デリー・メイラーもそれを体験したくちだ。それで今じゃ、ドラムも静まりかえり、トランペットも鳴らず、スティックのかすかなチャ・

タという音も聞こえない。ローズというのが女の名前だったし、今でもローズが女の名前だが、ローズは性悪だった。

ビッチと言うかな。

そいつが最悪でさ、ピアノ以上のピアノを弾く男が、女に血と臓物を抜き取られ、そいつをくるんで一ポンド五十九セントで売られた日にゃ――（誰か買い手は？）――みんながノリにノッていて生あたたかい煙がたちこめるロフトには近づけなくなる。スウィート・ルーシーにグアテマラの上物にホンク・アンド・スパイクにスピードにバイブル（以上すべてドラッグの呼称）には近づけなくなる。というのも、そういうものと手を切りゃ、前よりもっと憂鬱になって、吐きそうになるからだ。そうすれば、なにもかも近づけなくなる、たとえばピアノとか、というのもピアノはママだしパパだし、家庭だし生活だし、素敵なものすべてだったからだ。けど、それで今何が残った？

残ったのは難儀（ツーリス）だ。

デリー・メイラーは中背で……ここは身元調べのようなものだからな。目は眉毛の下にはめこまれていて、ライトが当たっていないと、目がないみたいに見える。だがライトがバッチリだと、ほら、テイタムが弾く曲みたいにブルーだ。鼻はただの洟かみ機じゃない。そいつは記念物だ。シラノとデリー・メイラーはデカ鼻協会で血を分けた兄弟なんだ。でも見た目が悪いわけじゃなくて、あんなにイカしてるのはそのせいだ。桁はずれの鼻だな。しゅっと筋が通り先が角張っていて、腹をすかしたハゲタカみたいに襲いかかってくるけど、あの鼻はイカしてる、そこが肝腎。口元はきりっとしているが、とても薄い。そんなこんなや、チェロキーみたいな高い頬骨のせいで、あいつは物騒で冷たくて、何かを持ってるように見えた。

でも今は？

今はそうじゃない。むかしはそうだったが、そこへローズが出てきて、バシン！

そう今じゃ負け犬だった。

だからヴィレッジで酔っ払いからひったくりをしていた。

小便銭目当てで。小銭目当てで。


そうしておれはタイガーと会った。いつもあいつのことをタイガーと呼ぶのは、持っていた切り抜き帳を見せてくれたことがあって、あいつがミドルベリー大学にいたとき、熊（ベア）と呼んでいた男と住んでた部屋で青臭いジャズをやっていたときの写真が何枚かあったからだ。洒落たリキュールのボトルやなんやらかんやらと一緒に。でもそれはあいつが別人のデリー・メイラーで、世界がまだエアーウィック（芳香剤）みたいないい香りがしていたときの話。

奇妙なことに、おれはヴィレッジであいつに会った。

つまり、あいつはおれからひったくろうとしたんだ。

あいつはブリーカー通りのはずれにある暗い脇道から現れて、うしろからこっそり忍び寄ってきたが、おれはクールにふるまった。あのガキはクールじゃなかった。おハナシにならない。まるで「ギャング・バスターズ」（ラジオの人気犯罪物）みたいでな。つまり、派手に襲いかかってきやがった。カモがやってきてゲップして、「てめえの首筋に一発お見舞いして有り金巻き上げてやるぜ」なんていう呪文を口にした。そこでおれは、あいつがすぐそこまで近づいて、ニッケルがいっぱいついたあの革手袋を振り上げガツンとやろうとしたときに、当然ながらくるりと振り向いて「クソ野郎！」と言った。それから記念物並みの鼻っ柱に一発喰らわせてやったのさ。

あいつはうしろ宙返りをして、歩道の端まで泳いでいったよ、まったく笑わせるぜ。

おれは気性が荒いものだから、歩道からあいつをつまみあげて、目玉にＵＮＣＬＥの文字が並ぶまでちょいとばかり揺すってやり、それからあのアホンダラを建物の陰に押しつけて、もう一発殴ってやった。

怒りを抑えることをおぼえないといけないな、たしかに。

しばらくして、おれがヴァイスロイを半分ほど吸った後、あいつは地面から起き上がり、ボトルをかっぱらいやがったのはどこのどいつだと不思議そうな顔をしているセントバーナード犬みたいに首をぶるぶるっと振ってから、強烈な左を喰らわせようとした。おれはひょいとかわし、両肩をつかまえて優しくクリンチした。

「小僧、口の中を真っ赤なガムだらけにしたいのかい、人がいいからって、ずいぶんからんでくるじゃないか。ぶっ殺してやるぜ、小僧」

そこでタイガーも当然ながらおとなしくなった。二百ポンドある奴にぎゅっと抱きしめられたら、誰だって神様お願いと祈りたくなるものさ。

あいつの目に良識の光が宿ったのを見て、おれは放してやった。あいつを気に入って、まず最初に受け取ったのは無念の気持ちだった。どうやらこの男は本当に恥ずかしく思っているらしい。おれはたずねた。「借金があるのか、それともひったくりが趣味か？」

あいつは骨張った頭を横に振り、遠くの街路に照らされて、おれは初めて、あの青い目をちらりと見た。だが疲れた目だ。

「名前はあるんだろ？」

あいつは言おうとしなかった。なんとも哀れになったが、いったいこのおれに何ができる？　おれは弟の番人じゃないし、おれ自身の番人でもないと言ってもいいくらいで、なにしろ宣伝屋というのは暇な仕事だ。

「それじゃ、気をつけることだな、シラミ野郎」おれはそう言って、その場からおさらばしかけた。

「次のカモに頭をぶち割られるかもしれないからな。仕事見つけろよ、いいか？」

去ろうとしたら、うしろから妙な声が聞こえてきて、あいつがこう言っていた。

「この三日間、なにも食ってないんだ、大将」

それがどうしようもなくかわいそうで、おれは立ち止まった。できるものなら振り向かずに戻りたかった。顔に浮かんでいるに決まっている表情を目にして、手のひらに一ドル握らせてやるのはご免だったからだが、あいつの声にはどこか妙なところがあった。どこかすねたようで、それでいてすごくヒップなのだ。こいつは持ってるなと思わせたのは、どうもあのしゃべり方らしい。

「コーヒーでも飲むか？」とおれはたずねた。あいつはあの嘴（くちばし）を面倒くさそうに突き出してみせた。てことで……。

そこでジム・アトキンズの店に連れて行き、ブラック二杯にありついたが、あいつがこけた頰で惨めそうにしているのがふと目についた。

「元気出せよ、おい」とおれは言って、肩を叩いてやった。おれたちは八番街にある行きつけの小さなデリカテッセンまで歩いて、カマーバンドがテーブル十二席の王国を支配している奥のところに行った。そこに食事をしにくるのはヒップな奴と相場は決まっていて、そういう奴がまた何度も戻ってくるようになるのは、店主のカマーバンドが理由の一つだった。

カマーバンドというのは店主の名前じゃないが、本当の名前はすぐ忘れてしまうような名前だし、あの絹のカマーバンドが店にまるで似合わないから、かえってぴったり——だからあきらめるしかない。話をするのにうってつけの場所だ。

あいつにほかほかのマッツオ・ボール・スープを注文してやり、カマーバンドがそれを持ってくると——いいじゃないかと言わんばかりにおれに向かってうなずいたので、こっちも嬉しくなった——ほかほかのコーンド・ビーフ・サンドイッチ——赤身で——二人前に、ブリンツ二人前、コールスロー二人前、さらにコーヒー二杯を注文した。あいつがぜんぶ平らげてしまうと、おれはあいつをじっくり値踏みして、いい子だと結論を出した。

あいつは持ってるように見えたのだ。

煙草とお代わりのコーヒーをやりながら、それとなく探ってみた。「名前はあるんだろ?」

あいつはジャワから顔も上げずに言った。「メイラー。デリー・メイラー」

無駄話をして、しばらくするとあいつも打ちとけだし、自分のことを少しだけ話すようになり、どうやら前から知ってるガキだとわかった。

「おまえ、ピアノ弾いたことあるか？」

「多少は」とあいつが言って、それでピンときた。

「コン・ホイットニーのカルテットで四人目だっただろ？　ヴァンガードで盤を出したこともあるし、ベツレヘムであの片面をやったこともある、そうだろ？」あいつはまたうなずいた。まるでハゲタカが挨拶したようなものだった。

そのときおれは、こいつは大丈夫だと見抜いた。なぜなら才能があるからだ。ヴィレッジのニセモノ連中が見せかけるインチキじゃなくて本物だ。そこでおれは弟の番人になった。どう言われようと知ったことか。

タイガーことデリー・メイラーは猛スピードでカムバックした。それに必要なのは強い助っ人だけ、というのも煎じつめると、あいつはクリンチにひどく弱いからだ。

フリーの宣伝屋として働き、ルル・シーカー、またの名をインテリマンコ——ジャージーシティじゃこういう芸名で出てるんだから仕方ないだろ——みたいな二流の芸人を抱えていると、あまり金にはならないが、それでもな、おれはクールだったんだ。

どうしてクールに行けたかというと、値段は酸っぱすぎてジャズは甘すぎるのが特徴の、地下にあるナイトクラブ「ヘドニスト・ユニオン」みたいなくだらない店からも商売で金をもらっていたのが原因のひとつ。ときどきコラムで紹介されたことがあるし、ときには〈キュー〉がレストランの記事の中で書いてくれたこともある。それなりの仕事をして金をもらっていたのさ。

たいてい、おれは稼ぎを持って食事に行く。ソーダも自分で買う。料理長のジュリオはうちのおふくろよりも料理が下手で、おふくろは料理ときたらヒドかった。水でも焦がす、というやつで。ジュリオはもっとヒドい。でもタダなんだから。

それで店を経営しているフランキー・サリヴァンのところにタイガーを連れていって会わせてやり、ダイナマイト連発よろしくこの子を売り込んだ。サリヴァンはまず手始めにタイガーを週五十ドルで雇い、街で集めた、よく名の通っているフリーの奏者を三人付けた。最初のうちは大当たりでもなかったが、マイルスもバードもキャノンボールも最初はそうだったんだから待つことにした。こいつは持ってるとにらんでいたし、何曲も自家薬籠中のものにすれば、きっと光りだすはずだと。勘は当たった。あいつの音楽は本物になりだしたのだ。まったくの偶然でもなくおれはデリー・メイラーと一緒に住んでいて、毎朝起きてさあこれから一回りしてくるかってときにあいつを見かけるので、「どうだい調子は?」とよくたずねたものだ。最初のうちあいつはカストロからの帰りでただ眠そうにして寝返りを打つだけ。しかし数週間もすると、いろいろと話しはじめた。

「昨日の晩はバッチリだったのが数曲あってね。リッチーはモンクの『ミッドナイト』を弾かせると本当にうまいし、タッドはきっとすごいドラマーになると思うよ……」それからあいつは自分をさらけだしすぎたのに気づいて、ベッドの中でむこうを向いてしまうのだった。しかしあいつは復帰への道を歩んでいるところで、そこがイカしてた。

ヘドニスト・ユニオンが閉まっている晩に何度か、おれたちはファイヴ・スポットかバードランドかジャズ・ギャラリーではしゃいで、あの子もゴキゲンだったものだ。そこに知り合いがいたら、ゲストで出させてもらうとあいつは光りだす。たいしたもんだ。ショープレイスにゲストで出てミンガスとやったこともある。型破りだが、みごとだった。

　タイガーの音楽の話をさせてもらおうか。

　それはあいつ以上のもの。あいつの鼻みたいなもので、桁はずれ。デリー・メイラーが席に腰を下ろし、屈み込んだら、もう爆弾が破裂寸前。指の関節をポキポキと鳴らし、白い鍵盤の上でしばらく指を休め、セッションを率いる誰かが合図にうなずくのを待っている。それから頭をちょっと沈めてイントロを弾き、そして指先から曲を炸裂させはじめる。

　音は力強い音。わざとらしくもなければ、リベラーチェやアーマッド・ジャマルみたいなものじゃまるでない。それよりはプログレッシヴなウォーラーみたいなものか、そんなものがあるとしたらの話だが。そこにはガッツがある。半音下げはしょっちゅうで、リフはぜんぶ短調。弾くとでかい音、指でひとつずつ弾いているんじゃなくて、拳ぜんぶを乗せている。何にもましてあのピアノがいちばん耳に入ってくるが、同時にコンボもノリにノッていて、タイガーは注目を浴びようとする仕草をしない。それでもあいつが馬でやつらが騎手なんだ。あいつがいなかったら、やつらは歩いているようなもの、簡単に言えばそういうこと。

　あいつにソロをやらせたら、アップビートで割って入って、怒りの葡萄やらなんやらの葡萄園をどしんどしんと踏んづけていくように弾きまくる。そのすばらしさときたら胃袋にぐっとくるほどで、体が火照り、手のひらがちくちくしてくるのは、知らないあいだにテーブルクロスでリズムを取ってるからだ。

　デリー・メイラーの音楽とはそういうものだ。

それはあいつだらけで、あいつ以上のもの。店にいるみんなから同時に取り込んで、自我をすっかり吸い取り、それをすっかり豊かで彩りあふれるものにして返してくれるんだ。見紛いようのない才能で、あれはモンクかとかあれはエヴァンスかとかパウエルの左手の弾き方はどう思うとかいった質問は出てこない。それはタイガーであり、タイガー以外の何者でもなく、このタイガーだと言えばそれでおしまい。

あいつはカムバック中だった。でも一まわり大きくなっていた。

ある晩、一回りするのを早めに切り上げて一寝入りしてから、メイラーを聴きにひょっこりヘドニスト・ユニオンに顔を出した。あの晩あいつは絶好調で、ゼリーみたいに実にメローだった。第二部が終わって、ジュース＝ヘッドという名の飲ん兵衛（ジュースヘッド）に言伝てをたのむと、あいつがテーブルにやってきた。

「クレイジーじゃないか」おれはあいつを出迎えて、手を差し出した。あいつは握手してから、あの鉤鼻をちょいと動かす控えめな会釈をした。「とてもよかったぞ、特に『ホットシュー』。あれは誰の曲だ？」

「ショーティ・ロジャーズが数年前、ブランドの映画に使われていたのを録音した曲さ。アレンジ、気に入ったか？」

親指と人さし指でオーケーのしるしを作ってやると、あいつはにっこりした。おれたちは座って、数杯オンザロックを飲んだところで、第三部の準備に入った。おれは一晩中ゴキゲンで、ステージが終わって、夜がまるででっかい石炭シュートみたいになったところで、おれたちは足をふらつかせながらねぐらに向かい、その帰り道ずっと、おつむの弱い二人組みたいにウー・シュビドゥビとやっていた。

だが二階に倒れ込んでも、タイガーは眠れなかった。会ってから初めて自分のことを話したい気分になったらしい。そこでおれは、とりついたムニャムニャを吹き飛ばしてくれるビタミンB複合剤のカプセルを二個ほどあわてて呑み込んでから、あいつが開陳していることを聞き取った。

ぼくはこれまで（とあいつは言った）ピアノの他にはたいしたことなかったんだ。ほらわかるだろ、金のある家に生まれた子供は、生活にはなんの不満もないし、いい学校に行かしてくれてさ、でもイケてないんだよ。ほら、なんか場違いな感じで。それに親もわかっちゃくれない、立派な人間になれ、無茶はやめとけ、ばっかり言って。そうしてみても、おもしろくない。そこである日、思い切っておさらばして、五ドルとピアノを弾く二本の手だけ持って、大都会に出ることになる。ぼくもそうしたんだ。

（あいつはそこで立ち上がり、ハイファイ装置のところに行って、オーストラリアン・ジャズ・クインテットを一枚取り出し、ターンテーブルに乗せた。それから演奏が始まる前にそのレコードをはずし、エリック・ドルフィーの「アウトワード・バウンド」を乗せた。おれたちが二分間ほど座ったまま、ゆっくりとした、ドルフィーのサキソフォンの新曲に聴き入っていると、あいつはまた話を始めた。）

最初はしんどかったけど（あいつは薄い唇をなめた）、ヴァンガードでコンと意気投合してからはクールになったよ。ベツレヘムで作った一枚はヘントフがほめてくれた。ライナーノーツはフェザーが書いてくれたし、どうやらぼくも芽が出たみたいだった。そしたらコンがどこかでローズを見つけてきて、うちのバンドで歌いはじめたんだ。

(彼女の話をすると古傷が痛むのは見て取れた。)

なあ、あんたにも教えてやりたいんだけどさ、このローズって娘があれだったんだ。東洋風の、緑の瞳、わかる? 肌はまるで陶磁器か何かみたいで、傷一つなくなめらか。それに髪といったら、スポットライトが当たるとほとんど血の色みたいな鳶色をしてる。ぼくはこの娘がほしくてほしくてたまらなかった、あんたには決してわかんないだろうな。

しばらくのあいだは、ぼくのことを好きなんだと思ってた。一緒にやるときはよくうまくいったしね。ほら、男の心を弄ぶような女じゃなくて、体つきも最高ときてるから。そしたらある日、練習しているときにぼくのねぐらにやってきて、あの目でじっと見つめて、とうとう例の台詞を口にしたのさ、ねえデリー、あたしの友達でピアニストがいるんだけど、今晩コンと一緒にちょっとステージやらせてあげてくれない、ってね、ぼくがうなずくと、彼女はハリウッドで名前の出ているあの男を呼んできて、気がつくとそいつが長椅子に座っていて、ぼくはフロアから二人を引っ張り上げていたんだ。

デリー・メイラーが話し終わると、おれはじっと見つめた。というのも、誰の話か知っていたからだ。そいつは〈ダウン・ビート〉や〈プレイボーイ〉の人気投票でピアノ部門では上位に選ばれているし、その女(スケ)はと言うと——ローズだったか、名前すら憶えちゃいない、実際のところ、たいした声でもなかったしな――自業自得というやつかな。新人を育て上げたのに、そいつにポイと捨てられたんだからな、彼女がデリーをポイと捨てたみたいに。

タイガーのことは気の毒にと思ったが、その傷も今では癒えかけで、フェードアウトしていくブルースの音みたいに消えかけていた。おれはボンデッド・バーボンをちょいと飲ませて、あいつがぶっ倒れると寝かせてやった。

あいつが大丈夫だというのはわかっていた。腹の底をぶちまけたらもうすっきりしたもんだ。おれはあいつが気に入った……どうしてなんてきかないでくれ、たぶん弟のピートが十三歳のときに、恋人未満の女からそれを喰らったせいかもしれない。たぶん、しかし、おれにはわからんな。

疫病神は体にぴったりフィットしたドレスを着て、消防車のヘッドライトみたいな尻をしていた。あの女はブリオーニの店でおれを待っていた。おれがときどきドラムを叩いている、小さなカフェだ。あの女はチェス・テーブルでエディ・ブリオーニと一緒に座り、カプチーノを飲んでいて、おれはあっというまにイカれた。なぜなら、あの女は緑の瞳をしていたからだ。

細長い緑の瞳。

これがきっとローズとやらに違いない。

おいおい、おれは内心思った、おいおいやめてくれ！

「よう、宣伝名人！」近づいていくと、エディ・ブリオーニが立ち上がった。「こちらのご婦人があんたに会いたいそうだ」テーブルのところまで行くと、あの女の視線とおれの視線が交わり、おれは女をじっと見下ろした。なんてゴージャスな女だ。一目見ただけで、おれの腹筋がきゅっとなった。これがタイガーが口説いた女か、グラマーで、顔は陰に隠れていて、緑色の、ほっそりした瞳。

ブリオーニがまだ泡を飛ばしていた。「こちらがミス・パルド。ミス・ローズ・パルド」彼は最初の紹介でまだ名前が頭に入らなかったみたいに、もう一度おれたちを紹介して、おそらくお二人さんにはつもる話があるだろうから、おれはずらかるよと言った。おおげさな言い方をしないときでも、ブリオーニはいい奴なんだが、ときにはのしてやりたいと思うことがある。

おれはコンチネンタルに折り目がちゃんとついているかどうか気にしながら着席した。あの女はおれを値踏みしていた。おれは大物で、それは自分でもわかっている。これで、わかっている人間が二人になったわけだ。

「どんな御用ですかな、パルドさん」とおれはたずねた。

「あなたのことは、いろいろとお聞きしてるんですのよ」とあの女はゆっくり言った。声は積んだホットケーキの上に乗せたバターみたいだった。〈ダウン・ビート〉の評価表だと五つ星。西洋世界の七番目の不思議。なるほどと思った。タイガーみたいな奴がこういう女にメロメロになるのはたやすく想像できた。この女となら素敵な音楽を奏でられそうだとは思ったが、こいつがタイガーに何をしでかしたか、記憶の底をさらってみて、この女は髑髏（どくろ）が描かれた緑色のボトルみたいなものだぞ、と心に決めた。

「ほう、そうですか」おれはクールに言った。

「ええ」こんな声は聞いたことがない。足が変な感じになってくる……他の部分も。「デリー・メイラーを手がけてるってお聞きしました」

ズバリとたずねてきた。

「どこでその話を聞きました？」

「ステムで」あの女はそう答えて、ほっそりした手を暮れなずむ通りの方にひらひらさせた。「あなたの顧客で、ここに来たら会えるかもしれないって教えてくれた人がいたんです。それでお待ちしていました」

パリじゅうの人間が待っていたときの、リンドバーグの気持ちがよくわかった。きっと同じ気持ちだったに違いない。あの女が一息つくと、ドレスの胴のあたりの動きにおれはつい釣り込まれた。おれはエディを大声で呼んでエスプレッソを注文した。じっとしていられなかった。

「なるほど。待っていたと。それで御用は？」

あの女がうなずくと、かすかなライトが鳶色の髪を軽く照らした。血の色というのは正確な言葉じゃない。ルビー色と言うかな。それでもない。いい線だが、それでもない。

「デリーにもう一度会いたいの」

おれは葉巻屋に置かれている木彫りのインディアン像でも保護同盟に入れてくれと言いそうな表情であの女をにらみ、断固とした「だめだ！」を喰らわせた。

あの女は小さなチェス・テーブルに身を乗り出した。黒と赤のマス目にオッパイをぎゅっと押しつける姿を見て、おれはチェックメイトされたような気分になった。「どうしても会いたいの、わかる？」

「だめだ！」

「あの人を愛してるの」

「だめだ！」

「よりを戻したいの」

「だめだ！」エディがコーヒーを持ってきた。

それでおれはあの女を連れてタイガーに会わせてやった、当然のことながら。

おれは気が弱い男でね。あの緑の瞳のせいだ。


気がつかないうちに、ヘドニスト・ユニオンはとてもヒップな店になっていた。そのおおかたは、もちろん、デリー・メイラーのおかげで、おれの宣伝効果のおかげじゃないが、フランク・サリヴァンにはどっちだかわからず、それでどっちも使いつづけてくれて、デリーは今じゃ週に三百ドル稼いでいた。ユニオンは毎晩大勢の客を集めていて、サリヴァンは隣の錬鉄製品店を買い取ることができたら、ダイニングルームをもう一つ増設しようかと考えていた。

店がどれほど大当たりになったか、おれは気づいていなかったが、どうやらローズ・パルドは気づいていたらしい。彼女はまるで吸い取り紙がこぼれたインクに近づくみたいにデリーに忍び寄った。そして同じようにあいつを吸い取ったんだ。ぶっちゃけた話、彼女はクールだった。おれが会ったことのある他のほとんど誰よりもクールだ。彼女はまるでソルトウォーター・タフィーみたいに、あいつをマニキュアを塗った指のまわりにくるくると巻きつけた。でもあいつはそれでよかったし、大切なのはそこだからな。

あいつがおれのビルの一室に彼女を住まわせても、おれはなんにも言わなかった。彼女はたいていの時間をおれたちのところで過ごし、料理を作ってくれたが、たいしたことはしてない。あいつらがやりたがっているときは、おれが出ていくか、あいつらが彼女の部屋に行くかした。それはうまい取り決めで、彼女があいつを傷つけないかぎり、こっちはそれでかまわなかった。

まるで兄貴みたいな話しぶりだって？　知ったことか。

ディズニー映画に出てくるチキン・リトルじゃないが、ついに空が落ちてきた夜は、いつもと同じような夜だった。デリーはユニオンに出ていて、おれは一人でインテリマンコを売る新しい切り口はないかと思案していた。というのも、麻薬所持で入っていた刑務所から出てきたところだったからだ。ルルにはこれまで、ヤクには手を出すなよ、そうでないともうおまえを扱えないからな、と百回も言ってきたのに、どうしてもやめられない、ヤク中と乞食は三日したらやめられないというやつさ、どれほどストリップがうまくてもな。

ドアベルが鳴り、おれは立ち上がって向かった。

戸口にはローズが立っていた。ジーンズに、デリーが着てた白いボタンダウンのシャツ姿で、露出した腹のところで結んである。こちらが退くと、彼女は部屋に入ってきた。おれはまるで全身がフケ症になったような感じだった。彼女はジーンズを履いてもなかなかのものだった。いや、ジーンズを履くと特に。筋肉がくっきり見えるんだから。

「話があるの」と彼女は言った。部屋のまんなかで立ち止まった、その姿にうしろから光が射していて、後光のようなものを作っていた。

「なんだ」

「ユニオンで歌う仕事がほしいの」

単刀直入だった。最初からずっとそういう腹づもりじゃないかと、おれは弱いオツムの奥底でぼんやり思っていたが、彼女がその話を実際に口にしたのはそれが初めてだった。

「だったら店に訊いてみろ。雇うのを決めるのはフランク・サリヴァンだから」

「あの人は所帯持ちでしょ」その言い方がヤバそうに聞こえた。

「最新情報じゃ、それは犯罪でもなんでもないらしいが」

「あの人、あたしのことなんとも思ってくれないの。それに、あたしは才能だけで勝負できるほどじゃないから」

おれはグラっときた。歯に衣着せない女というのは聞いたことあるが、この女はそれにしても、というやつだ。自力で成功できるほどのものを持っていないという、真実を直視するのも平気ときている。

「で、おれのところにやってきた、と。それでおれはあんたの後押しをするわけだ」

「サリヴァンはあなたの話なら聞いてくれるわ。いつもそうなんだもの。恩に着るタイプ」

この女は可愛いが命取りだ。箱に入った毒入りチョコレートみたいなもんだ。おれは目を丸くしていたに違いない。

「そんなことをする義理はない。おれに言わせれば、あんたが売れようが売れまいがどっちでもいい」

「あなたが助けてくれなかったらね、いいこと、宣伝屋さん、あなたのタイガーをつぶしてやるわよ。安物の皿みたいにぶっ壊してやるの、この前みたいに。ただこの前は考えが甘かったけど。今じゃ前よりも賢くなってるから。今度はきっとうまくやってみせる」

「ちょっと聞いてくれるかな？」おれはたずねた。

「何？」

「このクソアマ！」

彼女は喉の奥で音をたててクククと笑った。まるで特別な取り決めで、九生ではなく十生もらった猫みたいだった。「あたしはいい女にもなれるわよ、宣伝屋さん」彼女は腹のところの結び目をほどきはじめた。

「ちょっと待て」とおれは言った。「どんな手を使おうが、こっちの気は変わらんぞ」

彼女はほどき終わって言った。「働いてもらった人には、たっぷり報酬を支払うことにしてるの」

「断る」

「デリーがまたよろよろ乞食になってもいいの、小銭稼ぎにヴィレッジで酔っ払いからカッパライするような？」

「このアマ。性悪で汚らしい……」

「いいこと、あんた」彼女の口調には血が滴っていた。「クソがどういうものか、あたしにはわかってる。生まれたときもクソまみれで、それ以来、その臭いが体に染みついてるの。商売道具といえば、この体つきと声だけ。声はそれほどイカさないけど、お尻の方はイカしてるわよ！　この世の中でほしいものを手に入れようと思ったら、大勢のくだらない連中とも交わらないといけない。でも、もうずいぶん長いこと、そういう生活をしてきたものだから、うんざりしちゃった。あなたの可愛いピアノ弾きを永遠に破滅させてやってもかまわないくらい、もううんざり。むかし、あの人が飯のタネだと思ってくっついてて、これで上昇気流に乗れたと思ったときに、待ったをかけた奴がいたのよ。

でも、今度ばかりは絶対にそうはさせないわ」

次に起こったことは、おれの責任だ。それはおれもわかってる。

声には真っ赤に燃える憎しみがこもり、そのせいで彼女は、おれが知ってる魔女の中でも最高に魅力的になった。それにずっとあの白いシャツのボタンをはずそうとしていたので、胸元が開いていて、ブラジャーを着けていないのもわかる。

彼女につかみかかったことも憶えていないが、次の瞬間には唇を奪い、彼女がおれにべったりとくっついて、おれたちはソファに倒れ込んだ。ドアがバタンと壁にぶつかる音がしたかと思うと、タイガーが戸口に立っていた。

「ローズ、呼んだのは何の用――」

あいつは立ち止まり、喉からしぼり出したうなり声は人間のものとは思えなかった。おれはローズをふりほどこうとしたが、忌々しいことに彼女が足を巻きつけていて身動きがとれない！　タイガーはおれたちに飛びかかり、襟をつかんでおれを床から引っ剥がした。おれはあいつより二倍くらいでかいのに、あいつほど本気でぶっ殺してやるという表情をしている人間にはお目にかかったことがなかった。

あいつのストレートを右の頬に喰らって、おれは壁までぶっ飛んだ。壁をずるずるとすべり落ちると、そこに一分ほどじっとしたままで、馬鹿みたいにぼおっとしていた。

するとあいつは彼女のところに行って首筋をつかんだ。ようやくおれには、あの女のもくろみが読み取れた。つまり、おれたちの仲を裂くことだ。おれたちを引き裂いてしまえば、おれを手なずけて、ユニオンの仕事にありつける。しかしそううまくは行かなかった。タイガーはどこかで男気を取り戻したらしく、人殺しでもしかねないほど逆上していた。

あいつは彼女の喉元をつかみ、鳶色の髪をした頭を壁にバンバンと打ちつけていた。彼女は口元から舌を出していた……このままだと死ぬ。

「タイガー！」とおれは叫び、ジャック・ホーナーよろしく座っていた隅っこから立ち上がった。おれはあいつの手をつかみ、彼女の喉元からあいつの指をふりほどいた。それからあいつをぐるんと廻してこっちを向かせると、口元に強烈なアッパーカットを一発お見舞いしてやった。あいつはおれに倒れかかって、そのままずるずるとすべり落ちた。

ローズはやっと動きまわれるようになり、足を引きずりながら簡易キッチンのところまで行こうとしていた。おれはデリーに喰らったパンチでぼおっとしていたし、この数分間の出来事にすっかりノックアウトされていたので、彼女が何をしているのかわからなかった。

しかし彼女が肉切り包丁を手にしてあいつの上に屈み込んだとき、何を考えているのかわかったし、何をしたいのかもわかった。女は完全に気が狂っていた。ひたすら有名になりたくて、その途中で誰が面倒に巻き込まれるかなんて知ったこっちゃないのだ。「ぶっ殺して！」と彼女が言って、おれの手に包丁を握らせた。おれはあいつを見つめたまま、しばらく立ち尽くした。おれの死んだ弟ピートに似ていて、その手には才能が煮えたぎるほどあふれている。この女はほしいものを手に入れるまでは絶対にやめないときているし、そして「早く殺って、このいくじなし！　早く殺ってよ、あたしたちのために！」と言って、熱い体を押しつけてきたので、おれは包丁で殺った。

要するにクールかそうでないかという問題なのさ、おれの見たところ。世の中には、必ずどこかに行ける奴がいる、たとえそのどこかというのが自分でもわかっていなくてもな。それから、どこにも行けない奴もいる。そういうのは、大物を狙おうとすると失敗するような奴だ。わかるか？　つまり、腹に包丁を喰らうことになる奴もいれば、その罪をかぶることになる奴もいる、ということさ。そのおかげで、値打ちがあるものが続いていけるわけだ。

タイガーが今週ベイズン・ストリートで演奏してるって？　ほら、おれの言うとおりだろ……あいつは持ってるんだ。あいつには才能がある、それがブレナンとかいう宣伝屋よりもずっと大切なことなんだ。

ブレナン、まんなかの「n」は二つじゃなくて一つ。

刑務所長の許可をもらって、ここにはレコードプレーヤーと、タイガーがトレーンと共演しているのが二枚ある。最後の頼みというやつさ、ほら。実に親切なおやじさんだなと思ったよ。おれはおやじさんと、ビックスや懐かしの日々の話で何度も盛り上がったもんだ。

まったくいい奴だよ。

ただ、この髪型はどうも気に食わねえな。ツルツルというのはどうも好きになれない――後頭部を丸く刈られるだけでもな。それに、あの剃刀のおかげで、コンチネンタルが台無しじゃないか。

こんなスリットは絶対に流行らないぜ。

ブレナン、まんなかの「n」は二つじゃなくて一つだ。

どうやらおれは、根っからの宣伝屋らしい。どんな宣伝でもないよりまし、ってよく言うからな。

だからクールに行こうぜ、な、おさらばさ。

これからデートなんだよ。ホットな相手と。

ジルチの女

渡辺佐智江訳

The Lady Had Zilch

トミー・デニスは、住所を書き留めておいた小さなメモ用紙にまた目をやった。電話での会話からそれを正しく書き取ったかどうか、自信がなかったのだ。〈キングピン〉（活力あふれる男性のための活力あふれるエンタメ誌）の編集者ゴードン・ミルズがオフィスに立ち寄るようにと電話してきたとき、トミーは息が止まりそうになった。二年間格闘してきたが、これが最初でほんとで正真正銘の作家デビューのチャンス。ニューヨークは手ごわいところで、どのフィクションの市場をこじ開けようとしても、必ず同じ結果に終わった。ボツ。

ひたすらボツ。

だがいま、一人の編集者が彼の書いた物語を何本か買いたがっているらしい。〈キングピン〉は男性誌の分野ではビッグな存在だ。それに寄稿すれば、三百、ときには四百ドル稼げる。トミーにはこの幸運が必要だった。自分が腕のいい有能な商業ライターだとはわかっていた。しかし、大学を出てニューヨークに移って以来チャレンジしつづけてきたが、報われなかった。

今度こそブレイクするぞ。ブルーミングデールズの発送係としてフルタイムで働きながら、夜に執筆するのはつらい。なによりも、自分の名前が活字になるのが見たい……自分が書いたものに関する読者からの手紙を読みたい……アタッシェケースを持ち運びたい……事務員の仕事をやめ、フルで執筆できるようになりたい。今回は決意を固めたし、見込みがある。〈キングピン〉には三篇送ってある。ミルズは電話での短いやり取りではそのどれにも言及しなかったが、少なくとも一篇は――いや、複数かもしれない、あの三篇はこれまで書いたなかで飛び抜けていい出来だったから――あの雑誌にふさわしい。

よい印象を与えたのは確かだった。

編集者は興味がなければ書き手に電話してきたりはしない。ともかく、彼はこれまでそう信じてきた。

紙に書いた部屋の番号をまた確認して、廊下に並んだ番号を追い、角を曲がった。ちゃんとあった。廊下の端に。二つの大きなガラスドアに決然と向かったが、それに近づいていくと、

キングピン出版社

＊小社刊行物

キングピン

ロックンロール・ダイジェスト

リベレーションズ

実録犯罪事件

と、黒く太い文字でガラスに書かれているのが目に飛び込んできて、ひるんだ。トミー・デニスは大柄で、身長は百八十センチを超え、柔らかな茶色い巻き毛を大学生風に刈り込み、服装は保守的すぎるとも言えるアイビーリーグ風。服のほとんどは大学時代から着ているもので、二年経つと――新しい服を買う金がない――かなりたるんできた。肘の革のつぎあては、単なる飾りではなかった。

こういったことが気になって、オフィスに近づくにつれ不安になってきた。ドアの前で足を止め、ガラスに自分の影が映ると、指で平織りのネクタイの結び目を探った。

二年間エネルギーの貯蔵源だったのと同じ源からエネルギーを呼び起こした。衝動というより……自分のなかで絶えず脈打っている、内的な欲求のようなもの。トミー・デニスはドアを開け、入っていった。

「開けるまでどれだけかかるのかと思ってました」

トミーは戸口に立ち、受付の机の向こうにいる女を見つめた。その机は、彼女のためにつくられたものだった。膝に合わせてくり抜かれており、女は脚を組んでショーケースの効果をフルに活用していた。トミーが見たこともないほど透きとおったナイロンのストッキングに、美脚がぴったりと包まれている。あまりに透きとおっているので、ふと履いていないのではないかという気がした。膝はなめらかで、骨張っていない。骨張っていると、女性は見事な附属物をくっつけていても、それを台無しにしてしまうと彼は思っている。

「え?」と、トミーが思わず言った。

女が、大きく、完璧に、晴れやかにほほ笑むと、青い目のまわりに小さなしわが寄った。「ガラスに影が映るのが見えましたけど、ただ立ってらしたわね。開けるまでどれだけかかるのかと思ってました。緊張なさってます？」

気がつくとトミーは、弱々しく笑みを返していた。片手を髪に通し、元アメフト選手の肩をすまなそうにすくめてうなずいた。

女は幅の狭いオフィスチェアを後ろにすべらせて立ち上がった。つやのある赤褐色の髪の毛がデスクライトのまぶしい光に照らされ、トミーは一瞬、彼女の姿にうっとりした。これまで見た生身の女性のなかで、文句なしにいちばん美しかった。実は……見おぼえがあるように思えた。一度も会ったことがないのは確かなのに。

「デニスさんですね、作家の」と女がまた笑みを浮かべて言った。

「そうです。でもどうしてわかったんです？」

女が別にわけもなく深く息を吸うと、中身がパンパンに詰まったセーターがびっくりするほどふくれ上がり、トミーは目をさまよわせた。「単純です。アポイント。三時二十九分きっかりにいらしたでしょ」とデスクの時計を指差す。「予定表に、三時三十分デニス氏がミルズに面会、とあります。単純でしょ？」

「単純ですね」とトミーは同意した。軽く咳をするふりをして相手を観察し、たちまち記憶の目録に載せて、すべての体の部位を忘れないようにした。赤褐色の頭のてっぺんから、机の天板が視界から脚を断ち切るラインまで。

細いウエスト、張り出した腰、豊かな乳房。顔は、多くの女たちのようになんとなくきれいだというのではなく、特徴的なラインがたくさん走っていて華やか。彼はそれを、かつて〝繊細〟だった顔として分類した。

「お見えになったとミルズに伝えます」と言い、ぐるりと机をまわった。

女が、待合室を奥のオフィスから隔てる低い柵についているスイングドアに向かい、ミルズのオフィスに直接行こうとするのを見て、トミーは不思議に思った。机の上にインターホンがあるのに、なぜわざわざそんなことをするんだろう。

理由はすぐに明らかになった。彼女は彼だけのために歩いたのだ。深淵にかかるとてつもなく幅の狭い橋を渡るかのように、一歩一歩踏み出す。そういうふうに足を置きながら、ヒョウのようにしっかりと、かつなめらかに歩く。その静かなる炎は、こういうたぐいの女に辟易している者にも、これは完璧な女のタイプに当てはまると思わせるもの。ここにいるのは、女そのものという品種のサンプル。トミーはこの二年間で初めて、執筆のキャリアと同じくらいに重要なものがあることに気づき、かしこまって、口を乾かしつつ、女を見つめていた。

「あの」と女を呼び止めた。そして、そうしたかったがそうするつもりはなかったのにと思った。「あなたのこと、どこかでお見かけしたことがあります」

すぐに付け加えた。「口説いてるんじゃありません。ただ、本当に見おぼえがあるんです」マジ見おぼえあるんすよね、と言いたかったのだが、彼女の前では適当ではないように思われた。

女の笑みは謎めいてきた。机に戻ると、ブックエンドに挟まれた数冊の雑誌から〈キングピン〉

を一冊抜いて彼に手渡し、扉を大きく揺らしたまま、突っ立っている相手に雑誌をあずけたまま、足早に立ち去った。

トミーがそれをひっくり返すと、表紙は彼女。すわって髪を梳かしている姿が鏡に映り、そこから彼に笑いかけている。ひとりでに見開きページが開き、重い印刷用紙が手のなかで広がっていくとき、彼女をどこで見たのか思い出した。

彼女は、十月号の『今月のキングピン・クイーン』だったのだ。見開きページが目の前でふくらんでゆき、トミー・デニスは、自分が、魔法のランプを手に入れることを夢見るあまり、手のなかの埃まみれのランプから不思議な煙が立ちのぼるのを見る哀れなアラブの少年になったような気がした。そこにいたのは、マキシーン・レシェル。

数か月前この号で初めて彼女の写真を見たとき、ウ～とかオ～とか声を上げたものだ。原稿を送ろうとする雑誌を少なくとも三号分読むのが、彼のマーケティングの決まり事だった――雑誌の傾向を見て、どんなスタイルが好まれているか判断するために。だがこの号にかぎっては、仕事優先とはいかない高次の娯楽だった。

写真のマキシーンは、キッチンの棚からマーマレードの瓶を取ろうとして、体をピンと伸ばしていた。膝上の丈の透けたネグリジェ姿。撮影のために体を伸ばすと、ネグリジェが引き上がり、尻のふくらみと割れ目、片側の尻のくぼみがカメラに晒された。薄いヴェールがめくれ上がり、類がないほどなめらかな高々とした豊かな乳房にかかっていた。

彼女の髪は長く、赤褐色で、肢体は丘の向こうから吹き渡る風のように甘美だった。そのときは、おれはこの半分程度の女にも出会うことはないというあきらめモードで写真に魅了され、そして今は、あれって本人だし！という点滅する希望モードでその写真にいっそう魅了された。だらだらと揺れている扉をしばらく見つめてから、マキシーンを無理矢理頭から追い出した。

トミーは自分が冴えない男だということを自覚していた。彼女はきっと、何人もの魅力的な男性モデル、作家、編集者、セレブと、毎晩のようにデートしてるんだろう。おれなんかにチャンスはない。

トミーはため息をついた。

女が呼びかけた。

「ミルズさんがお呼びです」

女は扉を押さえ、トミーがすぐ横を通りかかったとき、彼のほうにわざと一歩出た。乳房のてっぺんが上着をかすめたとたん、ダンテに地獄の火をつけられたような感じがした。ごくりと喉を鳴らすと、女がクスッと笑った。

振り返ってまた女を見てしまわないようにしっかり集中し、彼女が指し示したオフィスに向かって歩いていった。見たりしたら気が狂う。

オフィスのドアをノックすると、痰がからんだような重々しい声がとどろいた。「入れ入れ！とっとと来い、ったく！」

ドアを開けると、ビール瓶に出くわした。人間の頭がついている。それは、頭のなかに描いたなかで最も驚くべきアナロジーだった。机の向こうの男は、頭が小さくて首が細く、体はでっぷりしていた。肌は太陽灯の当たり具合にむらがあったかのように、均一ではないこげ茶色。髪はふさふさで白く、注ぎ口から泡があふれ出しているビール瓶以外のなにものでもないように見えた。

「ミルズさんですか？」とトミーが訊くと、男はパパッと手早くせっかちに、どっしりした机のところから背のまっすぐな椅子を示した。トミーは緊張しながらそこに腰かけ、もぞもぞ動くと、足を組み、そして組み直した。

「どんなときも、注意集中。居眠りする者、ごめんこうむる」ミルズのしゃべり方は、ポツポツ途切れて聞きづらかった。

トミーは混乱してあたりを見まわし、なんでもいいからいま述べられたことと結びつけようとした。ようやく、「とおっしゃいますと？」と言った。

ミルズは座り心地の悪い背のまっすぐな椅子を身振りで示した。「姿勢まっすぐ。臨戦態勢。血のめぐりによろしい」

ニッと笑った。

トミーは、ビール瓶が詰め物をした椅子にどさりと腰を下ろすのを目にして哀れみつつ思った――あんたの体には空腹だけがめぐってんだろな。

「それでだ！」とミルズがさえずった。「デニス。きみの作品を読ませてもらったよ」

トミーはゴードン・ミルズにほほ笑み返した。いい知らせが来るぞ。ついにブレイク。

「最低！」ミルズが締めくくった。机の上の〈発信〉とラベルが貼られたカゴから原稿を三束取り出し、トミーの目の前にぴしゃりと置いた。

トミーは打ちひしがれた。内側ではそうだったが、急速に消えて行くうわべだけの平静さが完全に消え去るのは食い止めた。「最低？　どういうことです？　最低だったんなら……最低なら、なぜわざわざ呼び出したんです？」

ミルズが、肉付きのいい鼻のわきにずんぐりした指をあてた。「そう！　それ。なぜきみはここにいるか。書き方がいい。プロットがよく練られている。性格描写がすぐれていて深い。コンセプトがすばらしい。エンディングも切れがいい。お見事。まったくもってすばらしい！」

子どもっぽく大喜びして拍手する。

トミーの顔の混乱ぶりは三倍になった。「それが本当なら……ぼくの作品にそれほど感動してくださってるなら……買ってくれませんか？」

「〈キングピン〉にはだめなんだよ。重要な要素が一つ欠けている」

気がつくとトミーは、ミルズにならって機関銃のようにしゃべっていた。「要素というと？」

ミルズは片目をつぶり、親指と人差し指でピストルのかたちをつくってトミーの頰骨に狙いを定め、「ジルチ」と大声で言った。

「ジルチ？」

「おお！　ジルチ！」

「ジルチ？　ジルチってなんです？」

「アメリカ人男性の日常生活の基盤！　おお！　ジルチ！　それがなくては生きられない！」

「ジルチ？」

ミルズはうなずいた。トミーは質問を繰り返さなければならなかった。ミルズが〈キングピン〉に売れる作品に必要なのはジルチだけだと言ったあとで、トミーは再度尋ねた。「だから、それなんなんです？」

ミルズは〈参照〉とラベルが貼られたカゴから〈キングピン〉を一冊取り出し、ペーパークリップを挟んだページを開き、青い鉛筆でしっかり囲んだ箇所をいくつか示した。「読みたまえ。ヘレン・フレンチの作品だ。この物語を書いたすぐれた男」

トミーは混乱の海を泳いでいた。「でも、ヘレン・フレンチがこれを書いたとおっしゃいましたよね」

ミルズは同意した。「そう。すぐれた男」

「彼女は彼ってことですか？　彼が女性が書くように小説を書くということ？」ミルズはまたうなずき、読むよう動作で促した。トミーは読んだ。そして彼が読んだものとは――

ステラは喘いだ。ロジャーはステラの熱くしなやかな体に強く体を押しつけた。ステラのむき出しの隆起した乳房に荒々しい手をしっかりと押しつけ、くすぶる炎のようなその先端をこねた。ロジャーはステラの焼けつくような小さな舌の熱に刺されてひとつ声を上げると、ステラの上に重なり、二人は……

トミーは真っ青になり、あわててぴしゃりと雑誌を置いた。二年になる……いま腹を立てては元も子もない。だが、読んだ内容に当惑し、驚愕し、衝撃を受け、恐怖すらおぼえて、顔がギラギラと光った。

「どうだ？　な？　すごいだろ？　フレンチのジルチはすごい。彼の名前を表紙だけじゃなくてそこらじゅうに載せる。ものすごく売れるんだ！」ミルズは勝ち誇り、得意気になり、激賞した。

トミーはかぶりを振りつづけた。読んだものに溺れさせられ、なにやらドス黒い悪臭で鼻を満たされ、それをシュッと出さねばならず、すっかり混乱した、というように。困惑して目を細め、眉をひそめた。

これがジルチだったのか？

「これがジルチなんですか？」

「そう！」ミルズは断定したが、まだ謎だった。「そのとおり。だからここにきみを呼んだんだ」

それでもトミーは、この――この――ジルチとやらが、自分と、あるいは自分の作品とどんな関係があるのかわからなかった。トミー・デニスの内側から湧き出る作品には、あからさまに性的に刺激するものなどまったくなかった。おれはちゃんとした物書きだ。そういうたぐいの提供者なんかじゃ……なんかじゃ……突然、さっきの一節が刺激的だと思っている自分に気がついた。頭のなかでそこから自分を引き離した、必死の思いで。自分とマキシーン・レシェルのさまざまな体操のポーズを心に浮かべていた。

「呑み込めません」とトミーが、ミルズの立ち位置を明確にできるのではないかと思って言葉をはさんだ。見事に功を奏した。

「きみの書く物はすばらしいよ、デニス。実にすばらしい。すでに有名じゃないのが不思議なくらいだ。きみが抑え込まれてるのは、この腐った商売が気まぐれだからだろうな。書きはじめてどれくらいになる？　ま、ともかく」とトミーに答える余地を与えず続けた。「きみに求めているのは、ジルチ小説なんだよ。どうしても欲しい。いつもそれを求めている。一か月に三、四本、いや五本でも買おう、書いてくれるなら」

トミーは面食らった。おれがジルチを書く？　ああいう、ああいう話を？　仰天し、そののち恐ろしくなった。参入のチャンスではあったが、そうしたいのか定かではなかった。文字通り、才能を身売りすることになるのだろうか。その異議を振り払った。おれはサルトルでもヘミングウェイでもないし、それは自覚している。才能ある語り部、そういうこと。いいジルチが書けるなら、書いたらいいいじゃないか。だが、いいジルチを書けるだろうか。そもそもジルチを書けるだろうか。そう考えたら、頬が紅潮した。自分の好色な傾向のどこかに根深いピューリタン的な傾向があるのはわかっているが、だからといってよいジルチを書いてはならんということにはならないんじゃないか。

「こういうものを書けるかどうかわかりません」と、考えを言葉にした。ミルズは異議を一蹴した。「あのね、ここにはシステムがあるんだよ。ここには最新の小説がある。ジルチは新種の書き物で（トミーはそれについてはどうかと思った……『デカメロン』、バルザック、蒲松齢(ほしょうれい)などを思い浮かべると……）、われわれは新種の書き手を生み出さねばならない。こういうことには文化的な要請があるんだよ」ミルズは、現代のアメリカ人男性の不安感、抑圧、精神障害、フェティシズム、精神的・肉体的な習慣といったおなじみのテーマで熱心に講義していた。トミーはますます驚愕し、不信感をつのらせ、混乱しながら聴いていた。

とうとうトミーは首を横に振った。「いや、ぼくは――そういうものを手掛けることはできません。ぼくの作品というのはすべて……」

ミルズが口をはさんだ。「われわれのシステムだよ。すばらしいシステム。さあ、この〈キングピン〉の束を持っていきなさい。読んで、研究して。それから何篇か話を書いてくれ。一話三百ドル」

トミーは雑誌をつかんだ。一話につき三百ドルには抵抗できない。雑誌を手にミルズに礼を言い、すぐさまエレベーターに飛び込んだ。

一階に着いて初めて、マキシーン・レシェルのそばを通ったときに声をかけなかったことに気づいた。彼女は口元に笑みを浮かべ、胸を突き出し、スカートを思いっきり上まで引き上げて机の穴に脚をおさめ、美しい姿ですわっていた。

トミーは頭のなかで自分を蹴りつけたが、気にしないことにした。すぐにまた戻るつもりだ、あっという間に。そしたら彼女と言葉を交わそう。

たぶん。

ミルズが作品を三篇読むあいだ、トミーは待っていた。一篇読むごとに顔がこわばっていき、失望感を漂わせていった。最後のページをめくると、端をすべて揃え、ペーパークリップをもとのところにつけた。泡のような頭を横に振り、潤んだ小さな茶色い目は悲しみに沈んでいた。

「きみにはなにかある。すばらしい作品だ！　実にすばらしい！」トミーはぞくぞくした。

「だがよくない」とミルズが締めくくった。トミーはがっくりきた。

「いい出来だが、ジルチじゃない。なんというかその――そういう感じがまったくない。で、わたしに考えがある。うちの受付嬢のマキシーン、彼女、ペンネーム使ってこういうのをいくつか書いた。これだッて感じをよく捉えてたな、あの娘は。実にエロくって。作品がってことだがね。彼女がきみを助けてくれる。ねらいは定めた。ジルチ方面できみをビッグにしてやろう。名声。富。そういうナンセンス」

ミルズが内線にかけようとすると、トミーはそれを止めようと椅子から半分立ち上がった。やめてくれ！ マキシーン・レシェルだけは。ジルチを書くのに彼女にだけは助けてもらいたくない。ただでさえ話を書くのは大変だったんだ。汗かいて、唇なめて。そこまでしても失敗した。彼女みたいなとびきり上等なお肉が仕事に関わったらどうなるか。トミーは内側で快く身震いする一方で、〈キングピン〉に降伏した日を呪った。

「マキシーン。入っておいで」

ミルズはインターホンを切り、しれっと笑いを浮かべてまたすわった。「彼女が面倒見てくれるよ。あの娘は心得てるから」

マキシーンが入ってきた。ドレスは官能的な体のラインにぴったりと沿い、V字形の部分から乳房へ行ってまた戻る。トミーの口は乾ききった。ぎっちりと目を閉じた。

どこか遠いところから、ヴェルヴェットにサテンをかぶせたような声で、マキシーンが媚びるように言うのが聞こえてきた。「あらぁ、もちろんですぅミルズさん。デニスさんのジルチにお役に立てるなら喜んでぇ」

神よ、この難局に立たされし我をお助けください、とトミー・デニスは祈り、高速で飛ぶ水色の綿菓子のような雲に乗って、三千メートル上空に浮いていた。

「ねえ、トミー」と、マキシーンがソファの上にうずくまり、靴を履いていない足先をスカートの下で丸めて言った。「あなたには個人的に興味がないってこと、わかってね」彼女のマンションの部屋はそこそこ豪華で、音を抑えたラフマニノフ交響曲第二番の旋律で震動していた。「ジルチについてあなたに教えるつもりのことは、というか、あなたに心得てもらおうとすることは、完全にビジネス。わかるでしょ?」

トミーはぼうっとうなずいた。オフィスを出て街を抜け、マキシーンのこのマンションの部屋へと一目散にやって来た。誓う覚悟はできている! 彼女が至近距離にいるので、みぞおちに不快な痛みをおぼえた。これほどの美しさにこれほど接近したのは、人生で初めてだった。

「わかってくれたのね」と彼女は晴れやかに笑い、ソファの自分がすわっている横を軽くたたいた。トミーは察して、ゆっくりと彼女に向かっていった。ためらいながら腰を下ろし、恥ずかしさのあまり体を半分ひねった。「絶対忘れないようにね」と忠告された。「すべて作品のためのリサーチだっていうことを」

マキシーンは客観的な興味以上のものを目にたたえて、粗野な感じが魅力のハンサムなトミーの顔をよく見てから、元アメフト選手のその肉体を驚きを隠さず眺めた。

それから近づき、しっかりと体を押しつけた。シャツを着ていても、トミーには彼女のブラジャーの畝、スリップのシワがわかった。このすべてを、作品に引き写そうと努めた。

女は男の顔を両手で包んだ、とトミーは取り乱しつつ頭のなかに書き、事実をフィクションから切り離しつづけようと努めた。**女の顔は火照り、手は生き物のように男の体を這いまわった。男は最初ゆっくりと反応していたが、血が沸き立つような感じになってくると、反応が早くなった。女の背中はなめらかだった。その背中に、男は両手を這い上がらせた、**と考えながら、その通りやった。

すると語りの途中で心がふらつき、一瞬我を忘れた。彼女に服を脱がされていると、客観的な関心にとどめることはできなくなっていった。彼女の汗びっしょりの下着をはがしていると、起きていることを物語のかたちにして冷静に語ることはできなくなっていった。

二人の体が密着しているいまは、燃え盛るような一瞬しか存在しなかった。

時間が経てば自分の下半身と心に焼きつけられるだろうが、でもいまは、いまは……


ミルズは、八篇の作品の八番目をかたわらに置いた。茶色い顔は汗にまみれていた。驚きを隠さず、そしてまた恐怖をおぼえるほどの衝撃を露わに、机の向こうのトミー・デニスを見つめた。口元をゆるめ、両手でなにかを探そうとしていた。

「これは――これは……信じられん！」と畏敬の念に打たれてつぶやいた。

トミーは舞い上がった。あれはとてつもない試練だった。天にも昇る試練とはいえ、本物の格闘だった。その夜、八篇書いた。次々書いて、次の夜が来るまで次々書いて、マキシーンとさらに過ごした。それらはジルチの最高傑作群だった。まちがいない！

エロい書き方が自分のなかで光を放ったためにかえって少しばかり不安になり、腕が落ちないように、非ジルチな作品を書こうとしてみたが、書けなかった。ジルチ以外、なにも書けないように思えた。

だが気にしなかった。ジルチは、パッド入りブラジャーの発明以来の最も偉大なる存在だった。ありあまるほどの金を手にして、マキシーンを喜ばせつづけるだろう。おれは罠に掛かった。彼女はすさまじい要求を突きつけてくる猛々しい女だから、どれほどおれの肩幅が広かろうと、彼女の関心を引きつけておくには大金が必要だ。

ともかく、ミルズが作品を高く評価したことは疑いなかった。一篇につき三百ドルだから、二千四百ドル。すげえ！

ミルズは机の引き出しに手を入れ、紙切れを取り出し、それを重ねた原稿のいちばん上にペーパークリップで留めた。おっと、小切手キター！　トミーは心のなかでクククと笑った。

ミルズは、不完全に日焼けした顔の下で青ざめていた。

「これは出版できない」と、わなわなと怯えながら激しい調子で言った。「こんなものは、新聞雑誌の売店からたちまちお払い箱になる。どこでこういうネタを仕入れたのか知らんが、やめとけ。絶対売れん。あまりに――あまりに――なんつーか、ジルチすぎる！」

ミルズはきっぱりと首を横に振って立ち上がり、トミー・デニスの前に原稿の束を置いて、オフィスを出ていった。トミーはそこに留められた紙切れを見下ろし、厄介事は始まったばかりだと悟った。マキシーンの肉欲、金銭欲、彼女の果実を味見してしまった今となってはもう彼女を手放せないこのおれ。ジルチ以外なにも書けないことは言うに及ばず――もはや破滅だ。

トミーは虚脱感に襲われながら、無言で紙切れを見つめた。

いやはや、彼の苦悩は始まったばかりだった。

その紙切れは、これから何度もきっぱりと言い渡される審判の最初のものだった――〈ボツ〉。

――終――

人殺しになった少年

渡辺佐智江訳

Kid Killer

「どうした！　おれを殺したいのか……拳銃ほしいのか？　かかって来いよ、こののろまども！」

〈ナイフメン〉の三人が、少年を路地に追い込んでいた。ビリヤード場で大きな45口径を見せびらかしているのを見て、外に出たところをつけたのだ。いま、少年は追い込まれていた。

少年は小柄で、血色の悪い貪欲そうな顔つきをしていた。茶色い細い眉の下で深くくぼんでいる目は、アパートの窓の光をちらちらと投げ返しているように見えた。

三人が迫ってくる。少年は45口径をぎごちなく構えながら後ずさりした。片手を後ろにまわすと、建物のでこぼこのレンガの壁に触れた。路地の奥に追い込まれた。飛び上がれる柵も、抜けられるドアもなく、出口はなかった。

追い詰められた。ニューヨークへ移ってから、汚らしいジャングルすなわちローワーマンハッタンに移ってから、ずっと追い詰められていたように。

アントン・コスナコフは息子に顔を向け、しばらく無言で見つめていた。「ピーティー、おれたち、デトロイトを出なくちゃならないんだよ」そっと言葉を発した。その言葉を使うのが恐いというように。

「父ちゃんさ、新しい仕事見つけなくちゃなんないから、出ていかないと」

ピーティーは、その口調を、その煮え切らない口調をいつも嫌悪していた。キッチンテーブルの上のカミソリの刃と飛行機の部品から顔を上げた。「なんで？　なんでここから出てかなくちゃなんないの？　なんで新しい仕事見つけなくちゃなんないの？　自動車工場でちゃんとした仕事してんのに」

コスナコフは、薄くなりかけた茶色の髪を片手でなでた。あごはまったくないように見える。弱々しく目を細めるので、彼には世界が絶えずぼんやりと映っているような感じだ。「あのなあ、ピーティー、今週何人かクビ切られたんだが、父ちゃんもクビになっちゃってさ……」

ピーティーが、幼い顔に驚きの色を浮かべて目を上げた。「クビ？　なんでクビなんだよ。十年も働いてきたよな、父ちゃん！」

コスナコフは敗北に両手を広げた。「それが現実なんだよ、ピーティー。父ちゃんにはどうしようもない。ニューヨークへ行こうかと思って。でっかい街だから、仕事もいっぱいある」期待を抱いて、うっすらと笑みを浮かべた。

ピーティーはこの新しい話題を無視した。父親がクビになったという事実にまだ気を取られていた。「文句言わなかったのかよ。騒ぎもしなかったのか、父ちゃん」

父親は息子の椅子の横にある使い古した自分の椅子にすべり込んだ。シワに汚れがこびりついた片手をピーティーの手に置き、その暗い目をのぞき込んだ。「ピーティー、おれは年寄りだ。どんどん年取ってきてるから、仲間をどなりつけたり騒ぎ立てるのは、自分のためになんない。渡されたものを受け取るしかないんだよ」

ピーティーが手を引っ込めていきなり立ち上がると、膝からバルサ材の薄片がこぼれた。「父ちゃんはみんなから渡されるクソを全部受け取る！　全部！　根性なしなんだ！　小突きまわされるままで。だめなんだ、父親としても、ほかのことでも――」

年をとった男は息子を制止しようと、やせた片手を苦しそうに上げた。「ピーティー、ピーティー！　やめてくれ、お願いだからやめてくれ。ちがう！　そうじゃない！」

「――ほかのことでも！　母ちゃんみたいにだめなんだ！　母ちゃんとおんなじに尊敬できない！　母ちゃん、パッパラパーじゃねえかよ！」

父親の顔から血の気が引いた。立ち上がり、息子のシャツの襟をつかんだ。「二度と言うな！　おまえの母ちゃんはちっとばかし病気なんだ。二度といまみたいなこと言うな、でないと父ちゃんは……父ちゃんは……」

少年はほっそりした顔をぎゅっとしかめた。父親の手を振り払い、肩を動かしてシャツの位置を戻した。

「どうするっつんだよ。おれを殴る根性もないくせに」

そう言うとすばやく向きを変え、床めがけて彫刻刀を一本投げつけてリノリウムに突き刺し、キッチンから出て行った。その背後で、アントン・コスナコフはかがんで彫刻刀を拾った。

ピーティーは、息が詰まるように迫ってくるアパートの壁や、くだらない一切合財に耐えられなかった。歳は十五だが、自分では五十のように感じた。出て行きたかった、二度とこいつら二人を見たくない。

ニューヨーク。突然思いついた。それが答えかもしれない。ニューヨークでなら、じじいとばばあから逃れることができるかもしれない。

少し顔が明るくなり、玄関へ向かった。通り（ストリート）では呼吸できた。そこは、ドツボにはまったときに逃げ込む場所だった。そう、ストリート。

母親の部屋を通りかかったとき、声が聞こえてきた。まだしゃべってやがる。一九二六年のことを、ミネソタにいたときの豪雪のことを、商売を学んだ小さい薬屋のことを、まだ自分に向かってしゃべってやがる。忘れられたラジエーターが思い出したように蒸気を吹き出すみたいに、まだつぶやきつづけてやがる。

ピーティーが顔をしかめると、それは絶望の仮面になった。この女のことなど、ぼそぼそつぶやきときどき口から泡を吹いている、父親が女房と呼ぶ自堕落な女のことなど知ったためしはないが、自分には母親などいないのは確かだ。ほかの連中には母親がいるのに、こっちのは気が触れた女！狂人だ。

ストリート。そこでは自由になれる。ストリート。ニューヨークのストリートだぞ？　彼は期待にほほ笑んだ。

追い詰められた。

「ほら、ピーティー」と、一人目の少年がなだめるように言った。「な、ピーティー」とその友人が調子を合わせた。巻き毛と虫歯のボケ。「面倒かけんなって。その銃がほしいんだ。どっちにしたっていただくんだからよ。そういうの、あんまし手に入んないんでさ……」

ピーティー・コスナコフは三人の少年を見ていた。迫ってくるのを注意深く見ているうちに、去年のさまざまな恐ろしい出来事がよみがえってきた。

丸一年、街なかでぶちのめされ、小遣いを盗まれ、悪意に満ちた残酷な冗談で侮辱され、しょっちゅう「ポラ公ピーティー」と呼ばれた。その一年が堕ちた魂のようにぱっと彼に戻ってくる。放っておいてくれと願いながら、さらに壁にしがみついた。

近隣に移り住んでからというもの、連中に殴られつづけるばかりで、ナイフメンに加えてもらえなかった。彼は外側にいて、連中に嫌われていた。彼の名前はカーターでもオドナヒーでもスミスですらなく、コスナコフというへんてこな響きの名前だった。彼は汚らしいポーランドの小僧だった！

それで連中に小突きまわされ、金を盗られ、いろいろな名前で呼ばれ、愚弄されてきた。だが、突然状況は変わった。いまは自分を守れる。

いまは拳銃がある。それは握った手のなかであたたかく、堅牢だった。だが連中はそれをほしがっている。タフでなければ、取られてしまうだろう。この一帯では、タフでなければならない。そうでなければ踏みにじられる。

路地奥のレンガの壁に肩を打ちつけた。三人の少年たちが動きを止め、見交わしてにやりとした。スネークと呼ばれる、細身だが頑強な体つきで、右側の頬に羽のような線の傷がある少年が、ポケットに手を入れて言った。「このクソ野郎にはうんざりだ。ナイフメンの男が、気に入らないやつにどうするか見せてやる」

スネークが長い飛び出しナイフを取り出し、すばやく手を動かして武器を開くと、刃が飛び出した。そしてにじり寄った。

「下がれ……下がらねえとやっちまうぞ！」ピーティーが叫び、びくびくしながら手の甲を口に走らせた。

「協力しろよ、離れねえと弾ぶち込むぞ！」

スネークが、手のひらを上に向けて片手を差し出した。「銃よこせ、ピーティー。よこさねえとまずいことになんぞ。このナイフお見舞いするぞ。おれがやらなくたって、ナイフメンには仲間が三十人いるから、おれたちを困らせんならそいつらがやる」

太って脂ぎったファーマーとずんぐりしたゴリラのようなアーニーが後方に立ち、スネークがピーティーに近づくのを見ていた。三人はその銃がほしかった。〈ゴールデン・ホーカーズ〉相手のケンカではマジな殺し合いになっても仕方がないが、銃を手に入れるために頭蓋骨に穴をあけられたくはない。

「離れろ、スネーク！」

「それ以上下がれねえんだから、それ持ってこっち来て、おまえを切りつけなくちゃなんなくなる前に面倒かけんのやめろ！　おれはナイフメンのリーダーだ。おまえにかまうなって仲間に伝えてやるよ、そいつをよこせば……」

閉じられた路地で弾が発射され、消えゆく太陽の地獄の光がピーティーの顔を一瞬照らし、スネークが体を折って前のめりになった。四つん這いになったとき、飛び出しナイフが落ちてコンクリートにあたった。スネークは低く長くうめいた。顔にできたぎざぎざの穴に触れると、右の頬だったところがどろどろの塊になっているのがわかり、血があふれ出すのを感じて、また叫んだ。半分だけの叫びだったが。

そして息絶えた。

ファーマーとアーニーはマネキンのようだった。まったく無表情で、突っ立って眺めていた。血だらけのリーダーの死体が、妙な姿勢になるのを見ていた。ピーティーのどんよりした目と、煙を噴いている手のなかの大きな45口径を見ていた。二人は彼がスネークを見つめるさまを見ていたが、突然今度はこっちを見ている！　彼が尊大に一歩進み出るのを見て、二人は壁にぴったり身を寄せた。こいつは狂ってる！

二人は駆け出した。きびすを返して、逃げ出した。

ピーティーは彼らの頭上に荒々しく一発撃った。弾は壁から跳ね返り、レンガのかけらが路地に飛び散った。恐れをなした二人のナイフメンは、ピーティーのような人間に45口径を持たせればどういうことになるか思い知ったので、一目散に逃げた。

深い渓谷のような夜の通りを二人が走っていると、ピーティーの大声が聞こえた。街の汚れにまみれた壁に声がはね返るのが聞こえた。「おまえらもやってやる！　長いこと小突きまわしやがって。全員にわからせてやるからな、やりすぎちまったって！　とっ捕まえてやる、さんざんおれを苦しめやがって！　そんでナイフメンのリーダーになってやる……見てろ！」

叫び声は歩道を走り、別の路地に入り、柵を越えて追って来た。声は警察のサイレンの音から離れたところまでついてきた。二人は、ピーティーが逃げおおせたとわかっていた。警官がやって来て、そこでスネークを見つけるだろうということも。

だから仲間に報告しようと走り去った。二人はわかっていたから――オマワリよりも、親よりも、だれよりも。ピーティー・コスナコフのやつがあの銃を握っているかぎり、一団は身動きが取れないと。やつが主導権を握り、おれたちは必ず痛めつけられる！

おれたちはあいつをとっ捕まえなくちゃならない。あいつは殺し屋だ！


ピーティーは家に帰らなかった。家なんてどうでもいい。人の言いなりの老いぼれ男、くたびれた男、息子が悪いことをしてもピシャリとたたくことすらできない気の弱い男。そして、ずっと昔に精神病院に入れられるべきだったばあさん。

独り言をつぶやいてばかりいる五十三歳の母親。やさしい言葉を口にしたり、乳を飲ませたり、世話をしたことはただの一度もなく、ただよろめいてつぶやいて、いつまでも繰り返しヒビが入った薬屋の乳鉢と乳棒の埃を払うだけ。

家なんてどうでもいい。存在しない。

根性（ガッツ）。それがあってこそ生き延びられるんだ！　ガッツ——それがなかったら、どうにもならない。父親は根性なしだった。デトロイトから追い出され、アパートに押し込まれた。ピーティーはもう、そういうふうになるつもりはなかった、冗談じゃない！　いまおれにはガッツがある。ガッツがあり、ガンがある。

ガンを手にすればガッツが出る。

神様がほほ笑んで見下ろしているようだった、45口径を手に入れた——あの午後には。神のような……あるいはだれか……

その男は警官から逃げていた。ピーティーは、男が45口径を手に、角から姿を現すのを見た。男は走りながら向きを変え、すばやく警官に向かって発砲してから、プエルトリコ人経営の食料雑貨店（ボデガ）の裏手の路地に入って行った。

暑い午後だった。ピーティーが警官が角に来るのを見ていると、太った小柄なイタリア人女性が彼の二歩後ろで「見つけてええ！　捕まえてええ！　うちのパン盗んだ！」と叫んだ。警官は通りで銃を手に男を探し、いらいらしながら女に向かって手で払うような仕草をした。

いい展開になってきたぞ！とピーティーは思い、走って隣の建物の入口からボデガの戸口へ向かった。一続きの階段を三つ分駆け上がり、窓から非常階段へ出た。こいつは見逃せない！

ピーティーが見下ろすと、男は木枠の山のてっぺんに立ち、路地の奥で壁をよじ登ろうとしていた。近所をうろついているコソ泥で、フレッチマンという名の男。安定した仕事に就いていないあらゆる男のような男。いろいろ企んでいる男。今回の企みは失敗だ。

だがピーティーは、フレッチマンが拳銃を所有しているとは思いもしなかった！

フレッチマンがレンガの壁に穴を開けようとしていたとき、警官が路地の入口に姿を現し、「そこを動くな！」と叫んだ。

フレッチマンは重なった古い木枠にまた降りて、すばやく銃を構えた。一発の銃弾は警官の頭上をはるかに越え、通りに消えていった。警官は後退し、警察署に電話するよう一人の歩行者に合図を送りはじめた。

その瞬間、フレッチマンは逃走しようと決めた。木枠の上にすっくと立ち、壁のあたりに見えている青い上着の縁に狙いを定めた。警官は機を捕らえて路地の入口に飛び込んで姿をさらし、コソ泥に三発撃ち込んだ。

45口径がフレッチマンの弱々しい手からふっ飛び、木枠をすべり、後ろに落ちて消えた。男が半歩よろけ、木枠の縁に足先を引っかけて汚れた路地にドサリと倒れ込むと、木枠が彼の上に崩れてきた。

ピーティーは非常階段からその一切を見ていた。若い警官が親指で帽子を後ろに傾けてかがみ、親指と人差し指でフレッチマンのぐにゃりとした手首を取るのを見た。警官が立ち上がり、悲しげにかぶりを振り、リボルバーをホルスターにおさめ、あきらめて唇をなめるのを見た。

ピーティーは、五分後に何人かやって来て、死体を運び、野次馬を追い払い、わめき立てるイタリア人女性をパン屋に追い返すのを眺めていた。だれも45口径のことはおぼえていないようだった。彼らがそれを探さないようにと切に願った。

ようやく全員いなくなった。それを見届けると、非常階段を駆け降り、二階の窓からなかに入り、建物から通りに出てぐるりとまわって路地に入った。十分かかって木枠をよけると、そこには……銃があった。でかくて、黒くて、命取り。これ以上ないほどのガッツ。ナイフメン野郎をふさわしい場所に追いやるガッツ。これからはおれが一帯を仕切るんだ。まず、連中がたむろするビリヤード場へ行って、銃を突きつけてやる。運がよければ、スネークはそこにいるだろう！

レキシントンの倉庫へ向かう道すがら、ピーティーはずっと考えていた。スネークを撃つなんていとも簡単だった。朝飯前だった。そうされて当然だったんだ、あの野郎！　自分より小さい相手を小突きまわしたらどうなるか、わかっただろうよ！

倉庫に着くと、銃の台尻で窓を割り、そこから、棄てられ薄汚れたガレージ倉庫の中に入って行った。銃は真に頼りになる相棒だった。

ここなら安全だ。古びた倉庫を覗こうとするやつなんかいないから、状況が落ち着くまでしばらく待ち、じっくり考えよう。警察はおれを追ってくるはずだ。ナイフメンも。連中は自分たちの仲間をあんなふうに痛めつけられたくはない。それがリーダーだとなれば大騒ぎして、たちまちおれの頭を下水に浸けるだろう。ピーティーは、巨大な建物の暗闇に立ち、銃をなでていた。持ち物はその45口径だけだったが、それで十分だった。

戦略を立てねばならない。

フロアの奥に階段があったので、それを上がって行った。建物はおんぼろだったが、階段のように耐火性があって損なわれていない部分もあった。ようやく屋根に続くドアまで来ると、夜に向かってそれを開けた。涼しい。川からレキシントンへ吹いてくるそよ風は、寒さを感じさせない。ここで眠り、じっと待てばいい。

探しまわり、積み重ねられた古い新聞紙を見つけた。すべてひっつき合い、雨のなかに置かれていたせいで、まんなかの部分はまだ濡れていた。それらを整えてから頭を乗せ、色とりどりの光、摩天楼の森に目をやった。大きな黒い鉛筆が、ウジ虫のような星々を指している。そういうふうに彼は空を見た。ゴミバケツの暗い内側、這いまわるウジ虫のような星々。

風が強くなり、ピーティーのひょろ長く茶色い髪を乱しはじめた。空はとてつもなく大きく……自分がとてつもなく小さく感じた。どうしようもなく小さい。連中に殴られたときよりも小さい。

なんでそんなに小さくなくちゃならないんだ？　あいつらが小突きまわせるから？　なんでおれは、頭がからっぽで図体ばかしでかいあのバカなアーニーみたいなごつい男じゃないんだ！　無知なアーニーより、おれにこそあの背の高さと体重がふさわしい。それが備わったらどんなやつでも打ちのめしてやれるのに。だけどもう、連中に小突かれるんじゃないかなんて心配しなくてもいい。おれには45口径がある。これがあればどんなときも張り合える。

連中に初めて脅されたとき、こいつを持ってたなら……

「おい！　チョッパー、アーニー、ファーマー！　こっち来い！　近所になんかお出ましだぞ！」

スネークがすっくと立ち、自宅の玄関口の階段にすわっているピーティーを見下ろした。片足を階段に出し、大きな厚底のブーツで、それより小さい相手のローファーを踏んだ。ピーティーはこわごわ足を引っ込めた。その日ピーティーはこの界隈に初めて顔を出したのだが、なにをすればいいかよくわからなかった。「おれ、コスナコフ。ピーティー・コスナコフ」と言ってみた。

スネークはやせた顔をV字型にしてニヤリと邪悪な笑みを浮かべると、頭をそらして笑い声を上げた。顔の傷が、日焼けした頰の皮膚の上で明るく輝いた。

「カウザコプ？　なんだよそのわけわかんねえ名前」

背の高い少年は、ピーティーをなじるように見下ろした。

ピーティーはおずおずと笑みを浮かべた。「……ポ、ポーランド人の名前だよ……」とゆっくり言った。

「なにエラそうにしてんだ？」スネークがいきなり訊いた。顔は口ひもを引いたビー玉の袋みたいに締まり、口はぎっちりと結ばれて白っぽくなっていた。

ピーティーはただ見つめていた。どうしたらいいかわからなかった。突然、少年が三人、駆け足でやって来た。息を切らし、ピーティーを目にすると足を止め、息を整えた。ごたごたを起こしてやろうと顔を輝かせるのを彼は見た。三人はピーティーのことなど知りもしなかったが、階段のあたりに漂う気配で、こいつは腰抜けだと、踏みつけてやれる相手だとわかった。

「どした、スネーク」と、アーニーがどんよりした目をぴくぴく動かして訊いた。

スネークはまぬけなアーニーの腹を肘で突いて、兄貴分のような口調で返した。「どした、どしただと！　どしたんだと思う？　おれらの縄張りにポラ公が陣取って、そいつはナイフメンの頭（かしら）にあいさつもできねえんだよ！」

そのとき初めて、ピーティーは一味の名前を耳にした。ポラ公という言葉も……挑発的な言葉……ラテン野郎とか、ユダ公とかスペ公とかイタ公みたいな。立ち上がり、こぶしを振り上げた。ピーティーは、「おいおまえ、取り消せ！」と言いかけた。

だが、その機会はなかった。スネークのこぶしが弧を描いて飛んできて、ピーティーの右側のこめかみを打ちつけた。ピーティーは階段からすべり落ち、石の手すりにぶつかり、ナイフメンの一味の足元に倒れた。

彼らはたちまちピーティーに襲いかかり、踏みつけた。ブーツがピストンのように規則正しく上下し、ピーティーの股間、胸、頭、背中、脚に、痛みが広がった。何度も痛みが押し寄せる！　ブーツの動きは止まらず、彼らはぶつぶつ言っている。このろくでなしのポラ公のカス野郎、ろくでなしのカス、ろくでなしの、カス、カス、カス……

とどめのブーツが降りてきたとき、ピーティーの頭は暗闇のなかに泳いでいった。老婆が上の階の窓から頭を突き出し、大声で警察を呼ぶ声が聞こえた。

老婆は奇妙な言葉を叫んでいた。「警察、警察、サーツ、サズ、サーズ、カース、カス、カス、カス……」

彼には一部しか聞こえず、あたりがだんだん暗くなっていった。

突然、ピーティーは屋根の上で身を起こした。よし！　ナイフメンの連中をかわさないと。オマワリを巻かないと。一つ方法を思いつき、それについて考えれば考えるほど、うまくいくと思えた。ナイフメンの溜まり場に行って胸を張る。連中は、45口径を目にしたら、おれを仲間に入れなければならなくなる。そればかりかおれを新しいリーダーにするだろうし、スネークを殺ったのはおれじゃないと誓わせる。それが答だ！　それが問題解決の近道だ。それでいい。そしたらこの一帯を牛耳って、ほかの連中のように闊歩できる。最高だ。

やるぞ！

暗い倉庫を古い新聞紙や錆びた缶を蹴りながら進むと、湿ったにおいがした。まるで無数の腐った思惑がここにやって来て最後の時を生きたかのように、じめじめして邪悪なにおいがした。突然この場所が嫌になり、少し怖くなった。ナイフメンのところへ行って、体は小さいが胸を張れるところを見せてやろう。必要に迫られれば、殺すことだってできる！

窓をくぐり、片足が窓台を超えて歩道に出たとき、ほっとした。もう体は小さくなくなって、背が三十メートルにも伸び、すべてから逃れて堂々たる男になる準備ができたかのようだった。クールなタフガイだとナイフメンに示すには、殺すガッツさえあればいい。上着のポケットのなかのあたたかく大きな45口径に指で触れた。

彼らは、ピーティーをどうするか決めようと集まっていた。

二十六人が、でかい銃を持った小さいガキをどうしたものか、地下室で話し合っていた。黒いレザーが、雪原にまかれたインクのように黒く沈んでいた。いっときも手の動きを休めず、理解できず目に見えない怒りに向かって、握りしめたり開いたりしていた。ストリートの子どもたちが、問題を解決しようと集まっていた。そして解決法はいつもどおり——死を！

「おまえら、あいつ見ただろ」とアーニーが、まぬけ面でナイフメンのメンバーを見まわしながら言った。「どんなかっていうと、えっと……えっと……拳銃持ったキチガイ！」

ファーマーは、スネークが生きていたときに陣取っていた大きな革の椅子にすわり、メンバーに向かってぷっくりした指を振った。「マジでイカレてた。まともにスネークの顔ねらって、頭吹っ飛ばしかけてよ。銃持った卑劣な野郎だった」

「捕まえないと。おれたちのことも殺ってやるって言ってたぞ。おれたちを追っかけて、ナイフメンのリーダーになるって。あのチンピラ……絶対あいつを……」

話し手の背後で地下室の窓が砕け散るのが見え、発射音が聞こえた。少年たちが振り向くと、小柄なピーティー・コスナコフが真っ青になってそこに立ちすくみ、憎しみに顔をゆがめていた。

「とっ捕まえてやるって言っただろ。てめえら、仕返ししてやる！」

そしてまた発砲した。ファーマーの鎖骨に弾が撃ち込まれた。太った少年は痛みに大きく口を開けたが、声は出なかった。椅子から立ち上がってよろけると、地下室の床にどさりと倒れた。そこに横たわって砕けた鎖骨をつかみながらすすり泣き、声もなく叫びを上げていた。

残り二十五人のナイフメンは、さらに火と煙を吐き出そうとうずうずしながら自分たちに向いている黒いヘビのような45口径の口を、恐怖に震えながら見つめていた。彼らは、その銃から何発弾が発射されたか見当がつかなかった。危険を冒して頭を血だらけにした英雄になる必要はない。

「おれがリーダーになる！」と、ピーティーが連中に向かって大声を上げた。地下室の階段のいちばん下の段に立ち、群れ集まった彼らに銃口を向けていた。銃を持つ白い片手は震えていて、死を握ったそのこぶしがぐらぐらするのを見ているうちに、彼らの目は大きく見開かれていった。

ヨーヨー・トマスが一歩進み出た。「わかった、もちろんだピーティー、あんたがリーダーだ！　おれたち……おれたち、あんたに加わってもらってリーダーになってもらおうって話し合ってたとこだったんだ……あんた拳銃とか持ってるしさ……」

ヨーヨーはじりじりと前進していたが、ピーティーがいきなり銃を動かして、彼をピタリと止めた。

小柄な少年は、ゆっくりと笑いを浮かべた。声が切実に、実に切実に、そして、本人の幼さ同様に幼い感じになってきた。だが、死は宙吊りになって待ちかまえていた。「本気か？　ほんとに、神に誓って本気か？」

「もちろんだ、ピーティー」と、ヨーヨーがなだめた。「こっち来いよ」

ピーティーがためらいがちに階段を一段下りて地下室のコンクリートの床に踏み出し、群れのあいだを移動した。背後で数人が攻撃的な動きをしたが、ピーティーはさっと向きを変え、彼らの顔に銃を突きつけた。

「動け！　ほら、動いてみろ！　言うとおりにしろ！　仕返ししてやる……ほら……一歩でも近づいたら殺す！」

少年たちは恐れをなして引いた。彼らは映画で銃を見たことがあるし、ビリヤード場にたむろしている年上の少年たちのなかには銃を持っているのもいたが、その角張った自動拳銃にあいた黒い完璧な丸い穴は恐ろしかった。彼らはそれ以上動かなかった。

ヨーヨーは、ピーティーを大きな革の椅子にいざなった。

ピーティーはその椅子を見つめるうち、心が打ち震えてきた。ついにギャング団に入ろうとしている。こいつらの、ガッツがある少年たちの仲間になる。やつらに示してやる……やつらはわかる……おれがいいリーダーになるってことを……いいリーダーになって、やつらに好かれたい。チャンスをくれさえすれば、おれは……

彼らは血を流してすすり泣いているファーマーを床から抱き起こし、二人の少年が彼の肩と首の出血を必死で止めようとしていた。「病院に連れてかないと」と片方が言った。

ピーティーが椅子から飛び上がった。「どこにもやらねえぞ、このバカ！　頭ぶち抜かれなくてラッキーだったな！　寝かせとけ！」

少年たちがのろのろと動くので、ピーティーは彼らのあいだの床に発砲した。弾ははね返った程度だったが、コンクリートに強くあたり、穴を穿った。彼らは飛び上がり、うめくファーマーの指を裂けた肩にぎごちなく押しつけて、壁に寄りかからせておいた。

「うるせえなこの野郎、殺すぞ！」

ピーティーは顔を紅潮させ、こぶしをつくり、手負いのナイフマンに銃を向けた。一味が追い詰められ、一人ひとりに死が間近に迫ったのはこれが初めてだった。ものすごく大胆でものすごく恐ろしい者が、距離を置いてねばっており、やり返す方法はなかった。彼らは凍りついたまま見つめていた。ファーマーは灰色がかった白い顔を一瞬激しくひきつらせ、舌をかむと、沈黙した。

ピーティーは不安そうに椅子に戻った。痛ましいくらい必死にヨーヨー・トマスを見上げた。

「さあ！　おれをリーダーに選べ！」

彼の望みはそれだけだった。グループの一員になること、いま自分はそびえ立っている、ガッツがあってそびえ立っていると示すこと。

ギャング団の少年たちは、憎しみに満ちた目で彼を見つめていた。だが、相手は銃を握っていた。45口径に銃弾はあと三発しか残っていないとピーティーはわかっていたが、都合がいいことに、ナイフメンはそのことを知らなかった。

ヨーヨーが前進すると、ピーティーは恐怖にかられ、記憶がよみがえり、反射的にまた銃を構えた。

「落ち着いてくれ、ピーティー。あんたを正式に仲間に紹介したいだけだよ」

ピーティーは警戒心を露わに相手を見ていた。「わかった、でも気をつけろよ」

ピーティーの表情は、不安と喜びと慎重さが入り混じった、割れた仮面になっていた。ヨーヨーが彼に向かってきた。突然飛びつき、銃につかみかかった。腹に銃弾を受けたが、倒れる前に地下室の階段に警官が押し寄せ、警棒がいくつもの頭蓋骨にあたる音が壁に反響した。

ピーティーはぐいと立ち上がり、身悶えするヨーヨーを跳ねのけると、地下室の割れた窓へ駆け寄った。

45口径を口にくわえて窓台に上がり、止められる前に割れた窓ガラスから出た。ガラスで顔が切れ、上着が裂けたが、一気に走りよじ登って窓から出た勢いで、彼は動きつづけた。

ギャング団に入るチャンスを逃しちまった！　ガッツのあるやつらとつるむチャンスを逃しちまった！　またひとりになっちまった……

そして、通りに出た。

後方で、割れた窓から警官が叫ぶ声が聞こえた。「止まれ、小僧！　止まらないと撃つぞ！」

走りつづけた。どこまでも続く敷石の上を、果てしなくでたらめに、はらわたがねじれるような動きで膝をぐいと持ち上げ、駆けた。後方で、警官の苦しそうな声がした。「頼むから止まってくれ！　止まらないと……」

すると彼は向きを変え、最後の二発のうち一発を警官に向けて撃った。弾は壁にあたった。また発砲した。警官が身をかわすと、弾は窓を抜けて地下室の壁にめり込んだ。

「ちくしょう！」と警官がつぶやき、逃げ去る少年に慎重に狙いを定めた。

ナイフメンが警官たちの傍らに立ち、小さなピーティーの体を見下ろしている……体はねじれていたが、まだしっかりと銃を握っていた。それがこの世のすべてだというように。

彼らは建物から走り出て、ピーティーの最後の言葉を聞いたのだった。「こ、これでだれも、お、おれをいじめない……おれにはガ、ガッツがあるし、ガンがあ、あるし、そんで……そんで……その両方手放さないように、こ、殺す。ころ……」

彼らはもぞもぞと体を動かし、唇をなめ、彼のやせた頬から血の気が失せていくのを見ていた。イカレた野郎だぜ。

アーニーが両方のポケットに手を突っ込んで立ち、ピーティーの体を、ピーティーの命が夜のなかに漂っていくのを見つめていると、警官の一人がアーニーに顔を向けた。遠く道の向こうから、救急車が冒瀆的に大きな音を鳴らしながら近づいてきた。

「発砲があったという通報を受けた……この子が撃ったのか?」

アーニーは上からピーティーを見つめつづけながら、ぼんくらな頭をたてに振った。茶色い髪のポラ公より、はるかに背が高かった。「こいつっす。あそこにおれたちのこと閉じ込めてたんだ。おれたちなんもやってない! ほんとっす!」

警官は、これら大都会の害虫ども、ストリートの子どもたちを見て、嫌悪の表情を浮かべた。

「おかしいよな。おまえら、自分らがやったとは思わないんだろな。たぶんやらなかったんだろう。そうかもな。今回は……おまえらチンピラはなにもしなかったんだろう。だけど、なにがこのイカレた小僧を人殺しにしたんだろうな」

そこから三ブロック離れたところにある建物の四階で、くすんだ灰色の男が息子はどこにいるのかと考えていたが、確かめようとはしなかった。そしてなにやらつぶやいている老女は、自分に息子がいたことをまた少し忘れた。一九二六年がつらい年だったと、とてもつらい年だったということだけはわかっていた。

そこから三ブロック離れたところに救急車が乗りつけて、その数分後、起きたことの唯一の証拠は、割れた歩道に沈んでいく黒い液体の小さな染みだけになった。

警官が、押収した45口径をポケットに入れ、角を曲がって姿を消した。ピーティーの力——ピーティーのガッツ——をポケットに入れて。

盲鳥よ、盲鳥、近寄ってくるな！

若島正訳

Blind Bird, Blind Bird, Go Away from Me!

北の果てから南の果てまで
私を包む奈落のような漆黒の夜
いかなる神であろうと感謝しよう
私の魂が征服されざることを

ウィリアム・アーネスト・ヘンリー「屈しざる者」

あの暗闇の中に声がする。かすかな、赤ん坊のような弱々しい声、はるか彼方の漆黒の中で、苦しむ小さな生き物が泣いている声だ。夜の靄と距離の遠さではっきりしないが、恐ろしい声。暗闇を怖がっている子供。そう、苦痛と戦慄にかけては、他のどんな声もあの声にかなわない。その子は、夜の森の中でさまよい、目は見えず、顔の前に両手を突き出し、怖くて動けず、怖くてじっとしていることもできず、罠にはまって、震えている、助けて、助けて！　しかしその哀れな嘆願の声に近づいていけば、どういうわけかその声は野太く、歳も上で、外の暗闇よりも内なる闇に締めつけられているように聞こえるだろう。

あそこ。ほらあそこ、地下室の階段を上ったところ、かすかにぼんやりと、ドアの下から漏れる一条の光で照らされたところを見上げてみろ。子供が羽目板にもたれてうずくまり、鍵の掛かったドアを弱々しくひっかき、肩ごしに振り返って、地下室の中をのぞき込んでいる。別の音がする、その子の哀れな泣き声に応じるような、耳ざわりで小さな音が。カサコソと走りまわる音、小さな爪をコンクリートの床に立て、恐れおののく灰色の生き物たちが蛇みたいな尾っぽをピクピクさせ、鉄線のように細いひげを痙攣ぎみに動かし、地下室の中で弾丸のような体がすばやく駆け出したかと思うと止まり、餌を求めてやってくる音。動きの新たな波が下から聞こえてくるたびに、その子はさらに深い狂乱状態へと陥り、声が次第に金切り声になって、鍵の掛かったドアのむこうにいる母親に必死に呼びかける……

「お母ちゃん、お、お願い、お母ちゃん、入れて、入れてよ、お母ちゃん、い、いじわる、し、しないで、お母ちゃあん！」下の漆黒の暗闇からチューチューという音が聞こえ、子供はびくともしないドアに体当たりする。「お母ちゃああん！」

しかしドアは閉じたまま、子供はそこにべったりはりつき、まるで木板に描いた絵のよう、戦慄で小さな顔の造作がガーゴイルの狂った顔のように歪み、盲目の闇が心にあふれ、しまいには泡立ち溶岩のような濁流となって頭蓋骨の中を焼き焦がし、物の道理や辻褄をまるごと呑み込んで破壊してしまう。暗闇の中の恐怖に縛りつけられた、哀れな子供。極刑、生きながらの死、恐怖の埋葬。どんな悪いことをしたのかは今では子供時代の霞の中に消えてしまい、忘却されて、ほんのちょっとした罪の、その罰だけが記憶の繊細な裏地を剃刀のように切り裂いているのだ。

耳をすましてみるがいい。その声は太くなり、喉の奥から出るようになり、やわらかになり、時の経過によって抑制の効いたものになり、顔も変化して、溶けて、姿形を変え、熱い蠟のように流れ出す、暗闇によって縁取られたあの顔が……そしてやがては焦点を結び、別の顔になる。

アーノット・T・ウィンズロー曹長、認識番号US51403352、三十一歳、顔はバン・

ド・ブルターニュの中心部にある二階建て家屋の粗い厚板でできたドアにしっかり押しつけられ、レンヌとナントの中間、ジョージ・S・パットン将軍率いる第三軍の最先鋒にいた。アメリカ陸軍歩兵師団のアーノット・T・ウィンズロー曹長は、一九四四年の七月、己の過去から放り出されて、どこかの場所とどこにもない場所の中間にある中継地の町で、ぎざぎざした焦げ茶色の木板でできたドアに顔を押しつけていた。友達には「アーニー」と呼ばれる、アイオワ州ウィロビー出身のアーノット・T・ウィンズローは、今自分が飴玉になって、びくともしない障壁の横板と横板の間にもぐり込み、安全な場所に逃げ込めたらと願っていた。七月のほどよく暖かい日、素敵なフランスの中西部に。

かすかな声で、「入れて、入れて、入れてくれ……」。そのとき機関銃がタタタと発砲する音がして、一瞬のち、首のうしろを煉瓦のかけらがかすめた。鐘楼にいるドイツの射撃兵がまだ彼に狙いをつけていたが、跳ね返った弾丸でも任務は果たせそうだった。

狭い石畳の道の向かい側で、窓ガラスが割れる音がしたのをアーニー・ウィンズローが聞くと、そこからM-1ライフル銃の銃口が突き出て、横丁に、戸口に、上階の窓に、屋根のてっぺんに広がっているドイツ兵たちを目がけて、通路から射撃を始めた。偵察隊の残りはその建物の中にいて、三方を厚い石壁に囲まれているため逃げることもできず、四つめの方角にある町には精鋭部隊の殺し屋たちがうじょうじょいて、ウィンズローの偵察隊を無事帰還させまいとしている。バン・ド・ブルターニュには――売国奴が知らせたように――敵兵は一人もおらず、二日前にあわてふためいて退散したわけではないという情報を持ち帰らせまい、と。十二人の兵士が倉庫の中にいた。偵察にやってきた十五人のうちの十二人だ。ウィンズローは十三人目。十四人目と十五人目は、日暮れ時のフランスの、弱々しい、薄れゆく陽の中で大の字になっていた。彼にはクーパースミス上等兵の内側に反った足だけが戸口の端あたりに見える。通りのむこうにある中庭から発射された、シュマイザー小型軽機関銃の一撃によって、一言も発することなく倒れたのだった。かつては高飛び込みの大学チャンピオンだった、ユタ大学出のトマス・G・ベンボー少尉は、倉庫の横のそばに停めてあった牛乳配達用の荷車に、愚かしくも半分体を投げ出す恰好でのびていた。愚かしくもと言ったのは、クーパースミス上等兵を斃(たお)したのと同じ銃撃が、こちらにまで伝染しそうなベンボーのにやにや笑う顔に矯正手術を施したからで、それを耳から耳まで、鼻から顎まで、血みどろにして押し広げ、『道化師』に出てくるサーカスのピエロに似たものにしていた。べったりとドアにはりついたアーニーの目には、ベンボーの頭蓋骨の奥にぽっかりと空いた、新鮮な空気が吹き抜ける、骨の砕けた洞穴は見えなかった。

　偵察隊がそろそろと町にもぐり込み、二列の散兵となって通りを進んでいった当初は、ヴィシーの裏切り者が報告していたとおりのようだった。つまり、病弱者や高齢者を除いては誰もおらず、ドイツ兵が町を見捨てて逃げていっただけではなく、対独協力者のフランス人もアメリカ軍が報復行為をしそうだというわけのわからない恐怖に駆られて逃げ出した、という話だ。どう見ても楽勝に思えた。そして偵察隊は建物と建物の間にある通路に足を踏み入れた。最初の銃撃でクーパースミス上等兵が倒れ、ベンボーがラガディ・アンディ人形みたいに倉庫にふっ飛ばされ、血まみれになって牛乳配達用の荷車に放り出された……そして偵察隊は——ほとんど一丸となって——倉庫の半分開いたドアに飛び込んだ。

ウィンズローを除いて全員。アーノット・T・ウィンズロー曹長、認識番号US51403352は、反射神経で反対方向に身を投げた。狭い通路をはさんで、町のいたるところに点在するナチの軍勢に向かって仲間たちが散発的に応戦している、倉庫のむかいの家の、鍵が掛かったドアまで届かなかった。彼らは待ち伏せされたのだ。罠にかかったのだ。閉じ込められたのだ。それでも、仲間たちは石壁のむこうにいてとにかく安全なのに対して、アーニー・ウィンズローは鍵の掛かったドアにはりつきながら震え、たのむから入れてくれ、と小声でつぶやいていた。光から、死から逃れたくて。

「アーニー！　おい、そこにいる、アーニー！」

声をかけたのはトラックだった。糞便中のような顔をしたホーボーケン出身のポーランド人で、対戦車用バリケードが打ち込まれたノルマンディーの海岸からずっと、ウィンズローの横で伍長として務めてきた男だ。声はトラックだったが、口調は恐怖だった。巣穴に身を隠したウサギの恐怖だ。トラックは倉庫の中にいて、その声のせいで、目に見えない場所にいるドイツ兵たちから銃弾が降り注いだ。ウィンズローは返事をするわけにはいかなかった。通路の端にある教会の鐘楼に隠れていて、機関銃を持っている狙撃手はこっちの居場所を知っているが、他の連中が見破っているかどうかは怪しい。そうでなかったら、彼はもうとっくにクーパースミスやベンボーのお仲間入りをしていたはずだ。彼は黙ったままでいた。

あの家の中に入らなくては。鐘楼にいる殺し屋があの戸口をうまく一掃して、彼に命中させるのも時間の問題だ。しかしドアには鍵が掛かっている。ちょっと退いて閂を撃ち抜くわけにはいかない。そんなことをしたら、通りから丸見えではないか。彼はドアに二度、三度と思い切り体当たりを食らわせた。ドアはたわんだものの、開こうとはしなかった。

手は一つしかない。他にあったとしても思いつかないし、この戸口にもう二分間もいるのだ。思い切ってやるしかない。

彼はぶるぶる震えながら、五、六歩ホップジャンプして通りに出て、それから破城槌のように戸口から厚板のドアへと体当たりしていった。機関銃を持った狙撃兵は一瞬遅れた。大きな30口径のJ-34機関銃で新しい標的に照準を合わせようとしたときには、すでにアーニーは帰還の道へと向かっていた。大きな獣のような散弾のうなり声が、アーニーの肩がドアにぶつかるドシン！という音を呑み込み、埃や敷石のかけらを巻き上げても、閂の掛かったドアに全身から体当たりしたアーニーは無事だった。ドアがたわんで閂がはずれ、内側へと裂けたときに、新たな銃弾の雨がどこにいると言わんばかりに建物の縁に降り注いだが、命中はしなかった。

そして、空冷式の大きな機関銃が狂ったようにうなり、無人の戸口へとむやみやたらに発砲しているあいだに、彼は家の中へと倒れ込んだ。流れるような、ほとんど本能的な動作で、ドアをふたたびバタンと閉め、閂を手探りした。閂は留め金から半分ちぎれてはいたが、なんとか持ちこたえて、押し込んでやるとカチッと掛かった。そして振り向くと――

そこは暗闇だった。

いきなり、突然に。それまでのわずかな時を満たしていた電気は、目の中で光を保っていたが、今こうして一瞬安全になると、緊張や恐怖や無我夢中の状態が使い果たされて、心が――注意を逸らさせる名人である手品師が――その家の中にあるものへと矛先を真正面に向けたのだ。その家の中にあるものとは、

暗闇。

無。

漆黒の、骨の髄まで凍えるような、圧迫するように重い、真夜中の闇。炭塵が詰まった石炭袋。無が目にのしかかり、そこにインクのような影、ちらつく薄闇の膜を張る……

ゆっくりと足が崩れ落ちていった。流砂の中に立っている彼は、大袈裟なまでにゆっくりと、誰のものとも知れないあばら家の汚い床板へと沈みかけていった。もう用なしになった操り人形みたいに、見えない人形使いが紐を切ってしまい、彼はへなへなと崩れ、恐怖という黒い屍衣にくるまると、何年も目にしていた（しかし目覚めたときには決して思い出せなかった）とりとめのない妄想が、こっそりと戻ってきた――

砂でできたロープのような、ねっとりした風がきびしく吹きつけ、その音は拷問にかけられた金属が引き裂かれるときにあげる絶叫のようだった。悪夢の空に両手を投げ出し、泡のような雲と闇に手刀を切りながら、彼は荒れ地に立っていた。彼は案山子（かかし）か、それとも案山子によく似た何かだった。案山子の愚かな親戚だ。無人の荒れ地のまんなかで、音と猛風に打たれながら、彼はわめきつづける空の下で、夜の柱に磔（はりつけ）になっていた。そしてじっと動かずにいると、その空から――叫び

声をあげる黒い風の谷間に沿って――盲鳥（めくらどり）がこちらに向かって真っ逆さまに下りてきた。そいつはインク鳥、ドミノ鳥、煤鳥だ。目が見えず、小さくて、嵐の中でひどく怯えている。しかし彼には助けてやれない、心の安らぎとか身の安全とか慰めを与えてやることができないし、その盲鳥にかけてやれる言葉もない、言えるのは、近寄ってくるな、暗闇の中に戻れということだけだ。盲鳥よ、盲鳥、近寄ってくるな！　だがその鳥は震えて、怯え、夜どおし頭上をぐるぐるまわり、とうとう彼も自分が怖がっていることを認めざるをえなかった。

この妄想は驚くほど鮮明によみがえり、目覚めているときというのは生まれて初めてで、不意に思い出したのは、ベッドの中でぶるぶると、あの哀れな、ぐるぐる旋回している盲鳥と一緒に震えていた夜が、何度も何度もあったということだった。そしてこの家の漆黒の闇の中で、解き放たれて彼に訪れた疑問は、**なぜ今思い出したのだろう？**　ということだった。

まったく、なぜだろう？　またしても、その答えが解き放たれて跳び出してきた。

まだ一ヶ月も経たない前のこと、ノルマンディーから南方に攻勢がかけられ、野原に、海岸に、海に、肉と金属が山のように積み上げられた。彼は弾薬筒を堆（うずたか）く積んでいる二・五トントラックの後について早足で進んでいたところで、このところドイツ軍迫撃砲のお気に入りになっている、広々とした二マイルの直線コースでは、運搬車を盾代わりにしていた。肩にM-1ライフル銃を担いでいる彼が、体を二つ折りにして、最後の煙草の吸いさしに火をつけていたら、ちょうどそのとき運搬車の前輪が対戦車用地雷のどまんなかに突っ込んだ。彼は数歩遅れていて（吸いさしに火をつけようとして、小走りに進むのをやめていたのだ）、命が助かったのはまさしくそのおかげだった。わかっていたのは、運搬車がまるで軽い家具のように豪快に舞い上がり、金属と炎の花を咲かせたかと思うと、千本の角笛草のようになって爆発したことだ。衝撃で彼はいささか荒々しく尻から持ち上げられ、野原のむこうに三百フィート飛ばされて、文句を言う間もないうちに、排水路の中に落ちた。芝にぶつかる前に彼は気を失っていた。頭が下になった恰好で、足は体の下敷きになって曲がり（しかし奇跡的に骨折を免れた）、背中は一緒に吹き飛ばされた背嚢とライフル銃で美しい弧を描いていた。看護兵に発見されたとき、彼はいかにもショックと榴散弾の破片と鞭打ち症と脳震盪と火傷という典型的な症例で、ぐっすり眠っていた。撤退病院に運び込まれ、かすかな火傷と軽傷の治療を受けた後、医師たちは彼が昏睡状態から醒めるときを辛抱強く待ち、後は装甲兵員輸送車にお任せで、ふたたび前線に送り返してくれることを期待していた。というのも、前線ではまだ相当に面倒があったからだ。一兵たりとも無駄にはできないのだった。

アーニーは無事に昏睡状態から醒め、ある朝、まるで長いうたた寝から目覚めたように、すっきりした気分で起き上がった。両腕を頭の上に伸ばして嬉しそうなうなり声をあげながら、彼は医師が「気分はどうだい？」とたずねるのを耳にして、「今何時ですか？」とお決まりの文句を口にした。医師が「十時半ごろだね」と言って、アーニーが「灯火管制ですか？」と言うと、医師は天を仰いだ。というのも、夜ではなく朝の十時半で、アーニーの目は大きく見開かれていたからだ。

彼は目に包帯を巻かれ、そこに一週間近く横になり、重苦しい暗闇の中にとらえられた。痛みは消え去っていたが、溜まった思念はぐつぐつと泡を立てていた。

記憶の中の記憶。

母のハンドバッグから小銭を盗んだ事件。父は仕事に出かけていて、母はまだベッドの中で、家事にとりかかる前におまけの一時間をむさぼっていた。静かなアイオワ州ウィロビーの朝。彼は母の頭がどの程度の疲労の中をただよっているか知っていたので、映画に出てくる兵士みたいに、寝室のドアをやっとくぐり抜けられる程度にこっそりと開け、カーペットの上で腹這いになり、部屋を匍匐前進していった。大きな茶色のハンドバッグは化粧テーブルの椅子に置いてあり、それをすっと取って、音も立てずに床の上をベッドの端まで引きずっていった。（もし彼女が目を覚まして布団から顔を出したら、ぼくはベッドの端に隠れて静かにしていよう。彼女はきっとまた寝てしまうはずだから。）七歳。すでに達者。彼は十セント硬貨を四枚盗んだ。（彼女は小銭を調べたことがなく、どれだけ持っているかも知らない。）いつも「彼女」で、名前で呼ぶことはめったにない。なぜだろう？

ハンドバッグを元の場所に戻してから、振り向いて、ドアの方に這っていこうとした。階段を下りて、外に出て自転車に乗り、ウールワースに行って、本当はどうしてもほしいわけじゃない四十セント相当のものを買おう。彼は振り向いた。

母親がじっとこっちをにらんでいた。

満杯になった真空掃除機みたいに、息が詰まった。口の中は埃っぽくなり、頭の中には靄がかかったような、信じられない恐怖感。彼女の顔には、怒りと哀れみ、悲しさと復讐心が入り混じっていた。

彼が身じろぎする前に、彼女はベッドから飛び出し、赤くして硬くなった踵を床につけ、やわらかな手が空を切り、彼の頬をひっぱたいた。「どうしてそんなことをするの！」と彼女はうめき声をあげた。彼女を傷つけたことが、彼にもわかった。それで余計にまずくなった。どうしてそんなことをしたのか、自分でもわからないのだ！　それに、彼女は本当にたずねているのではなかった。それから襟元をつかんでお父ちゃんの服を吊るしたクローゼットまで引きずっていかれ、樟脳の匂いがする洞穴の入口に連れてこられると、腹の底が氷になったようだった。「いやだよ、お願い。お母ちゃん、いやだいやだいやだいやだ――」

中に放り込まれ、ゴミが視界から隠れて、ドアがバタンと閉まり、どんなお仕置きをしたらいいかお父さんに聞くまでおまえはそこに入ってなさいまったくおまえは手がつけられないよいったいどうしたものかしらねえ、ドアがバタン。決して鍵を掛ける必要がないドアに、このためにだけ保管されている合鍵が、すばやくすばやく回って、カチッと鍵の掛かる音がした。

そこの奥にあったのは、暗闇だ。圧迫感があって、靴下の親指のところに詰めた綿のようだ。頭上の見えないところにある天井が、次第に下がってきて、彼を今にも押しつぶそうとする。彼は小さな拳を口の中に突っ込み、絶叫が心の表面に浮かび上がってきても決して解き放たれることはない。クローゼットの中にいて哀れなうめき声をあげ、助けを求め、出してくれと叫んでいる誰かの声にひたすら耳を傾けていた。その誰かとは自分のことだとわかっていたが、声を出すのに必要な筋肉の収縮を自分ができるとは思っていなかった。

奈落の中、暗闇の中の、なんという恐怖。音のない世界の音、閉じ込められる戦慄、目の見えなさ。筆舌に尽くしがたい。一つの記憶が千もの記憶と融合する、地下室（主に！　これが最も怖い！）、プリムスのトランク、見開かれてはいてもなにも見えない目……幾多の記憶……他のクローゼット、小さなホテルの部屋、そこだとまだよく眠れるのは、大きなOTEというネオンが一定の間隔でOTE光ってはOTE消え、メトロノームのように、慰めてくれるからだ……幾多の記憶……女たちと一緒にいたベッド、笑っていることもあり、不機嫌なこともあり、落ちつかないこともあるのは、セックスをするときには電気をつけたままだからだ。暗闇の中だと、女たちは顔が見えないから安心して、快楽のために肉体とエゴをさらけ出してくる。

そうした記憶のすべてが、舞い上がる。どこにも存在しない純朴な町の地球儀型の文鎮が、膝までどっぷり雪に埋もれ、逆さまにして、揺さぶられる。思念は舞い上がり、雪のような記憶が、冷たく、凍えるように、舞い上がる。

記憶の中の記憶から、単なる記憶へと逆戻り。

アーニーがそのベッドで横になっていると、恐怖の水門がこじ開けられた。何年も何年も、傷口の上に忘却という泥を塗り、他の経験や成熟、喜び、もっと即物的な恐怖という泥の中にトラウマを無意識的に沈めてきたのに……それが今解き放たれると、大声でどなり、包帯の中に閉じ込められた彼は、ふたたび戦慄を覚えた。目が見えない！

暗闇よりも深い暗闇が彼を包み込み、丸呑みにして、感覚や理性を破壊した後で、彼は子供のようにぶるぶる震えながらうめき声をあげた。それは、クローゼットから出してほしいとたのんだ子供、下でネズミがチューチューと鳴いているあの地下室から出してほしいとたのんだ子供だった。

そしてある日、撤退病院に入って一週間経ったときのこと、盲目の状態は過ぎ去った。あっさりと。包帯がちくちくすると言ったら、包帯を取ってくれて、目の焦点を合わせ直したり、塩っぱい涙が出たりすることもなく、視界が戻った。それはささやかな奇跡のようなものだった。そういう曖昧な言葉遣いをあまりしない医師は、奇跡と言うよりは一時的なショックか心因性のものだと考えた。しかしいずれにせよ、医師は喜んだ。アーニーが補充で前線に戻されたら、新しい人間ハンバーガーの山を受け入れるベッドが空くことになるからだ。

アーニーは元の歩兵隊に戻され、負傷を思い出させるものはほんのわずかしか残っていなかったので、数日のうちに、目が見えずにどうしようもなくベッドで横になっていたときに味わった狂気をほとんど忘れていた。ほとんど。完全に忘れたわけではなく、ほとんど。

それから関心はすっかり敵の奇襲に注がれ、過去から噴出する暗闇よりも、生き延びるという単純な事柄がはるかに恐ろしいものになった。奇襲、売国奴の逮捕、町を一掃せよという司令、待ち伏せ、シュマイザーから浴びせられる猛烈な銃弾……

シュマイザーから浴びせられる猛烈な銃弾の音がまたしても通りから聞こえて、彼はふたたび今この瞬間に連れ戻された。膝をつき、大工が手にする畳み尺のように足が折れ曲がり、小さなフランスの町の家で床の上にいる、今この瞬間に。まったく目が見えず、漆黒の闇で、視界のないこの瞬間に戻るのは、つい先ほど脳裏に次から次へと浮かんだ記憶とそっくりだった。

そして恐怖がふたたび生まれた。

体を蝕むような恐怖。体を麻痺させるような恐怖。腹が無感覚になるような恐怖で、彼はパテとミルクの塊になって床にうずくまった。めそめそ泣きながら。やわらかいティッシュペーパーの渦のような、胸から出てくる音。その規則正しい音は、いかなる人間の聴覚にも正確にとらえることはできない。それは体がすくみあがるような戦慄を声にしたものだった。

床板のきしむ音がした。

彼は一瞬、泣くのをやめた。床板がきしんでも、石のようになって動けなかった。聞き耳を立てると、耳の中で血が鳴った。かすかにきしむような音、靴底を剝き出しの床にすりつけるような音。それは頭上から聞こえてきた。

この家にいるのは自分一人ではない。

(どうして自分一人だなんて思ったんだろう？　この町の、他のどの建物にも、ナチがうじょうじょいそうなのに。運命に見放されたアイオワ出身の人間たちにとって、ここが安全地帯だなんてどうして思うんだ？)

彼は動けなかった。暗闇にとらえられて感じる麻痺。それで身体機能が停止したのだ。彼は震えていた。がたがたと。そして頭上でまた音が聞こえた。男が一人……二人……偵察隊……兵舎いっぱいの……彼は走って逃げ出したくなった。

足音がまた聞こえた、ゆっくりと。彼は部屋のまんなかに座り、天井を見上げ、手にしたM－1ライフル銃の重みは感じられず、自分の身を守ることもできなかった。もし細い光線でも、かすかな輝きでも、とにかくなにかあれば、勇気を奮い起こすこともできただろう……しかし、なにもないのだ。もしこの部屋に窓があったとしても、板が打ち付けられているか煉瓦で塞がれている。もしくすぶるような太陽が地平線で燃え尽きかけていたら、ドアの横板を抜けて光線を射し込んでくれたかもしれないが、（いったいどれくらいそこにいるのか、憶えているだろうか？）太陽は消え、昼を一緒に連れて行ってしまった。もう今は夜だ。外も。内も。心の中も。彼はあの誰か、頭上にいる敵と一緒に、暗闇の中にいるのだ。

音。またしても。敵がこっちにやって来る。一人？　二人？　何人？　一人のはずだ——彼は必死に心から戦慄を引き剝がして、この状況の兵站学を考えようとした——そして敵は下りてくる。

階上にいる男は、彼がここにいることをわかっているはずだ。閂が掛かったドアから入ってきたときにアーニーがたてた音だけで、敵は充分に警戒したに違いない。しかし時間が経って、アーニーが泣き声をあげるまではなんの音もたてず、階上の敵（二人、九人、九百人？）はじっと待ち、ドアを入ってきたのは何人か確認しようとしていたのだ。今ようやく待機するときが過ぎ、終了して、忍び寄るときが始まった。

足音（そう、彼にはわかる、動いているのは一人だけだということが。もしかすると階上にはもっといるのかもしれないが、こっちに近づいてきているのは一人だけだ）は、暗闇の中でアーニーの右方向に消えている、階段のてっぺんまでたどりついた。それは階段を下りはじめて、金属が木に当たる音がした。武器が手すりに当たる音。アーニーは指を動かそうとしたが、指は冷たく無反応だった。どこかに隠れなくては。ベビーサークルのまんなかにいる赤ん坊みたいにそこにじっとしているわけにはいかない。彼は絶好のカモ、腹をすかした獣に差し出された仔羊なのだ。

足音が階段を下りてきて、アーニーにはその男が視界に入っているのかどうかすらわからなかった。それほど真っ暗なのだ。あるいは、暗闇の大半は目の奥で、本当は部屋の中ではないのか？　また盲目になってしまったのだろうか？　ナチにはすべてが見えるのか？　彼がそこに座って待っていると、足音は近くへ、近くへとやってきて、そこで止まった。

ボルトを引く音がした。その硬くてきびしい音が部屋に響いた。それから忍び笑いが聞こえた。

軽機関銃が腰の高さのところで火を吹き、弾丸が一直線になって部屋を突っ切った。前に後ろに。飛沫のような射撃は徹底的なものだった。それは壁板を噛みちぎり、ドアに穴を開け、壁紙やら破片を空中に撒き散らした。ナチは悠々とした作戦ぶりで左へ右へと曲がり、普通の男性の背丈のところで部屋を上下に切り裂いていた。連続射撃は永遠に続くかと思われ、銃口の赤い閃光でぼんやりと明るくなったところに、発砲している男の姿が浮かびあがった。弾丸が頭上をかすめるなか、アーニーは部屋のむこうに目を凝らした。彼は動かなかった。動けなかったのだ。そして兵士が軽機関銃を手際よく前に後ろにと向けるたびに、銃口の光でアーニーが見たのは、頭がでかくてむっつりした男で、しっかりとかぶった鉄帽は、太くて魅力のない眉毛を隠しそうなほどだった。ナチはいたずらっぽく笑った。くすくすと。その間も、弾丸が頭上でうなり声をたてていたが、アーニーは無事だった。

最後の弾丸が家の壁を貫き、最後の枠板がナチの立っている階段の最下段のところに落ちると、不意に部屋が静かになった。漆喰の塵はかすかな、サーッという音をたてていた。しかし静かだった。そしてふたたび暗くなった。

ライフルの銃声は、これまでにこの世で聞いたどんな音よりも百万倍大きく聞こえた。部屋は静かだったが、その静けさは軽機関銃の破壊行為で粉々になり、それからまた静けさが戻っていた。そしてこのライフルの銃声だ。

ナチは喉がつまるような音を一度立てた。まるで誰かが蛇口をしっかり閉めるのを忘れたみたいな、ゴボゴボという音がして、装備と肉体がたてる金属音とともに、そいつは前につんのめり、手すりの端に引っかかって横転し、階段を一段転がって床に落ち、腹這いの恰好で倒れた。

手にしていたM‐1ライフル銃の反動が消えてしばらくしてから、アーニーは発砲した感触があるのに突然気づいた。ナチを殺したのだ。どういうわけか。その気もなかったのに。おそらく、本能か。もしかするとまったく別人かもしれない。反射神経。

「おいおい」彼はそっとつぶやいた。階段の下の死体がかすかに動いた。アーニーは立ち上がり、音がする方向へ転がりながらやみくもに進んでいった。右足の軍靴が邪魔物にぶつかって、その奈落のような影へ手を伸ばしてみたら、死体に触れた。顔のところだ。開いた目の片方に指先が入っていた。その目は乾いていた。男は死んでいた。

パチッ！　ちょうどそんなふうに、アーニー・ウィンズローの頭の中で思考のスイッチが切られ、口に猿ぐつわをはめられたような恐怖が窒息しそうなまでに膨れ上がった。巨大な波となって彼を呑み込む暗闇。数百発もの機関銃の弾丸が轟音を立てて頭上をかすめたとき、目を大きく見開いたままで震え上がったこと。この見知らぬ男の死。スイッチを切った電流となったすべて。そして頭の中では宙にかまえられているハンマー――それが突然ガツン!と殴ったのだ。

アーニー・ウィンズローは前のめりになって、ナチの死体に横向けに重なり、意識を失った。なんたる幸せか、意識を失うというのは。歯はしっかりと嚙みしめられ、一本の門歯のエナメル質が欠けていた。

深海から浮かび上がり、必死に平泳ぎをしたとき、彼は順に目覚めた。まずライフルをつかんでいる両手――体の下で、何かやわらかな物の上に乗っかっている――、それを彼は動かそうとしてみた。体の下になっている。動かない。しかしやわらかい何かは圧力で動いた。それから足、膝のところで折れ曲がっていて、彼はナチからすべり下りて床に転がった。それから心臓と肺と胸、それが一斉に活動を再開した。それから頭。しかし目は死んだままだった。まわりのどこを見てもまだ真っ暗なのだ。しかし恐怖は新たな属性を持つ、新たな生き物になっていた。そいつは変身して、麻痺は消えていた。体を動かすのは大丈夫だった――それを確かめるために、彼は立ち上がり、ライフルで体を支え、体をかすった手すりをつかんだ――しかしどうしようもないほどに震えていた。体を揺さぶってばらばらにしてしまおうとする痙攣に、おぞましくもとらえられて出られないのだ。頭がずきずき痛んだ。口が乾いて、ひりひりした。

外からライフルの銃声が聞こえて、彼は突然、何も変わってはいないと気づかされた。トラックと他のみんなはまだあの倉庫に縛りつけられていて、ドイツ兵たちはその建物に死体の山を築こうと狙っているのだ。

一個人として、仲間たちの危機を緩和することはなにもできないのは、彼にもわかっていた。なにしろドイツ兵が多すぎる。考えることはただ一つ、前線に戻り、バン・ド・ブルターニュは死の罠であることを主力部隊に教えてやり、もっと大きな勢力を送って偵察隊を包囲網から解放してやることだった。彼はそうしたことを行き当たりばったりに考えた。途中でやめてはまた考えたのは、恐怖に蝕まれていたからだ。だがそうしたことはすべて後で考えたことだった。まず最初に考えたのはこうだ――外の方が明るいはず。

英雄とはそういう材料で織りなされているものだ。

しかし表のドアになんとかたどり着いて、頭を突き出すと、今にも災難が降りかかる気がしてひょいと引っ込んだとたん、機関銃の銃弾が戸口に浴びせられた。鐘楼にいるお友達はどうやらコーヒーブレークをとっていなかったらしい。彼はドアをバタンと閉めた。そして黒い穴の中に一人取り残された。恐怖がふたたび彼を打ちのめした。暗黒の恐ろしい幻想が来ては去った。彼は暗闇の中にいるのだ。盲鳥よ、盲たる盲鳥！

とうの昔に使わなくなった仕草で、彼は拳を口の中に突っ込んだ。子供の癖に逆戻り。大人なのに、また子供に。助けて……

他に出口はないかと探しはじめた。他にドアはなかった。そこは共同住宅で、三方を他の家の後壁に囲まれている。窓は煉瓦で塞がれている。天窓もない。道路は彼の骨を受け入れようと待ち構えている墓地だ。

彼はマッチを擦った。それだけがこの宇宙で良きもの、暖かいもの、美しく金色に輝いているものだった。手の中できらめいているその光を見て、彼は喜びで思わず舌を出した。どうしてこれを今まで思いつかなかったのか、不思議だ、自分でもわからない。しかしここにその光があり、ここに自分がいる、そして光は彼のまわりを包み、彼を洗い、彼を浄め、彼を安心させ、そして……指が熱い。マッチを落とすと、燃え尽きてしまった。

まだ紙マッチには三本残っている。それをぜんぶいっぺんに燃やして、焚き火を熾し、恐怖を、そして暗闇の恐怖にひそむ鋭い牙を持った獣を追い払いたかった。しかしそんなことをするのは狂気の沙汰だ。彼はもう一本のマッチを、赤々と、すばやく擦った。

(そして突然自分はたしかにほんの少し気が狂っているのに気づいた。) マッチは燃え尽きてしまった……

落とし戸に付いた金属製の輪が床にあるのを見たのはそのときだった。落とし戸、地下室、下水管、下水路、川、放水口、自由、米軍、自由、光光光! 暗闇の大きな霧の中にある、箱の中の箱の中の箱。もう一本マッチを擦り、ライフルを背中に担いで、落とし戸の輪を引っ張ってみた。大きな木戸が重く開き、彼はその木戸をバタンと倒した。目の前に奈落が広がった。上の暗闇よりもさらに暗い。あらゆる地獄を合わせたような、とびきりの黒。どれほどかすかな光もなさそうな地獄。あの地下室。この下には……何がいても……おかしくはない。

彼はのけぞってつまずいた。恐怖は頭の中で巨大な塊になった。

黒！

黒！

ああ、なんて真っ黒なんだ！　こんなところに下りていけるわけがない、こんなところに！　狂気が待ちかまえていた、子供時代の恐怖が、畜生畜生、畜生ぼくが「彼女」と呼んでいるおまえなんか畜生！

体がガタガタ！

足もガクガク！

動きを止めることもできずに、彼は足を前に踏み出し、その足が無に出会って、絶叫をあげながら彼は穴の中に落ちていった。底に着く途中で階段の段に五回ぶつかり、急に階段の底でもつれたような恰好になって転がり、子供みたいに泣きわめいた。奈落の中にいる。地の底にたった一人でいる。沈黙。暗闇。恐ろしい無！

そこに転がったままでいたあいだは、持続のない瞬間、時とは無縁な時間、永遠という織物からまるごと引きちぎられた世紀だった。彼はそこに転がり、これこそがそうなるはずだったことだと知った。他にはなく、だからこれこそ最後はこうなるはずだった。彼は耳をすました。

沈黙。

だが水の音がする。若い恐怖が古い恐怖の仲間に加わった。水。下水路がこの家の下を走っている、この道路の下を、この町の下を、そしてこの下水路を行けば道が見つかるはずだ、帰還の道が。

もしやる気を起こすくらいに彼が人間だったら。しかし彼は人間ではなく、アーニー・ウィンズローという名前の何かで、六歳か、おそらく七歳、地下室にひそむ恐ろしいものを死ぬほど怖がっていた。彼は泣いていた。涙が目を熱く、赤く焦がし、頰を伝わり、唇に流れ落ちて、彼は涙の恥辱を味わった。そしてふたたび六歳か七歳の少年になった。兵隊ごっこをしているところで、あの倉庫にいる仲間たちのことなら、彼らの名前はもうすでに墓石に刻まれている。なぜなら、アーニー・ウィンズローは下水路の中に降りていかないからだ。ああ、いやだいやだ、そんなことを考えただけでも鳥肌が立った。下水路だなんて。

機関銃の銃声が、遠くから階段を伝って届いた。仲間たちが死ぬのが彼には聞こえた。骨が朽ち、肉が腐り、蛆虫が臓腑を喰らうのが聞こえた。それが何かが彼にはわかった、それは無だということが。

英雄になることと正気でいることのどちらを取るかと言われて、喜んで死や狂気に飛び込んでいくほど勇敢な人間などどこにもいない。英雄とは瞬時にして作られるもの、暗闇が呑み込もうと待ちかまえているとは考えず、すばやく行動する人間なのだ。階段の下でうずくまり、目も見えずに投げ出され、頭の中にいる怪物たちが今にも飛びかかって魂の肉を貪ろうと手ぐすね引いているような、アーニー・ウィンズローとは大違いだ。

彼は床を必死に手探りして、水の音がする方向へ進もうとした。恐怖とは海の老人であり、恐ろしい笑い声をあげ違(たが)えることのない死の約束をつぶやきながら、彼に乗っかってくる。時間……それも這って進むのだろうか？　おそらく。

彼は排水口の蓋を見つけた。くぐり抜けられるくらいの大きさだ。小さすぎて、地下室の水しか通さないくらいの狭い穴だったらよかったのに、大きな枠でしっかりと留められた、偽入口だったらよかったのに。そうだったらよかったのに、と彼は願った。しかしそれはなんの難儀もなく入れるくらいの大きさなのだ。肉体的な難儀もなく。こんなに彼を呑み込みたくてうずうずしているように見えなければよかったのに。しかし排水口はにっこりして顎を開け、彼はそこに下りて、足を泳がせたままぶら下がり、肩に担いだライフルは重く、指先が石床の端を離れ、彼は落ちた。二フィートにも足りなかったが、永遠にも思われる距離で、水面にぶつかると悲鳴をあげた。

無数のナイフが足に切りつけ、冷たい鋼がやわらかな六歳か七歳の肉を突き刺し、彼は悲鳴をあげた。それは甲高く、いななくような悲鳴で、その音色には、夜の中へと疾走する列車の汽笛のような、侵食的なドップラー効果があった。彼を取り巻くこの恐ろしい夜の中へと。わあああああああああああ！

彼は下水主管の壁に激突して、それがまるで溶岩みたいにそこからずり落ちた。走ろうとしたが、水は筋肉運動の協調性をギロチンにかけていた。つまずきながら前進し、ポケットの中を手探りして取り出したマッチを、あっさり落としてしまった。マッチは一瞬にしてどこかに行った。

もはや永遠にここにいるのか。

彼は両手を突き出し、前に進もうとした。

しかしだめだった。意味のある動作ができなくなっていたのだ。彼は今や見捨てられていた。世界からも、光からも見捨てられ、半塩水に浸かった死体のような臭いがする汚水の中で朽ち果てる運命なのだ。屎尿、腐った植物、汚物、マシュマロやジャカランダの不愉快なまでに甘い香りで、吐き気を押さえつけようとして喉がゼーゼーとした。悪臭が打ちつけ、それが水の冷たさや、下水の流れ、神をも恐れずすべてに浸透する闇と混ざりあった。

片足を前に出し、それからもう片足、その足が水底のぬかるみですべり、もう片足と、彼は進んでいった。トンネルは下り坂に急傾斜して、水位がどんどん高くなった。太腿、股、腰、胸、肩と上がって、突然傾斜に耐えきれなくなり、彼はすべりはじめた。トンネルの底を覆っている泥がぶあつく、すべりやすくなって、制止がきかなくなり、自分の速度以上に進んで、あっというまにバランスを失った。必死に腕をばたつかせ、やっとのことでM-1を頭上に持ち上げたかと思うと、水中に沈んだ。彼はどこにもつかまることのできない、奇怪な水の世界の中でもがいていた。手を交互に動かして浮かび上がり、その途中でライフルを濡らして、また沈んだ。ゴミが口の中に入り、すぐに吐き気がして、その重みが胸に広がり猛烈な勢いで口の中に押し寄せた、ちょうどそのときに水面から顔を突き出した。下水は彼自身の吐瀉物でさらに汚れ、それから彼はまた沈んだ。水が鼻に、口に入り、それを吐き出すと、あえぎながらなんとか立っていようとした。汚物まみれの濁水がまわりに渦巻き、彼は懸命に逃れようと半狂乱になった。

すると一瞬、足がもう一度底につき、彼は浮かび上がった。嘔吐したせいで頭がずきずき痛み、どうしても消えない悪臭で頭がふらふらした。ふたたび前に進むと、何か音が聞こえたような気がして立ち止まった。

暗闇に耳を傾けると……

耳ざわりな小さい声。無数の小さい声。ここに住んでいるものたち。チューチューいう金属のような声が聞こえてきた。やつらはぐるっとまわりにも、前方にも、後方にもいた。それから何かつるっとしてぬるぬるしたすばやいものが闇の中でそばを通り過ぎ、手に触れた。彼の口がぱっくり開き、喉に空気がせり上がって、悲鳴をあげた。耳が大爆発を起こし、喉がからからになるまで叫びつづけたので、そこに立ち尽くしたままで彼はすっかり空っぽになり、戦慄しか残っていなかった。通り過ぎるとき、そいつはチッチッと笑っていた。嘲るように。

ここから逃げ出したくても、出口はないし、前に進むしか行きようがない。そのとき頭上で車両が通り過ぎる音がした。ということは、ここは道路の下で、あっちの音が聞こえるとしたら、むこうにもこっちの音が聞こえるのではないか?

しかしもう大声をはりあげることはできなかった。

きっと胸の中でせき止められてしまったのだ。

排出弁はどこにも付いていない。

だから彼は前に進んだ。暗い中を一歩また一歩と。足は、泥やら、軍靴にくっついた得体の知れないぬるぬるしたものの触手がからまって、半トンの重さがあるように感じられた。自分でも、なぜ前進しているのか、その理由を考えることができないし、どうやって前進しているのかは、決して解けない謎だった。

しかし彼は前に進みつづけ、それは終わりのない悪夢だった。そこは永遠にべとべととして、永遠に冷たくて、永遠に暗く、自分はこの臭くて凍えるような辺獄にいつまでもいつまでもいつまでも留まるのは間違いない、と彼は知った。

そしてまわりをぐるりと取り囲む声。暗闇に光るやつらの目も彼には見えなかったが、そこにいるのはたしかだ。そしてそのうちの一匹が、ドサッと重い音をたてて、肩の上に着陸した。

彼は凍てついた。自分でそうしたわけではない。鋼鉄のかたまりで顔をぶん殴られてぼうっとなり、なんの動作もできない状態になっていた。しかし、力が抜けていたわけではない。煉瓦のようにガチガチだった。動くこともできず、ぴくりとすることもできず、体全体が凍てついていた。水ネズミは肩のところでぶらぶらしていて、その太くてでかい体の重みで、彼はかすかに前屈みになった。背中に垂れたネズミの長くて汚らしい尾がシャツにピシャピシャと打ちつけた。弾丸のように尖った顔がアーニーの頬に近づき、冷たい針金のようなヒゲが感じられた。そいつの悪臭は信じられないほどだった。まるで大量埋葬地にさらされた千もの死体が腐っているような臭いなのだ。アーニーの顔に近づいたネズミの毛はべっとりして臭かった。たとえ手が千本あったところで、アーニーには水ネズミを振り払えなかっただろう。そいつは好き勝手にしていた。この素敵な島のご主人様なのだ。

そして、ネズミの頭が急に近づいて、アーニーの顔をくんくん嗅ぎだした。そしてそいつは、まるで何かに襲いかかろうとしているみたいに態勢を整えたが、泣き声わめき声悲鳴うなり声が思いとどまらせた。でかいネズミは一瞬耳を傾け、悲鳴がしだいに絶叫に変わり、洞窟じゅうに広がるほどになると、ネズミは高く跳びはねて放物線を描き、恐怖で水の中へと消えていって、見えなくなった。

アーニーにはその声がいったい何だったのかはさっぱりわからなかったが、完璧な戦慄の、ちょうどその瞬間にそれが訪れたことにひたすら感謝した。しかし、それが何だったかは結局わからなかった。

救ってくれた恐怖の声を後にして、彼はトンネルを急いだ。


まだある。まだまだ先が。下水路を何マイルも抜け、耳が聞こえなくなるほどの甲高い声をあげている、泳ぐネズミの群れの中を。足をすべらせ、汚物まみれの水を飲み込み。どこまで行っても暗闇の中で、どこまで行っても恐怖に打ちのめされ。恐怖はとんでもなく膨れあがって、脳内全体が遮断され、怖気と嘔吐感の一定した電気的レベルで無感覚になっていた。

そのとき彼はトンネルが終わるところにたどりつき、水が絶壁に流れ落ちる音を聞いた。短時間のことだったが、それでも排水口を見つけたのはたしかだ。水路の端に来ると、部分的に錆びている大きな金属製の枠が見つかった。無我夢中で尻や肩や背中をぶつけているうちに、それは壊れて外に落ちた。

彼は喘ぎながら濁流の中に落ち、沈んで、浮かび上がり、反対側を目指して必死に手足をふりまわした。足が底につくと、体を引っぱりあげて、片足、それからもう片方の足と引きずると、ようやく向こう岸にぶつかり、ぐっしょりした残飯を詰めたズタ袋のように体を運びながら、顔から感激の地面に落ちた。地面はしっとり、ひんやりしていて、感謝、感謝の気持ちで、彼はゴミに汚れた唇で大地に口づけた。

まだある。まだまだ先が。

森を必死に走って、木にぶつかり、何度も何度も倒れ、全速力で太い枝に正面衝突して口に直撃し、倒れて気を失った。意識が戻ったときには、口の中が血だらけで歯が二本折れていた。顔は狗肉のようになっていた。よろけながら立ち上がると、またその枝にぶつかり、頭が教会の鐘のようにガンガン鳴りながらもなんとか進みつづけた。

まだある。まだまだ先が。砲爆撃を浴びた無人地帯を這っていく。そこには死んだ運搬車や死んだ兵器やどこのものともわからないやわらかなものが散らばっていた。そして、一度、そう、間違いはない、一度だけ暗闇の中で彼に呼びかける声が聞こえた。「助けてくれ……助けてくれ……ぼくは……ぼ、ぼくの腕はどこ行ったんだ……助けてくれ……」しかしその声は聞いたことのあるどんな声にもまるで似ていなかったので(と自分に言い聞かせた)、彼はさらに這っていった。

まだある。地雷原の中へ。地雷原だとわかったのは、そこの入口をかつて人間だったものが守っていたからだ。顔の左半分は紙コップみたいにへこみ、伸ばした手には、心得に書いてあるとおりの恰好で銃剣が握られていて、それを使って対人地雷はないかと地面を探っていたのだろう。あまりにも深く探りを入れすぎて、もうその手は地雷を探すこともない。へこんだ顔についている胴体は、手からはさほど遠く離れていなくて、それでアーニーにはここが地雷原だとわかったのだ。

そこで用心深く腹這いになって進み、ここを守っているへこんだ顔のケルベロスがやったように、自分の銃剣で探りを入れた。なんとか彼はそこをくぐり抜けた。暗闇。あたり一面。

そしてそれから、そんなことをしたとは自分でも気づかないうちに、暗闇の中からぼうっと現れた人影を見て、また泣き出していた、思いっきり、なにも包み隠さず、どんな人間の内にもひそんでいる子供みたいに泣き叫んで。その人影とは歩哨で、アーノット・T・ウィンズロー曹長の嗚咽があまりにも哀れだったので、わざわざ誰何することもしなかった。ただ前進して助け起こしてやるだけだった。たとえ相手が敵兵であろうと、そんな声を出している人間にはなんの危険もない。

ここは中隊の駐屯地域で、どの中隊かはわからなかったが、誰かが「おい、おまえ目を開けられないのか？」とたずねたので、あの下水路からはるばるここまで目をしっかり閉じたまま這ってきて、目がずきずき痛むのに初めて気づいた。瞼がゆっくりはがれると、まるであざやかな花びらのように、やわらかいピンク色の靄が空に花開くのを見て、歓喜で気も狂わんばかりになった。日の光だ。再生だ。世界にふたたび戻ったのだ。

三脚台に真水補給袋が吊るしてあり、彼はよろけながら進んで、なんとかその前で膝をつき、蛇口からごくごくと水を飲んだ。みんなは彼を見守り、いったいこの男はどんな恐怖に駆られてほとんど動物同然になってしまったのかと不思議がった。そんな話はやつらにできないし、言ったところでわからない。どうせやつらにとって悪魔とは、蜘蛛か蛇か注射針か、決して直面することのない、名前のない意識下の戦慄なのだろうから。それも、もしやつらがとてもとても運が良かったらの話だ。アーニー・ウィンズローが不運だったのと同じくらいに運が良かったら。

ずっと後になってからのこと、医師が頭をふりながら、とんでもない距離を這って、自軍の前線に戻ってくるなんて、この男はどれだけスタミナがあるんだと驚いた。顎の骨が折れ、歯が二本欠け、胸郭がへこみ、小さな切り傷や擦り傷は無数にあり、皮膚に穴が空き、出血多量で、ひどいショックを受けてハリケーンが吹いているさなかの高圧電線みたいにぶるぶる震え、低体温症を患って手も抑えがきかないというのに。こいつはたいしたやつだぞ、認識票にはアーノット・T・ウィンズロー曹長、US51403352と記されているこの生き物は。

野戦病院に尋問官がやってきたときに、彼は体をよじらせ目を大きく見開いていたのだが（まるで日中に起こっていることを何一つ見逃すまいとするかのように）、そのときになって初めて、どうしてここまで這ってきたのかを思い出した。

トラックと偵察隊だ。

参謀第二部の男に言うと、その男は出ていき、しばらく経ってから戻ってきたときには別の士官を連れていて、二人がアーニー・ウィンズローにいろいろ教えてくれた。

「その地域の非常に正確な情報はまだ手に入れていない」

「我々は前線の最先鋒でね。その地域には、少なくとも一個は連隊を派遣したい……」

「あるいは、きみが来た道を逆にたどって、我々を案内してくれる人間がいれば」

二人が言っていることが、とどろくこだまとなって、頭蓋骨の中のあちこちに沁み込んできた。耳を疑うような話だった。あれほどの苦痛と恐怖を味わったのが、なんの役にも立たなかったなんて。

「あるいは、その道を知っている案内人さえいれば。しかし今夜になるまでは出発するわけにもいかない。真っ昼間にそんなことをしたら、やつらに蜂の巣にされてしまうのが落ちだからな」

アーニーは知らないうちにこう言っていた。「ぼくがご案内します」

また暗闇の中を通るのか。わざわざ逆戻りして。奈落の恐怖をもう一度味わうのか。

医師が話を遮った。「この男はどこにも行きませんよ。ショックを受けているし、肋骨は三本折れているし、もっと小さな怪我ならいちいち挙げていくときりがありません。どうしてもここに置いておかないと」

「ぼくがご案内します……」

「今夜までには動けるようになりますかね、先生？」

「断固反対ですね」

「ぼくがご案内しますよ……大丈夫です……」

そうしてみんなは病室を去っていった。日中は寝かせてやるため、この先に待っている長い夜に備えて、彼の心と体にささやかな安らぎを与えてやるために。

アーニー・ウィンズローは目を閉じて眠った。眠って、漆黒の空に飛ぶ盲鳥の夢を見た。しかし今では盲鳥を助けてやることができた。恐怖を取り除くことはもう必要ではなかった。ただ存在すること、恐怖とともに生きることを学びさえすれば。

彼はまだ怯えていたが、それでも眠った。きっと、どんなときでもやがて日の光はやってくる。

パンキーとイェール大出の男たち

渡辺佐智江訳

Punky & the Yale Men

「愛なんてセックスの書き間違いだよ」最後にニューヨークを発ったとき、彼はそう言った。言った相手は肉体関係があった娘で、メジャーな高級女性誌のファッションと美容担当の若手編集者。コカインに一日あたり三十六ドル遣う中毒者だと判明したが、別に気にしなかった。自分の愛を贈り物としてラッピングして彼女に渡し、そばにいさせてもらうこと以外なにも求めなかったから。

だが、別れの日、なぜおれたちは一度しかセックスしなかったのか（そのときは彼女が保護した子猫たちが部屋の隅にうずくまったり、絡み合う二人の体の上を歩いたりしていた）と訊くと、「あたしラリッてたのよ。そうしないと耐えられなかったんだもの」と答えた。彼は気が滅入った。現在三十代半ば、結局行き着く先にはなにもなかった暗い道を何本も通ってきたとはいえ、傷つき、打ち砕かれ、彼女から遠ざかり、あの場所のあの特別な時間から遠ざかり、そして彼女に言ったのだった。「愛なんてセックスの書き間違いだよ」と。

ソローキンほどの著名な作家にしてはお粗末な言い草だったが、致し方なかった。さんざんな一年だった。それでこれを最後にニューヨークを離れ、終わりなき探究の道を再び歩み出したのだった。ハリウッドのスタジオに戻り、ニューヨークへは二度と帰らないと決めていたから、そのときのことは完全に忘れ去っていた。

ところがいま、自分の人生すなわち悪い冗談のオチを探しながら、懲りもせずニューヨークへ戻った。

アンディ・ソローキンは、まぶしい陽光のなかに歩み出たというように目を細めながら、エレベーターを出た。

まぶしい。

そこは〈マルキ〉誌の四十二階の応接室で、その部屋でいちばんまぶしいのは、シャドーボックスに並んでいる、〈マルキ〉のページに使われたコダクロームのポジフィルムだった。

まぶしい。

〈フォーラム・オブ・トゥエルブ・シーザーズ〉のピーチ・フランベ、ジョーン・サザーランドのオペラの初演でタキシードと蝶ネクタイでめかし込んだ恰幅のいい男たち、ストッキングとガーターベルトをつけた股間ショット抜きの気品ある女性、白波を砕くカジキと狂暴な目のカツオ相手の遠洋漁業、ユーサフ・カーシュが撮影した社交界デビュー後の二人の若い女性とルイジアナ州の人種差別主義政治屋、芸術的に描かれた一対のマンガ、ニュルブルク・リングでスピンアウトするマセラティ、同誌に第一作が掲載された、ヘミングウェイ、フィッツジェラルド、ドロシー・パーカー、ナサニエル・ウェストほかの作家、ラブラドルを取り戻そう(レトリーブ)としているらしい背の高い草に囲まれたソフトな鼻のラブラドル・レトリーバー、強風にさらされた二連小舟。

アンディ・ソローキンは眩惑されなかった。針で突き刺されるような胸焼けで苦しんでいる男のように、目を細めた。

火をつけていないタバコを口の真ん中から垂らして、柔らかな、いまは湿ったフィルターを歯でかんでいた。背後でエレベーターのドアがため息をつくように閉まると、応接室でほぼ一人になった。床一面に敷きつめられた深々とした絨毯の上に二歩だけ踏み出し、そこに立ちつづけていた。石のなかの声なき歌に耳を澄ましている男。そこそこかわいい受付係が顔を上げ、相手が自分のところに来るのを待っていた。

相手が来ないので、唇をすぼめ、唇をかんでから、受付係特有の目を向けた。それでも相手が自分に注意を払わないことがわかると、はっきり言い放った。「なにかご用ですか?」

ソローキンは空想にふけっていたのではない。彼はちゃんとそこにいた。応接室の病的なまでに徹底した趣味のよさに強襲され、コダクロームのなかで崇拝されている〈マルキ〉のイメージの容赦ないマッチョぶりを楽しみ、いつか失くしてしまった無垢な子ども時代や気性を取り戻すよう意図されたこれから始まる会合を楽しみにし、十七年前――喜んで――立ち去った場所に、過去に、身を投げ戻すという途方もない企てをおもしろがって。

「別に」とソローキンが答えた。

彼女の目に鋼鉄のシャッターがピシャリと降ろされた。最悪な一日だった。ランチはお粗末だわ、錠剤は切らすわ、生理は始まるわ、今日みたいな日には、タバコかじりながら冗談かましてる図々しいまぬけに付き合う気なんてさらさらない。どういうわけか、部屋は冷え冷えとしてきた。

ソローキンは、それがしょうもない返答だったというのはわかっていたが、わざわざ引っ込めるほどのことでもなかった。

「ウォルター・ウェリンガーさんをお願いします」と、うんざりした調子で言った。

「お名前は？」冷ややかな口調。

「ソローキンです」

彼女はわかった。やっちまった。ヤバい、ソローキンじゃん。一日中、ウェリンガーとスタッフは、監査官を待つ基礎訓練の兵舎のように待ち受けていた。巨人ソローキン。ヘタレてフィルターをかみながらここに立っている彼に、無礼をかましてしまった。相当ヤバい。でももう遅い。彼が編集室でだれかにチクったなら、たとえそれがささやき程度のものだったとしても、ペルハム・パークウェイの両親のマンションから出て行けるのはさらに先に延び、〈タイムス〉求人広告のお世話になるはめになる。

彼女は笑みを浮かべようとしたが、やめた。彼の目。それは、引きしぼって閉じた財布のひものように、ひきつり、暗かった。見分けるべきだった。あの目。ソローキン。

「こちらです、ソローキン様」と言い、立ったまま太ももの上でスカートをなでた。一時的だが救われた——彼が自分の体を見てくれたから。先に立ち、廊下から編集室へと流れるような動きで導いた。「ウェリンガーとスタッフがお待ちしておりました」と振り向いて肩越しに言い、コテで平らにしたディスコ風の金髪を、見栄えがいいほうの顔の左側から後ろに振った。

「ありがとう」とソローキンがうんざりした調子で応じた。廊下は長く、静まり返っていた。

「ご著書には本当に感服しています」と彼女が歩きつづけながら言った。彼は小説を十四作出しているが、どれとは特定しなかったから、まったく読んでいないというわけだった。

「ありがとう」

受付係は咳払いほども意味のないことをしゃべりつづけた。アンディ・ソローキンにとってうっとうしいのは、応接室へ入っていって、彼女がやっちまったと思った瞬間から、彼女の心をよぎったことがすべてお見通しだったことだ。彼女が考えを抱いた瞬間に、彼はその考えを抱いた。なぜなら相手は人間だから、というのがアンディ・ソローキンの口癖だった。彼は共感に悩まされており、そのことでしばしば追いつめられ、気が狂いそうになり、つぶれそうになり、途方に暮れた。彼には、彼女が意地悪くクールにやっているつもりだったが、こちらの正体に気づいてビビり、カラダを誇示し髪を振りまわして状況を改善しようとしていることがわかっていた。すべてお見通しだったが、そのせいで落ち込んだ――自分がまたしても正しいとわかってしまったから。またしても。いつものように。

彼女の口と言葉、彼女の体を追いかけながら、一度でいいからだれかおれを驚かせてくれよ、と思った。前もって、こう考えていた――

ロサンゼルス（カプリパンツはピッチピチ、カラダはプルプル震えるところ）の夏至が過ぎてから、わたしはニューヨークへ、リンゴの芯へと戻ってきた。それは、過去に、子どもの頃に戻ること。汚れ、滴り、ひしめき合って、ブルックリンマンハッタン線ではのどを詰まらせ必死にわずか

なすき間を求めるが、それでもそこはわたしの故郷、栄華――とりわけ西海岸にはそれはない――なのだ。街に来た翌日にはもう、〈イーグル〉のブロードのシャツの襟が、毛虫が糞をして煤を引いたように見えてもかまわない。だれもが路上で唸ったり嚙みついたりしていてもかまわない。ヴィンセンテが坂を上って〈シャトーブリアン〉に行ったがために〈テヘラン〉の商売が下り坂になったのでもかまわない。白んぼが、ジミー・ボールドウィンを取り込み、評価し、神格化し、黒人の代弁者に祭り上げ、錯乱に追い込むという、白んぼが講じることのできる唯一の手段で彼を黙らせたのであってもかまわない。フォーセットのオラフ・バーガーが、富と地位を手にしてつまらなくなったことですらかまわない。あら捜しなどどうでもいい、ここはニューヨーク、なにもかも抱きしめよう、すべてが再び始まった場所、わたしは西海岸に長居しすぎた、あのミッキーマウスの舞台、やあベイビー子ネコちゃんオネーチャン愛するきみ……冗長なトマス・ウルフ（いや、あのトム・ウルフじゃなくて本物のトム・ウルフのほう）を一貫して信じようという気になっても、自分が何度でも何度でも故郷に帰れることがわかり、驚いている。

いつだってそれはニューヨーク、わがマンハッタン、わたしが歩くのをおぼえ、すべてを学び、帰ってくるたびにわたしを待っていてくれる場所、子どものころ好きだった人が経験を積んで色っぽくなったが変わらず思春期の魅力を備えているように。めっちゃ文学的！

こいつ～、愛してるよ、ニヨ～ク。

受付係は相変わらずペチャクチャしゃべりながら歩いていた。彼が思ったことすべて、クモの巣のように広げられたセンテンスの一つひとつが、渦を巻いて一瞬で頭を駆けめぐり、ウォルター・

ウェリンガーのオフィスのドアにたどり着く前に、次のように結ばれた――

四十二階の編集室に入っていって、わたしがハリウッドへ行き名を成す前には重役用トイレの壁にマグナカルタを刻んでやっても一語につき一ペニーも払おうとはしなかった大物編集者に、十七年経ったいまわたしをブルックリンのレッド・フックへ戻らせて少年犯罪の印象を『少年ギャング団再訪』として再び書かせるためにその腕を脚を震える太ももを差し出そうという大物編集者に面会するところであっても、ニューヨークはすばらしい……

おお復讐よ、汝の味はグルーヴィー！

アンドリュー・ソローキン、ベストセラー作家、ハリウッドの脚本家、『現代の作家たち』（第五―六巻）一四六ページ（一九二九年五月二十七日ニューヨーク州バッファロー生。一九四八年の三か月間、ブルックリンにあるレッド・フックの非行少年グループに加わり、同グループの一員をよそおって、第一作『どん底の子どもたち』執筆のための確かな材料を集める）、アカデミー賞候補、というのが、しなやかな腰つきの受付係を追い越して〈マルキ〉の編集者ウォルター・ウェリンガーの秘書室に踏み込んだとき抱いていた考え。アンドリュー・ソローキン、自分のテリトリーでは先駆者と見なされていないにしても、少なくとも崇高な存在であるとの称賛を受け取るために戻ってきた放蕩息子。時は過ぎ、時代は変わり、アンドリュー・ソローキンは戻ってきた。

受付係が、秘書室にいるきちんとした身なりのよそよそしい秘書に直接話しかけた。「フランシス……こちらソローキン様」秘書は顔を輝かせ、顔の下半分に笑みを塗りつけた。「これはこれはソローキン様。ウェリンガーがお待ちしておりました」秘書がインターコムを押しはじめた。

受付係が、アンディ・ソローキンの袖に触れながら、少しばかり色っぽく口を動かした。「お目にかかれて光栄でした、ソローキン様」

ソローキンは笑みを返した。「帰るときにごあいさつします」受付係は救われた。彼はわざとそうした。彼が時折り示す人間味あふれる振る舞いだ——ひとこと発したせいで仕事を失うことになるのではと不安にさせなくたっていいじゃないか。それはまた、電話番号を聞き出すという意味だった。彼女は、ソローキンが応接室に戻ってそばを通りかかったとき、純情なふりをして彼に尋ねさせるか、名前と番号を書いた紙を用意しておいてそれを渡すか決めればいいだけ。それは限りなく興味深い枝分かれゲームで、彼女はこちらがまた現れるまでひとりそのゲームをやっているだろうとアンディ・ソローキンにはわかっていた。受付係が去って彼が向きなおると、奥にいるウォルター・ウェリンガーのところへと案内するため、秘書が立ち上がった。

「こちらです、ソローキン様」と秘書が言い、立ったまま太ももの上でスカートをなでた。彼が彼女の体を見た。秘書は先に立ち、奥のオフィスのドアへと流れるような動きで導いた。一度でいいからだれかおれを驚かせてくれよ、と彼は思った。

四十分経っても、二人は、ソローキンがやって来た目的、つまり任務についての話し合いをまだ始めていなかった。話したのはソローキンのこれまでの仕事のことだった。大衆向けの探偵小説やSFから長篇小説、ハリウッドやテレビ、映画のシナリオ。差し迫ったアカデミー賞発表、ソローキンのノミネート。さらには、失敗に終わったソローキンの二度の結婚、ハリウッドで繰り広げられる駆け引きについての彼の評価、〈マルキ〉の上品さ、その上品な高級月刊誌のページにソローキンが一度も登場しなかったことの愚かさ。(だが、ソローキンのはらわたを少しずつかじっていた辛辣なゾウムシ、つまり、ソローキンが有名になり作家として名を成す前は掲載する価値などないと〈マルキ〉が考えていたという事実は除く。)女性、JFK、メイラーの近況、エージェントが当てにならないこと、ペーパーバックのトレンドといった、任務以外のあらゆること。

二人のあいだに、不自然な状況が生じていた。

ウェリンガーが大きなデンマーク製のコーヒーマグをはさんでアンディ・ソローキンを見つめていた。ウェリンガーは遠近両用メガネを湯気でくもらせ、実にうれしそうにぐいぐい飲んでいる。「これがなくちゃ生きられないんだよ」自ら語った中毒症状を強めるようにまたぐいと飲み、デスクマットにドンとマグを置いた。「日に十杯、十五杯。ないとやっていけない」ウェリンガーは、文学界の大物ではなく、荷揚げ人足を演じたがった。マックスウェル・パーキンズの役ではなく、ヘミングウェイの役を好んだ。それが彼の姿勢で、ソローキンに関するかぎり、それを貫いた。しかし、ウェリンガーがソローキンに合わせてやっているらしい仕掛けは、ソローキンには逆効果だった。(自分の共感が呪わしい、と彼は思った。邪悪の化身だ!)その作用で、ソローキンはトルーマン・カポーティまがいの態度を取った。手首をクネクネさせ、おかまっぽく、軟弱な格言と皮肉でかみつく。ウェリンガーは、頭のなかでソローキンをホモセクシャルと規定しそうになっていた。その判定がこの作家について彼が知っているあらゆることと相容れなくても。ソローキンはこの混乱を愉快がるばかりだった、ただしそこそこに。

「あなたの案だけどぉ、アタシには……」と、ソローキンがとうとう切り出した。

「うん。よし、始めよう」とウェリンガーが、ヴィクター・マクラグレンのようにシワを寄せて粗野な笑みを浮かべてみせた。積み重ねた原稿の下をかきまわして、ソローキンの第一作を一冊引っ張り出した。十六年間、当時のカバーがかかったまま。『どん底の子どもたち』。彼はそれが朽ちかけた稀少な版、『マクベス』の最初の二つ折り判の本だというように指で触れた――アンディ・ソローキンが、まだ若くて視野が狭く、「経験」は内容や形式に代わるものだと考えていた十七年前に、二重生活を送り、その三か月間を書いた良質な小説風の自伝ではなく。彼は三か月間ある非行少年グループの一員として暮らし、悪臭を放つ通りを走り、彼が好んで言うところの「内部」を手にした。

十七年経ったいまこのとき、ウェリンガーは彼に、そういうストリートに戻ってもらいたかったのだ。軍隊を経て、ポーラとキャリーを経て、事故を経て、ハリウッドを経て、彼に多くを与えすっかり剝ぎ取った十七年という歳月を経て。戻るんだ、ソローキン。そこに戻るんだ。できるなら。ウェリンガーは再びマッチョなことをやっていた。一本の指先で軽く本をたたく。「ここには本物のガッツがあるよな、アンディ。本物の度胸。いつもそう感じてたよ」

「パンキーって呼んで」とソローキンが、少年のような笑みを浮かべて澄まして言った。「団ではそう呼ばれてたの。パンキーって」

ウェリンガーが眉をひそめた。肝が据わったロバート・ルアーク派の筋金入りのリアリストのソローキンが、なんでおかまっぽく振る舞ってるんだ?

「あ、パンキーか、そうか」と踏んばろうとしたが、少しぐらついた。ソローキンはにやにや笑うまいとした。「実際に身を投じたものだし、本当に正直だし、ものすごく深みがある」と、ウェリンガーがぎごちなく付け加えた。

ソローキンは、ホモっぽさ全開でふくれっ面をした——「なのに残念よねェ、この本が書店でこっそり扱われてたなんてェ〜。西洋文明の流れを変えるために書かれたものなのにィ」。ウェリンガーは青ざめた。なんなんだこれは。「そのことは知ってるでしょ」

ウェリンガーは黙ってうなずき、その言葉をそのまま受け取った。なぜ自分がウサギの巣穴に落ちたような気分になっているのかわからなかったが、ホモっぽさに圧倒された。

「ええと、その、われわれが〈マルキ〉に載せたいもの、求めているものは、同じような度胸——その、きみがここに書いたのと同じような、きわめて感情に訴えるたぐいのものなんだよ」

ソローキンは胃が締まるのを感じた。いまだ。「アタシにやってほしいことっていうのは、レッド・フックに、勝手知ったるあの場所にまた出向いて、現在の状況を書くってことなんでしょ」

ウェリンガーが、片方の手のひらでバンと机をたたいた。「そのとおり！　少年たちにその後なにがあったか、いまどこにいるか。刑務所送りになったのか、結婚したのか、兵役についたのか、そういった十七年後のあらゆる話。そして社会的な状況。共同住宅は一掃されたのか？　低家賃住宅プロジェクトは？　警察競技連盟は役に立っているのか？　そこでの人種間の緊張関係は現在どのようなものか、それは別種の非行少年グループ、別種の衝突を生み出しているか？　つまり、その界隈のすべて」

「そこに戻ってほしいと」

ウェリンガーはじっと見つめた。「うん、そう、そうしてもらいたい。『少年ギャング団再訪』。掘り下げた話」

ソローキンのなかで高まっていた緊張が、突然こぶしのように固まった。そこにまた行ってこい。十七年経ったいま、そこに戻れ。「アタシがあのグループに加わったのは十九のときだった」とアンドリュー・ソローキンが半分自分に向かって言った。ウェリンガーは見つめつづけていた。目の前の男は、ショックを受けた様子だった。

「アタシいま三十六よ。なのに――」

ウェリンガーが唇の内側をかんだ。「今回は、外側から書いてくれればいいんだ。あんたもう子どもじゃないんだし、アンディ……ソロー――」

「でも表面的なことじゃ困るわけよね」

「まあ、そう――」

「ド根性で行けみたいなことなんでしょ？」

「うん、そう、求めてるのは――」

「ありのままを語ってほしいわけでしょ？　リアリズムで、いまどきのガキどものしゃべりで」

「そうそう、それも一部で――」

「おれがいっしょに行動してたガキども全員、おれにビンのなかの虫みたいに観察されてるとは知らなかった連中が、その後どうなったか調べてほしいと。十七年後にそこに出向いて、『わたしがあなたたちをタレ込んでいた者です、おぼえてますか?』とか言ってほしいわけだ。そうしてほしい、早い話がそれをおれに求めてるんだろ?」

ウェリンガーはいま(この男いきなり変貌したぞ)、ソローキンは怒っている、怖がっている、いや怒っている、という気がした。いったいどうしたんだ?

「まあ、そう、真実がほしい、内部の話、最初きみがやったように、でも危険なことはしてほしくない。われわれは……われわれは内偵するわけじゃないし、尋問者でもない! 求めているのは――」

「戻ってって連中に殴られろってんだろ!」

攻撃的。ウェリンガーはめまいをおぼえた。

「いや、ちょっと待て、われわれは――」

「危険冒してでもものすごい話持ってこい、いますぐよこせってことだろ、ウェリンガーさんよ」

「どうしたんだよ、ソローキ――」

「どうって、そこに戻って、はらわたまで、金玉まで、目ん玉までもう一回どっぷり浸かんないことには、んなことできるわきゃないだろが! このアホでクソな締め切り守らせ屋が!」

ウェリンガーは、ソローキンが机を跳び越えて絞め殺す気だというように、後ろに身を引いた。

遠近両用メガネの奥で大きく見開かれた目は、形がゆがんで潤んでいた。

「喜んでお引き受けしましょう、ウェリンガーさん」声は穏やかで友好的で、ようやく力が抜けていた。「いつまでお渡しすればよろしい? 長さは?」

ウォルター・ウェリンガーは、デンマーク製のコーヒーマグを手で探った。

ソローキンが片手をドアにかけたとき、それが内側に開いて、二人の若者が入ってきた。ほぼ同じダークブルーのスーツにきちんと身を包み、清潔そのものといった二人を目にした瞬間、ソローキンは、彼らがちゃんとした家庭で育ち、六歳か七歳のとき〈ミス・ブレシャム〉とかの上等なサロンでダンスの手ほどきを受け、「パパ」といっしょに初めてのナポレオンを少しばかり味わい、まちがいなくちゃんとした学校を卒業した連中だと見た。

左側の背の高いほう、淡い黄色の髪にそれとは対照的なきらきら光る青い瞳、チョッキについている装飾的なポケットに両方の親指をかけて部屋に入ってきたのは、アンドーバー出の男。そのはずだ。

左側のよりわずかに背が低く、恐らく百八十センチほどで、下品なけばけばしい光沢を避けるために靴をつや消しに磨き上げ、茶色い直毛を左側でまっすぐに分けてヨーロッパ風に後頭部に向けて梳かしつけ、トカゲのような目をしたのは、まちがいなく、絶対、言うまでもなく、チョート出だ。

「ウォルター」とアンドーバーが言いながら、オフィスに駆け込んだ。「今日は少し早めに終わります。アルゴンキン・ホテルに飲みに行くんですけど、いらっしゃいます?」

それからソローキンに目をやると、畏怖のあまり口をつぐんだ。

ソローキンはウェリンガーに二人を紹介されたが、名前を聞いたとたんそれらは頭から出て行った。もう二人に名前はつけていたから。

「出身校は？」と二人に尋ねた。

「イェール大です」とアンドーバー。

「イェール大です」とチョート。

「パンキーと呼んでください」とアンドリュー・ソローキン。

そして全員でアルゴンキンへ飲みに行った。


チョートが器の底をかきまわした。塩味のピーナッツと小さいチェリオスとプレッツェルはなくなっていた。器の端をつかみ、それをテーブルに打ちつけた。アルゴンキン・ホテルでは、それはマナーに反する行為だった。

「おつまみ！」とチョートがどなった。

ウェイターがやって来ると、乳母が手に負えない幼児を相手にするようにして器を取り上げた。

「おつまみよこせ」とチョートがはっきりしない口調で小さく言った。

「パンキー・ソローキンことアンドリュー・P。半端じゃない興奮と感動」とアンドーバーが言い、腰を落ち着けてからこれで十億回目、彼を見つめた。「巨人、あんたはものすごい巨人、とてつもな〜い大物！　わかってる？　で、ぼくらはここでこうしてあんたとすわってる！」

ウェリンガーは二時間前に帰った。夜が更けていった。アンドーバーとチョートという二人のイェール大出身の男たちは、酔いがまわって盛り上がっていた。アンディはしらふだった。がんばった、全力でがんばったが、まだしらふだった。

「リアリティ。あんたの十八番（おはこ）」と一人が言った。どっちがどっちかは問題ではなかった。どちらも同じ教養あふれる口でしゃべっていた。

「真実。人生。あんたは人生について知るべきことをすべてご存じだ。あのルースみたいにルーズにってことじゃないよ、へ、へ、ヒーッヒッヒッ……」と、ボックス席で笑いころげまわった。チョート（あるいはアンドーバー、だじゃれを言わなかった方）が乱暴に相手を押しのけた。

「なに言ってんのか自分でわかってないだろ、ロブ。それこそがこいつの知らないことだろが。人生！　人生の肝、人生の神髄！　厳格な環境で育ったこのおれたちですら、そこにすわってるパンキー・ソローキンことアンドリュー・Pよかほんとのところを知ってるぞ」

別のイェール大出が怒ってすわり直した。「だまれ！　この人は巨人なんだ。輝ける巨人。この人は知ってる。人生の裏側をご存じなんだ」

「それには触りもしなかったじゃないか」

「この人は知ってる！　すべてを知ってる！」

「詐欺師だ！　気取り屋だ！」

「外に出ろ、この野郎。おまえがこれほどの偏屈な隠れファシストだとは知らなかったぜ！」

ソローキンは二人のやり取りを聴くうちに、その午後、ウェリンガーにレッド・フックへまた出向けと刑を言い渡されたときの恐怖がよみがえってきた。考察を加えたくない一連の強迫感にとらわれてその宣告を受け入れたが、またこれだ。チョートはどうしてソローキンが詐欺師だと知っているのだろう。チョートはどうやってアンドリュー・ソローキンが心と魂に秘めている小さな恐怖の塊を見つけ出したのだろう。

「なぜ、あ〜、なぜおれが詐欺師だと？」とチョートに訊いた。チョートの顔は酒で赤くまだら状になっていたが、ぷっくりした指でソローキンを指して言った。「異世界から霊的なメッセージが送られてくるんだよね」

だがソローキンは、そのことを大まじめに突き止めたかった。「いや、マジな話、おれが現実を知らないと考える根拠は？」

アンドーバーはチョートの返答を侮辱と受け取り、彼を乱暴に押しのけた。「外に出ろ、この野郎！　外に出ろ、この隠れアカ！」

チョートは物知り顔をし、陰気な調子で言った。「あんたの第一作の短篇集だけどさ、ヘミングウェイから引用してるだろ、おぼえてる？　あんた、それ自分の信条だって言ったよな。ウソつけ！『すでに書かれたものを書いても意味がない、それを越えられないのなら。われわれ同時代の作家がすべきことは、これまで書かれたことがないものを書く、あるいは、死者たちが成したことを越えることだ。』おれ暗記した。まっとうに思えたね。はったりかますな！」

「社会主義の右翼のバーチ協会のカスが！」

「は？　なぜきみは、おれが自分で言ってることがわからないと思うんだ？　そんなんじゃきみの論点は証明できないぜ」

「ほう！」サンタクロースが煙突を急上昇しようとしているように、チョートが指を一本鼻に沿って持ち上げた。共謀するように。「ほう！　そんであんたの五冊目で短篇集だけどさ、あっちに行ったあと」――と、カリフォルニアに向かって手を振り動かす――「また別のを引用したよね。どんなだったか知ってる？　てか、おぼえてる？」

ソローキンは正確を期すため一瞬間を置いてから、暗唱してみせた。『おのれの体験を拒絶すれば、おのれの発達を阻むことになる。おのれの体験を否定すれば、おのれの人生の口に嘘を押し込むことになる。それは、魂の否定にほかならない』、オスカー・ワイルド。これがきみの論点を証明するのとどんな関係があるんだ？」

チョートは勝ち誇っていた。「恐怖。逃げ。あんたの潜在意識は、屠殺されるブタみたいに金切り声を上げていた。潜在意識は、あんたが最初から嘘つきで、ハリウッドではますます嘘をついていると知っていた。それは知ってたんだ！　だからあんたはあの引用を世間に向かって言ってみせなくちゃならなかった、嘘つきだと非難されないように。あんたは、人生とはなにか、現実とはなにか、真実とはなにか、いっさいのことがなんなのか知りゃしないんだ！」

「おまえの汚ねえ保守主義の腐れヅラぶっつぶしてやる！」

二人はボックス席の向かい側で取っ組み合ったが、どちらもへべれけだから相手に危害を及ぼすには至らなかった。その間、ソローキンはチョートが言ったことを考えていた。そうだったのか？　おれは口にされない罪状を無言で認めようとしていたのか？

幼いとき、彼はこそ泥だった。雑貨屋から物を盗んだ。家が貧しくてほしいものを買えなかったからではなく、金を払わずに手に入れたかったからだ。子どもなりの奇妙な達成感。しかしいつも、その晩両親の目の前で、手に入れたばかりの盗品で遊ばずにはいられなかった。そうすれば二人はどこでそれを手に入れたのかと訊けて、彼は盗んだことがばれる危険を冒すことができたから。追及されなければ盗んだおもちゃは本当に彼のものになり、追及されれば盗んだとうっかり口走り、当然だとわかっている罰を受けなければならなかった。

チョートが示唆したように、ワイルドの引用を含めたこともまた、ママとパパ、世間、自分の読者の前で、盗んだおもちゃで遊ぶことだったのか？

それは、彼がいま感じている恐怖の現れだったのか？　それをなくしたという恐怖、いつもそれをなくす途中にあったという恐怖、それを二度と取り戻すことができないという恐怖。

「よし、こうなったら、あんたに人生の裏側見せてやる！　どうだい、パンキーさん。人生の裏側見たい？」

「この人はそんなの知ってるって！」

「へえ、知ってんの？　そうなの？」

「まず、電話して夕食の約束キャンセルしないと」ソローキンはじっとすわっていた。二人は、海の永続性について考えをめぐらしているセイウチのようににらみ合っていた。

「どうなんだよ、え？　知ってんなら示してみろよ、でなきゃだまってろ」チョートは自分の論点を証明する頂点に達していた。

「だまれテリー、だまれって。この人は、おまえみたいなマッカーシーのネオファシストのデマゴーグ連中に追いまわされて脅されて締め上げられるなんてことはないんだよ！」アンドーバーは、チョートよりも少しばかり酔いがまわっていた。

ソローキンは内心震えていた。人生の裏側を知っている者がいるとすれば、それはアンドリュー・ソローキンその人だった。十五歳で家出し、十六歳のときにはノースカロライナでダイナマイトを積んだトラックを運転し、十七歳でテキサス西部で接触分解装置を操作し、十九歳で犯罪集団に加わり、二十歳のときに第一作を出版した。世界をジェット機で飛びまわる遊蕩三昧の豪勢な生活から、ビッグ・サーに集うヒッピーとの放縦なＬＳＤの実験まで、想像しうるかぎりのありとあらゆるシーンに関わった。自分は現在と、時代とともにあるのだと、どれほどゆがんで奇怪で屈辱的でも、現実を、無数の多彩な現実を把握しているのだと常に信じていたかった。

いま彼に突きつけられている問い、それは――こういった生活はスリルを求めるという目的に堕落してしまったのか、それは複雑な逃げなのか。彼はボックス席からすべり出て、オラフ・バーガーに電話をかけに行った。

交換台につながってからひとしきり雑音がしたあと、やぶを切り裂くようなバーガーの声が受話器の向こうから聞こえてきた。「あ?・」

「電話にはそんなふうに出るもんじゃないって何度も言っただろ?　『バーガーの事務所っす、どんなご用件すか、だんな』だろ」

「なんでこの忙しい平日におれがスモッグ・ジャンクションの偏屈とかレッドネックとかいかれた物書きの裏切り者に次々邪魔されなくちゃなんないんだよ」

「あんたにはシャーリー・テンプルみたいなちっちゃくてかわいらしいえくぼがあって、ペーパーバックの大物編集者で、あんたのカラダを思うと鮮やかな青い炎で燃えちゃうからだよ」

「とりあえず頭とか呼んでるその頭でなに考えてんだバ〜カ」

「夕食会はキャンセル」

「ジャナインに半ゆでにされる。おまえが来るっていうから、あいつナスのムサカつくったんだ。一日中ラム肉刻んだり煮たりやってたんだから、受け入れるわけねえよな。言い訳くらいおしえろよ」

「〈マルキ〉んとこのやり手のアイビーリーグタイプの二人が、おれに〝人生の裏側〟を見せたいっていうんだ」

「それは言い訳じゃなくて、てんかんの発作だ。冗談だろ」

ソローキンが、真剣な面持ちで沈黙した。やがてさっきとはちがうゆっくりした口調で、「やらなくちゃならないんだ。大切なことなんだ」と言った。

新たな方向づけに呼応する瞬間、悲歌のごとき声明二つ。「アンディ、おまえ気が立ってるみたいだな。なにかあったのか？　三か月会ってないが、またなにかに悩まされてるのか？」

ソローキンは舌を鳴らして言葉を探していたが、とうとうあからさまにそれを言葉にすることにした。「おれに根性があるか確かめようと思ってさ。もう一度」

「これで千回目だけどな」

「ああ」

「いつやめるんだ？　いつ殺されるんだ？」

「ジャナインによろしく。あした電話する。フォーシーズンズでごちそうするよ、埋め合わせに」

間。「アンディ……」

永遠の時がまた一つ刻まれる。「ん？」

「おまえは高すぎておれが編集するペーパーバックのラインなんか手が出ないが、おまえを評価してるとこはほかにたくさんある。しくじるな」

「わかった」

バーガーが電話を切ると、アンディ・ソローキンは、電話ボックスの詰め物をした赤い壁を見つめたまましばらく立っていた。それから向きを変え、きっぱりと息を吐き、テーブルに戻った。

アンドーバーは人差し指で何度も何度も何度もテーブルをたたきながら、何度も何度も何度も繰り返した。「見てろ、見てろ、見てろ……」

一方チョートは、六本の使用済みマッチのカーボンブラックを頬にこすりつけ、両腕をきちんとぱたぱた動かしながら、何度も何度も何度もぶつぶつ言った。「絶対ない、絶対ない、絶対ない……」


ソローキンは二人にすでに知っているすべての楽園へ連れていかれた。若い頃行ったことのある場所、予想どおりの場所。ローワーイーストサイド。ヴィレッジ。スパニッシュ・ハーレム。ベッドフォード・スタイベサント。

二人はますます腹を立てた。しらふになっていた。夜気は冷たく、十一月の冬の雪が降り、立ち寄る先は多いが酒はタダでは飲めない――彼らは酔いがさめていた。チョートだけではなくイェール大出のどちらにとっても、それは復讐心になっていた。いまアンドーバーは彼の側につき、二人は巨人ソローキンに、彼が見たことのないものを見せてやりたかった。

バー、さらにバー、人々がすわって互いのリビドーにささやく薄汚い穴蔵。そしてパーティー……

彼のまわりで騒音が滝のように流れ落ちた。ナイアガラの滝の水のような印象、不明瞭な会話のイメージ。漂流物の断片が爆音を立てて降りてきて耳を通り越していく。「……テッド・ベイツへ行ってヴァイスロイの再使用料のこと訊いたらマーヴィーになんでヴァージン・アイランドへ行ったんだなんで不平言うのやめないんだって言われたからやつに言ってやったあのいまいましいホモのディレクターとやつのオカマなお仲間をおれがゲイライフから『救出させられた』あとおれはどうしようもなく傷つきやすくてみじめだったから二倍の再使用料でもあの盛り上がってるわけわかんないシーンの埋め合わせをするには足りなかったそれにもし連中が売春婦を連れていけばそいつにも金払わなくちゃなんないんだからおれはもっと配慮されて然るべき――」

……ペチャクチャ、ブーブー、ペラペラ、ピーピーピー……

「……最高！マジ最高！そこってアラビアン・ナイトみたいなことになっててさウェイトレスは透明なパンツ履いてウェイターは全員パシャ・ターバン巻いて客は横になって食事するんだが横になって食べんのってメチャクチャむずかしいんだよな横から食べて横になるくらい大変でさヘヘッ昔どうやってそれやってたのかわかんないけど食べ物はマジ最高レモンドロップ・スープはクフテ・

アブールって呼ばれててこれまた最――」

……ベランチョ、ベコベコ、ペチャクチャ、ピーピーピー……

「……この無駄に終わった時間と行き詰まった関係を要約することはたいして重要なことではなくこの瞬間無重力の永遠の時のこの瞬間わたしが細部を語ろうとしているこのときこれまでにわたしが経験してきたあらゆることはおのずとそのあらましを述べるだろう。詳細でなければ本質で後になってみればすでに起きたことはどれも似たような出来事の霞が通った跡にすぎないものと見なされるだろうこの瞬間へと続きそして……うわッなんだよジニー鼻の穴に指突っ込むなよ……」

……ボカスカバン、ドンドン、ガチャガチャ、バリバリ、ピーピーピー……

厳密に言えば、それはパーティーだったかもしれない。表面的には、大勢の者たちが極端に狭い空間、ヴィレッジのジェーン・ストリートからはずれたところにある薄汚いロフトに詰め込まれたパーティーに似ていた。だが、ほかにもさまざまなことが行なわれていた。

友好的な先住民の儀式的な踊りが披露され、肉体的に――シモーヌと彼女の夫のエージェントが、ゆっくりしたとてつもなく下手な性心理的スケートをした――そして感情的に――ワグナー・コールは、目下の文学的野心が〈サタデー・レヴュー〉であることが明白な、髪をブリーチした女流詩人をメッタ斬りにした――そしてまた民族的に――向こうの隅のゴムの木のそばで、だれがだれと性交したか小物がさえずっていた。全員揃っていた。なぜなら今日はフローレンス・マーグレンの誕生日（ワォー！）で、思いつきで集まったのではなかったから。

アンディ・ソローキンは、暖炉がある壁を背に立ち、マルガリータを両手で包むように持って、アンドーバーが見つけて連れてきた青白い顔の処女と話していた。彼女は彼の駄作のなかの一つをもとにつくられたひどい映画についてまくし立てていた。

「カリンがどうしようもないと思ったことは一度もないわ。ただ、映画化されたとき、ラナ・ターナーの演じ方が好きじゃなかったんです」

ソローキンは相手をやさしく見下ろしていた。彼女は背が低く、胸が大きかった。ルディ・ガーンライヒがデザインした服を着ていて、ぴっちりしたフロント部分がぐっと持ち上げられていた。歯を見せずに口元に笑みを浮かべていた。「そう言ってくれてありがとう。映画のほうでは気に入ったところはあまりなかったけど、フランケンハイマーの演出はいいと思ったよ」

彼女はなにかまったく関係ないことを答えた。彼は最終目的次第でこういった会話を巧妙にあるいは下手に運ぶことにしていた。今回、目的はこのチビで巨乳の処女を寝室に連れ込むことだったから、全力で魅力を振りまいた。

二人のまわりでは、霧が開けた場所を、台風の目を取り巻いているように、パーティーのヒステリーがそれとわかるほどのレベルに上がった。フローレンス・マーグレンはバーンバックとバーカー（ブロードウェイで現在ヒット中の三作品のプロデューサーたち）の肩にかつぎ上げられて部屋を連れまわされ、レイ・チャールズがバックで歌い、彼女のスカートがアソコのあたりでクシャクシャになり、バーンバックとバーカーが二人の現在ヒット中の出し物のテーマソングの旋律に合わせて卑猥なバースデーソングの歌詞を即興でつくった。ソローキンは、また腹が締めつけられるのを感じた。何度人が入れ替わろうと、やることは変わらないらしい。彼らは同じくだらないことを言い、同じ意味のないことをし、気取ってぼんやりと自己満足していた。彼は処女にネジ込むかパーティーを出て行くか、どちらかにしたかった。

リビングの別の隅からだれかが大声で言った。「ちょっと！　円陣攻撃やらない？」アンディがドアのところにたどり着かないうちに、処女がアンドーバーにとらえられ、処女はアンディの袖をつかんで数珠つなぎとなり、三人は大渦巻きの中心へとすごい勢いで入っていった。

円陣攻撃。参加者たちはすでに円陣をつくり、床であぐらをかいていた。怠惰な才人と怠惰な金持ちと怠惰な貧乏人と怠惰なひま人がゲームをする。内容はともかく、かたちの上では無垢を装い、誠実さを取り戻す。円陣攻撃。女たちはあらかじめ決められた姿勢ですわっている。下着と白い肌がちらりと見えては隠れてまた見えることにも注意を払わず、無頓着で気づかない。その夜そこへ帰る放浪者たちのための灯台の光。海岸線をしっかりと照らし出し、迷いし者と求めし者のために最後の場所をあけておく。情け深い娼婦たち。

彼らは円陣攻撃を始めた。世界一簡単なゲームだ。

トニー・モロウが、右側のアイリス・ペインに顔を向けた。トニーがアイリスに――「おまえセックスの相手としてサイテー。動かないし。横になったまんまで、男に、どんな男にでも入れさせて哀れっぽい声出してるだけ。しょうもない相手だな、ほんと」

アイリス・ペインが右側のガス・ダイアモンドに顔を向けた。アイリスがガスに――「あんたくさい。ほんと息が不快でくさい。話しかけるときいつも相手のすぐ近くに立ってる。どうしようもなくくさい」

ガス・ダイアモンドが右側のビル・ガードナーに顔を向けた。ガスがビルに――「おれはクロンボが嫌いだ。おまえはこれまで会ったなかでいちばん不快なクロだ。自然なリズムが備わってなくて、先週末にテニスしたとき、おまえがおれよりキンタマ小さいってわかったから、ベティーにちょっかい出すのやめろよクロ、でないと喉かっ切っぞ！」

ビル・ガードナーが右側のキャシー・ディニーンに顔を向けた。ビルがキャシーに――「あんたこういうパーティーで必ず盗むよな。ある晩はバーニスの財布から三十五ドルくすねてずらかった。あいつらは警察呼んだが、あんたが犯人だと突き止められなかった。あんたは盗っ人だ」

ぐるぐるぐるぐる。円陣攻撃。

アンディ・ソローキンはその間耐えていたが、やがて立ち上がって去り、アンドーバーとチョートがだまりこくって、悲しいことにしらふでそのあとからついていった。「気に入らなかったんだね」とチョートが階段を降りて行くソローキンのうしろから言った。

「気に入らなかったね」

「あれは現実の肝の部分じゃなかった」

ソローキンが笑みを浮かべた。「それどころか、別に裏側でもなかったよ」

チョートが肩をすくめた。「がんばったんだけどな」

「ナインス・サークルは？」とアンドーバー。

ソローキンが階段の途中で足を止め、半分振り返った。「なんだそれは」

チョートは共謀するようににたりと笑った。「酒場、パブ、場所」ソローキンが無言でうなずくと、二人は彼のうしろから降りて行った。

二人はソローキンをナインス・サークルに連れていった。そこはヴィレッジのたまり場だった。アンディがしょぼい通りを歩いていた頃、チャムリーがたまり場だったように。リエンツィが、木製の棒状のラックに掛けられた〈マンチェスター・ガーディアン〉を読みに行く場所で、家賃が高すぎて払えないときにはデイヴィー・リエンツィのサンドイッチ用カッティングボードの上で寝る場所だったように。裸のまま夜になるまで道端に立っていられない、寒さに震える子どもたちのために必ず穴蔵があったように。

そしてチョートとアンドーバーは――またしても――腹が立ってきた。

彼らが、不吉な闘牛のポスターが貼られ床におがくずがまかれた騒がしく汚らしいバーに入って行くなり、後ろに傾いて壁にもたれている椅子から飛び出した背の高いやせ細った男が、ソローキンに駆け寄った。「アンディ！　アンディ・ソローキン！」

それはシド、ビッグ・シドだった。アンディ・ソローキンがゲイ・ホワイト・ウェイの書店でポルノを売って働いていた時代に、四六丁目とブロードウェイで旅行者用のバスを運転していた男。やせこけたシドは、アンディ同様、タイムズ・スクエアの、そこにいる者たちの閉じられた社会の早朝の住人の一人だった。

シドはソローキンを大仰に出迎え、かわいい娘たちとかわいい娘たちのために客を拾うバッファロー髭の男たちがひしめくテーブルに引っ張っていった。二人は思い出話をした。ソローキンが書店の上司たちに、やってられっかよ、おれは本を書く、と言い渡す前の話、ソローキンが自作を売り、入隊し、数回結婚し、ハリウッドで成功する前の話、ずっと昔の話を。

二人のイェール大出は、パンキーに腹が立ってきた。

二人は彼に人生の裏側の生々しい脈打つ内奥の心臓を見せてやろうと決めたのに、彼は自分たちが知り得ないあらゆるたぐいのことまで見知っていた。苛立たしかった。

「最近どうしてる?」とアンディがシドに訊いた。シドは弁解がましく片手をパタパタ振った。

「地味にやってるよ。ネーちゃん二人使って、あっちこっちで商売」アンディがにやりと笑った。

「あの夜のことおぼえてるか、あの女がふらっと本屋に入ってきて、ヤラレたがって、フレディ・スミーゲルにせかされて、自分であごまでスカートめくったらノーパンで——」

シドが割り込んだ。「なんつった?」

アンディがにやりとした。「パンツなしで」

「ああ、そうそう、ほら、おしえてやれよ、超ウケるぞ、こいつら」

ソローキンは、シボイガンから来た観光客の女の話を熱を入れて話しはじめた。おれたちがすぐに入口のドアに鍵をかけてブラインドを下ろすと、女がまたスカートをめくり上げて披露した。ひもがついたヨーヨーみたいにそれを五、六回やった。ひとこと言えばぱっとドレスがめくれ上がる。ひ次に女を隣のレコード店に連れて行き、さっきのをやってみせてやれとフレディが言うと、女はまた勢いよくやった。今度は女を連れてブロックをまわり、ヴィクトリア・シアターの二階の保管室へ行って、全員が彼女と性交した。

ソローキンとシドはその話をして笑ったが、アンドーバーはチョートと同じくらい腹を立てた。

二人はまた飲みはじめ、さっきの高揚感をよみがえらせようとした。とうとうアンディがナインス・サークルはもうたくさんだと思い、ここから出ようと提案すると、シドがソローキンにカードを手渡した。

そこにはこうあった――ロッテ　シドまでご連絡を　東一〇一丁目六一一番地

電話番号もあったのだがそれは消され、ボールペンで別の番号が書かれていた。シドが驚くほど細い腕をソローキンの肩にまわした。「おれんとこの娼婦。十四歳。プエルトリコの娘なんだが、すげえぞ。ちょっとヤリたくなったら電話くれ。たいていいるから。ただでいいよ、昔のよしみでさ」

アンディはにたりと笑い、ハリスツイードのジャケットのポケットにカードを押し込んだ。「元気でな、シド。会えてよかったよ」三人は立ち去った。

二人のイェール大出にはいま、熱に浮かされているような決意が感じられた。グレイター・マンハッタン一帯で汚らしいゴミ箱を片っ端からあさり歩くはめになっても、人生の裏側を探し出して、この生意気な巨人ソローキンに見せてやる。

グレイター・マンハッタンには汚らしいゴミ箱が無数にあった。三人はその夜、その朝、その多くをあさり、ついには、バワリーの奥深くにある恐ろしいほどからっぽのゴミため、ドッグハウス・バーですっかり酔っ払った。

ソローキンはイェール大出身者たちの向かい側にすわった。チョートの顔はまたもピンク色のまだらになっていた。アンドーバーはめまいがしていた。

「へたれパンキー」アンドーバーがゆがんだ笑みを浮かべた。

「あんた最高！」チョートがあざ笑った。表面近くで張りつめていた苛立ちが表に出るには、わずかに風が吹いたり、かすかに葉が音を立てたり、小声で方向が示されればいいだけだった。「ヤバい」とつぶやき、ぐっと唾を飲み込んだ。顔が赤黒くなった。「ぶちまけそ〜」とつぶやく。

彼の頬がふくらみ、湿った音がした。

「おまえ、〈ニューヨーカー〉に載ってるしょうもない書き物みたいにしゃべるよな」アンドーバーが慎重に言った。「〈プレイボーイ〉なら〝ゲロが出る〟。その言葉は生（なま）で、そこには現実があるからな。〈ケニヨン・レビュー〉だったら〝吐く〟。それにはいわゆる歴史、ルーツがあるから。そんで〈エスクワイア〉だったら〝もどす〟。連中はいまだに人をだまして自分たちが大学の代弁者だって思わせようとしてるから。そんで〈ナショナル・ジオグラフィック〉なら——」

チョートがボックス席でカニのように横すべりに移動し、そこから出ようとした。「あ〜、おトイデは〜？」とだらだら言う。アンディが立ち上がって手を貸す。

片腕をチョートの腰にまわし、片手をわきの下に入れて支えながら、煙が立ち込める混み合ったバーを移動し、〈男性用〉と記された傷んだドアに向かった。ソローキンはあたりの様子を目にして、突然ドッグハウス・バーが実に陰気で邪悪な場所だと気づいた。

遠くの隅に、黒い服に身を包んだ男性の三人組がすわっていた。肩を寄せ合いうずくまっているので、大きな黒いゼラチンのかたまりに見えた。一瞬静かになったとき、そのかたまりからソローキンへ、会話の断片がシューシュー音を立てる幽霊のように飛んできた——「おれキメないと……

ハイになんないと……」

　老いぼれジャンキーども。

　音が鳴っておらず、ライトも消えかけているジュークボックスの向こうでは、やつれた女が色褪せた魅力を見せるため自分に硬貨を入れてくれる男を待っていた。また、男が女をひざに乗せ、二人でやりにくそうになにやらやっていた。

　ボックス席はすべて埋まっていた。小さいしみがついたバーの窓の外の十一月の寒さにまだ震えている、分厚いセーターを着た男たち。港湾労働者、砂掘り人夫、船員、夜勤のトラック運転手。モット・ストリートからやって来た中国人の一団。タロットカードを手にした男のまわりに群れている、でっぷりした太ももの女たち。清潔なのは一人もいない。部屋に漂うブタのにおい。ニンニク、汗、そして小便、と重々しく変化する。それがタバコとパイプの煙とともに頭上で層になり混ぜ合わされて濁り、時折り澄んで、種と茎が多すぎてまともにハイになれない低質なマリファナの饐（す）えたにおいとなる。そして暗闇。泥が重く沈んだ海底に漂う暗いプランクトンのように、そこここでぼんやりと影が動いている。

　小声はどれも眠たげで陽気さはなく、高らかに笑うでもなく、忍び笑いをするでもなかった。代わりに聞こえてくるのは、時折りうめく声、力んで腸を動かそうとするときのウウーという無理矢理押し出される声。それを発するのはたいてい、テーブルの下、さもしい関係を持つ場所でまさぐられる女。

　不品行という言葉すら当てはまらなかった。それは、床に倒れている酔っ払いに似ていた。重ねられたコカコーラのケースとケースのあいだの壁に寄りかかり、目を見開いているが見ておらず、手は正体不明の汚物にまみれ、服はかたちが崩れて薄汚れている。身元のわからないこの物体は、アルコールに中毒し、精神が錯乱していて、警察が言うところの水浸しの脳みそだった。不品行という形容が当てはまらないのと同じで、酔っ払いという形容ももはや当てはまらなかった。ソローキンがチョートを抱きかかえながら、ここで、自分のまわりで、トイレのドアのところで目にしたものは、堕ちるところまで堕ちた、あさましい人間の姿だった。

彼は世界をありのままに、また、自分に見えるように見た。野望や経歴や社会性に影響されない世界。長年見ていなかった人生の真実の面を見た。なんとしたことか、人生の裏側を見てしまった。バーは人であふれていた。カウンター後方の汚れが筋状についた鏡の長さ分に、それが映し出されていた。ひじで押し合いながら、朝四時の閉店が迫るなか、しゃべりもしないで飲むことだけに集中し、夜に追い抜かれひとりきりで世間に放り出されてしまう前に、できるかぎり体内に取り込んだ。

一人の黒人がソローキンのところへやって来た。ごつい顔で、赤い縮れ毛をまっすぐにし、目を血走らせ、疲れたような狡猾さばかりをたたえた表情。赤いプラスチックのサイコロを二つ掲げる。「トイレ行くの？　ともだちといっしょなんだけど、クラップスしたくない？　ね、どう？」と言って、片手をソローキンの尻にかけた。ソローキンは体を硬くした。

「断る」とだみ声で言った。クロのホモ野郎が、と思い、気分が悪くなった――白んぼが黒人相手にやらかしたおぞましいことのなかでいちばん悪しきものは同性愛だよな。

黒人の男は体をまっすぐにし、言葉を呑み込み、アリッドとジーンネイトの匂いを強烈に振りまきながら立ち去った。ソローキンは、男がわきの二人掛けのボックス席にいたもう一人の黒人に合流するのを目の端で見て、二人がトイレのドア近くにいるバカな異性愛の白んぼ野郎のことを話しているのだろうと思った。

その瞬間、ソローキンは満ち足りた。ついに、なぜかわからないが、もう歳だと自覚した。思春期の終わりと男っぽさの追求は見つかり、そして終わった。見るべきものはすべて見たし、この環境を離れてからは責任を果たすよう努めた。成熟することはすなわち、帰属することだった。帰属したいことはもちろんだが、継続的に生活を大切にしたい。彼は突然、十全に、そして自由になった。

ドアを開け、チョートを連れて汚らしいトイレに入っていった。

白いタイルが貼られたトイレに足を踏み入れた瞬間、チョートが体を離して小便器のところでひざをついた。大量に吐き、腹の奥でサイの鳴き声のような音を立てた。ソローキンは、自分の膀胱が中身をあけてくれと悲鳴を上げていることに気づき、チョートから離れ、個室に入り、スイングドアをぴしゃりと閉めて、ジッパーを降ろした。

ついさっき一瞬にして得た認識の内容について体系的に考えながら、放尿しはじめた。トイレの入口のドアが開く音、足がタイルをこする音、重いものがしなやかなものをガツンとたたく音、その直後かすかな痛みにそっとウ～とうなる声は、ほとんど聞こえなかった。

ソローキンはまだ小便をしながら個室の外をのぞき、半端な好奇心からドアを押し開けた。

二人の黒人、バーにいたのと同じ二人が、チョートを痛めつけていた。一人は今しがた硬貨をぎっしり詰めた白いテニス用のソックスでチョートの耳の後ろを叩きつけたところで、チョートは頭から血を流し、吐瀉物がたまった小便器のなかに半分倒れ込んでいた。もう一人はチョートの財布を探っていた。

ソローキンはそれについて考えなかった。もし考えていたら、それを実行しなかっただろう。

彼は頭を引っ込めて個室から飛び出し、銀貨を詰めたソックスを手にした黒人に突進した。赤いプラスチックのサイコロを持っていた黒人だった。フルスピードで胸に頭突きを食らわし、両手で荒々しく突き放した。黒人は突撃の衝撃でのけぞり、車のドアを閉めるような鋭い音を立てて白いタイルに頭を打ちつけ、目を閉じてたちまち床に沈んだ。

ソローキンが振り向いたそのとき、研いだ鋼のきらめきが目に入った。二人目の黒人が折りたたみ式のカミソリを飛び出させ、腕のいいテニス選手がタイトなバックハンドでスマッシュをさばくように、左肩から体の前を一気に通ってしっかり切りつけた。カミソリが静かにブンと音を立てた。

黒人の男はソローキンの腹を横なぐりに切りつけたが、ソローキンは紙で少しだけ切られたような感じしかおぼえなかった。タイルにぶちあたって意識を失った一人目の黒人からバレエのターンをしながら離れ、前方に飛び込んだ。ずっと前にちょっとした苦痛をこうむって学んだ歩兵部隊の内輪での乱闘の記憶が、ソローキンの反射神経に勝手に飛び込んできた。（泳ぎ方は一度おぼえれば忘れない。自転車の乗り方は一度おぼえれば忘れない。女のヤリ方は一度おぼえれば忘れない。殺し方は一度おぼえれば忘れない。）

彼は、手刀で黒人の鼻の下をたたきつけ、はね上げた。黒人の頭が針金に乗っているように反り返り、女の叫び声のような、甲高くつんざくような声を上げた。黒人は両膝を内側に曲げ、両腕をわきに垂らした。折りたたみ式カミソリが吹っ飛び、トイレの隅のシンクの下に音を立ててもぐり込んだ。黒人の男は前を向いて倒れはじめた。ソローキンは、黒人の黒い口から顔の下半分に黒い血がどっと流れ出るところを一瞬も目にしなかったことに気づいた。血の奔流、川、ダム決壊を。

黒人は、落とされたサンドバッグのようにソローキンの目の前を通り過ぎて倒れた。からっぽで冷たくどっしりと。顔を打ちつけ、無言で寝たままになり、白いタイルを血が流れていった。打ちつけたとき、ベストのポケットからなにかが落ちて、カランと鳴った。

ソローキンは黒人が死んだとわかっていた。確実に、まちがいなく。ここを出なければならない。見下ろすと、ハリスツイードのジャケット、シャツ、下着、腹部の柔らかい上皮をカミソリで切られていた。まっすぐスパッときっちり刻まれた赤い一本の線から、おびただしい血が絶えずあふれ出ていた。それに触れたとたんショックを受け、頭のなかで爆弾が炸裂した。目を見開いてなにか口走ったが、なんと言ったのか自分でもわからなかった。

黒人のつぶれたベストからこぼれたものが、彼に向かってウインクした。赤いプラスチックのサイコロの一つだった。目は二。鮮やかな赤い箱に小さな白い目玉。

チョートはまだあえぎながら吐いていた。ソローキンは彼の上着の背中をつかんで立たせ、トイレのドアのほうに引っ張っていった。彼の背後では、どちらの黒人の男も動かなかった。修羅場は、一分、一時間、永遠であったかもしれない。

二人はよろめきながらトイレを出た。ソローキンは、ズボンのジッパーが開いたままだったことに気づいた。一物をなかにおさめて、ジッパーを上げた。チョートを運ぶようにしてテーブルに向かった。

アンドーバーが、一つ向こうのボックス席で巨漢の港湾労働者に抱かれて男の肩のところから顔を出したまま動けなくなっている、ヘンナで髪を染めたでぶのブスに向かって、卑猥な身振りで気を引こうとしていた。まずい、とソローキンは思った。また恐ろしいことが起こりかけている。この二人のせいでおれは殺される！

彼はサイドポケットから十ドル札を一枚取り出し、テーブルの上に投げた。そして、ブスが彼女のオトコに愚痴をこぼさないうちにアンドーバーをつかみ、ボックス席から引っ張り出した。「コート取ってこい！」とソローキンが命じた。

アンドーバーはコートをつかんだ。イェール大出の二人の酔っ払いはソローキンに引きずられ、よろめきながらドッグハウス・バーの外へ出た。パンキーは、トイレの現場からできるだけ離れたくてたまらなかった。

あの汚らしい白いタイルの上に死体が転がっているのはまず確実だったからだ。最後の大失敗。十一月の朝四時、外は寒く、人気(ひとけ)がなかった。

血が止まらない。アンダーシャツを裂いて腹のまわりに詰めたが、役に立たなかった。アンダーシャツは腐った血にぐっしょり濡れて、黒っぽい茶色になった。

脚には感覚がなかったが、動きつづけていた。一方がもう一方の前へと、操り人形師が死んでも動きつづけるよう調整された操り人形のように。ありそうもない考え、死んだ操り人形師、でもフラミンゴもだいじょうぶ。パパイヤジュース、甘く冷たくなめらか。はるか昔、生まれた町にある実家のガレージの裏の地面に、オモチャの兵隊を埋めた。戻って掘り出そう。事件が暴かれるときに。あるいはその前に。できるなら。

二人のイェール大出は泥酔していた。大声で笑い、くすくす笑いながら、パンキーについていった。といってもあてはなく、ニューヨークの通りに舞い降りてきた雪のなかをとぼとぼと歩くばかりだった。パンキーはショック状態にあったが、それを自覚していなかった。イェール大出たちは、パンキーの腹を横切る血の滴る傷口をあまり可笑しいとは思っていないようだったが、それについて語らなかったので、どうでもよかったのだろう。

ずっしりしたハリスツイードのジャケット〈六番街の〈ジャック・ブレイドバート〉で最近買った新品〉に命を救われた。ジャケットが、シュッと音を立ててスパッと切りつけられたときの衝撃をかなり吸収してくれたのだ。折りたたみ式カミソリ。手入れされ正直で命取り、髭剃りのためではなく殺しのためにつくられたもの。

そしてさっきのあそこ、あのトイレで。鼻の下をがっつり殴れば、鼻柱を砕き、骨の破片を脳に送り込み、即座に殺す。そうすれば相手は、黒人がパンキーを通り過ぎて倒れたのと同じく、サンドバッグのように目の前を通り過ぎて倒れるだろうから、こちらは横に一歩よけなければならない。牛を仕留めたマタドール。さっきのあそこ、あのトイレで。

そして彼らは、凍えるように寒い、だれもいない、風が鳴る通りを歩いた。

パンキーが両手をポケットに入れた。寒い、ものすごく寒い。厚紙の端が指に触れた。取り出した。そこにはこうあった――ロッテ　シドまでご連絡を　東一〇一丁目六一一番地。

パンキーは、タクシーを止めようと大声を上げげた。叫んで叫んで叫びつづけた。その声は、つららができるほど凍てつくマンハッタンのビルの谷間に螺旋状に立ちのぼっていった。そこは彼が切り裂かれるためにやってきた場所、人生ずいぶん後になってから男らしさを発見しようとやって来て、そして見つけた場所。そしていま、いつも彼を連れ戻していたマンハッタンの白い雪の上に、血を滴らせている。

タクシーをつかまえ、長いこと乗って住宅地区へ行った。シドがアパートのドアを開けてくれた。するとゴージャスな黒髪のプエルトリコ人の娘が現れ、名前はロッテ、まだ十四歳なの、だれかいいフォックしたい？と言った。

時間がぼんやりと過ぎていった。二人のイェール大出はコトをすましてから、部屋に四つあるベッドのうちの二つで眠っていた。シドは自分が扱う商品を試してから、三つめのベッドで眠り、メセドリンでハイになった状態を鎮めているところだった。パンキー・ソローキンは、カード遊びのジンラミーをやるロッテという名の十四歳のプエルトリコ人娼婦が暮らす四台のベッドがある部屋で、明けゆく朝五時半、キッチンテーブルのところに頭がいかれたようにすわっていた。

「そろそろ六時」と少年ぽくニコッと笑い、血を流した。

彼女はほかの三人にご奉仕してから、ソローキンのところへ来て訊いた。「ほら、次あんた。フォクする？」

彼はまわりの世界から完全に切り離されてショック状態の子どものようになっていた。親しみを込めてほほ笑み、血が流れている腹に触れた。「おれ血が出てるんだけど、見た?」と、淡々と訊いた。

彼女はそれを見て、二人いっしょに注意深く調べた。彼女がそれについていくつか親切なことを言うと、彼は礼を言った。だが彼はフォクしたくなかった。そこで、ジンラミーをするかと訊いた。

彼女は、ノックラミーにするかストレートラミーにするか確かめたかった。

二人は、オイルクロスを掛けたキッチンテーブルでプレーした。彼はロッテにとても好感を持った。性格のいい子で、とてもかわいらしい。豊かな黒髪を、高い位置で複雑に結い上げている。

二人は長いこと時間を忘れてプレーし、笑みを交わした。やがてパンキーは、その夜に学んだこと、心に抱いていることを、彼女に話すことにした。

彼女は礼儀正しく耳を傾けていた。話の邪魔をしなかった。パンキー・ソローキンはこう語った

……

「きみの目の前にいるのは、虫どもに食われた男なんだ。ほとんどの人間は気にもしない羨望、渇望。欲、求めてやまない数々の名づけられないもの。どこかに帰属すること、死ぬ前に、年月を無駄にする前に、言うべきことを言うこと。そのすべてが、求めるものが、血のようにこの指先からこぼれる。きみはそこにすわり、日々を送り、眠り、目覚め、食べ、用事をする。だがおれは、おれにとっては、ささやかなことの一つひとつが大きなスケールでなければ気がすまず、一冊が前の一冊よりできが良くなければ気がすまず、富、女、求めながらもう少しなのに手が届かないあらゆ

るものに苦しめられた。金を手にしても、作品を書き上げても、映画をつくっても、それは自分が求めているものじゃない。求めているのは、もっと豊かなもの、もっと大きいもの、完璧なもの。わからない。世の中の至るところをくまなく見て、糧となるものが自分のところにやって来るのを待っているなにかのように、いくつもの部屋を通り抜けていく。それは名づけることができず、それがなんなのか、どこからもたらされたいものなのかわからない。やりたいことは、やることだけ！　最高のコンディションで、最速のペースで。走る。倒れるまで走る。ああ神様、勝つまでおれの命を奪わないでください」

十四歳のプエルトリコ人娼婦ロッテは、カードの向こうの相手を見つめていた。キッチンのにおいが染みついたオイルクロスに、ジンラミーの持ち札を伏せて置いた。彼がなにをわめいているのかわからなかった。「ビール、飲む？」

その口調には、〝アンディパンキィ〟が知らなかったやさしさ、思いやり、気づかいがあった。心にかけてくれる人のやさしさ、あたたかさ。彼は泣き出した。それは彼の内側の奥深くで始まり、つのり、激しいあえぎになり、苦しいほどの嗚咽となった。体の真ん中の傷から滴る血に染まったままの両手に、頭を沈めた。声を殺して泣いた。娘が肩をすくめ、ラジオをつけると、ラテンバンドが威勢のいい声を上げた――

ヴァヤ！

通りを彷徨い、彼はいまひとりきり。パンキーは二人のイェール大出を置いてきた。二人は彼に、人生の裏側を見せた。彼は通りを歩きつづけた。ニューヨーク、朝六時。彼は見た。十のことを見た。

タクシー運転手がフロントシートで寝ているのを見た。

菓子屋が店を開くのを見た。

犬がスタンドパイプのところで脚を持ち上げているのを見た。

子どもが一人路地にいるのを見た。

太陽が雪の向こうで昇ろうとしないのを見た。

老いて疲れた黒人の男が食料品店の裏でつぶしたダンボールを集めているのを見た。そしてその老人に、気の毒にと言った。

オモチャ屋を見て、ほほ笑んだ。

どぎつい色の風車（かざぐるま）が目の奥で流れ落ちて旋回するのを見た。やがて彼は路上に倒れた。

自分の足が下のほうで左右左と動いているのを見た。

腹のなかの、ヒリヒリする赤く醜い痛みを見た。

だがどういうわけか、彼はヴィレッジのオラフ・バーガーのマンションの前に来ていたので、口笛でちょっとだけメロディーを吹いた。上がっていってあいさつしようかと考えた。六時三十分だった。

上がっていって、しばらくドアを見つめていた。

口笛を吹いた。いい感じだった。

パンキーはドアのブザーを鳴らした。応答はなかった。柱に寄りかかり、うつらうつらしながらずいぶん長い時間待っていた。またブザーに指をかけ、押しつづけた。部屋のなかから、くぐもったセミの鳴き声のようなブザーの音が遠くに聞こえた。すると大声。そしてドアに近づく足音。錠があけられ、チェーンをかけたままドアがぐいと引き開けられた。オラフが眠たげな顔で現れ、眠りを妨げられて腹を立てながら、彼をにらみつけた。

「なんなんだよ、こんな時間――」

そして口をつぐんだ。大量の血を見て、目を見開いた。バタンとドアを閉め、チェーンをはずし、またドアを開けた。彼に目を凝らすと、オラフは少し気分が悪くなった。

「なんだよアンディ、なにがあったんだ!」

「おれ、見つけ――見つけたんだ、さ、探してたものを……」

二人はなすすべもなく見つめ合った。

パンキーは一度そっとほほ笑み、小声で言った。「ケガしてるんだ、オラフ、助けてくれ……」

そして、戸口から横ざまになかへと倒れた。

いなくなり、そして見つかる。放蕩息子の帰還。夜と目覚め。長い長い夜が過ぎたあと、目を開き、新たに目覚める。紡ぎ手のクロト、ラケシス、アトロポスの三姉妹。断固たるアトロポスは、クロトが紡ぎ、ラケシスが長さを決めた人間の生命の糸をはさみで断ち切る。

パンキーとイェール大出身の男たちに紡がれ。ハーレムにあるベッドを四台並べた部屋で暮らすロッテという名の十四歳のプエルトリコ人娼婦に長さを決められ。バワリーにあるドッグハウス・バーにいた黒人の同性愛者に断ち切られた。

病院の白、病院の明るさ、血。輸血用の血液がボトルから滴り落ちている。終わりが来る前に、終わりが来る直前に、パンキーは目を覚ましてはっきりと言った。「脱出、頼む……脱出……」、そしてそこから去った。

パンキーの右側にいた医師が、自分の右側の看護師に顔を向けて言った。「この人、もううんざりなんだな」

円陣攻撃。

教訓を呪い、知識を称える

渡辺佐智江・若島正訳

I Curse the Lesson and Bless the Knowledge

よし、肩にのしかかんのやめたらまた取りかかる。こんなもん書けるわけねーだろ、そうやっておまえに……監視されてたら。いいかお邪魔虫さんよ、おれが作家になった理由の一つは、この先他人にギンギン見張られながら仕事するのなんかご免だからだ。

それなのにおまえは、正しくないだの、そんなふうじゃなかっただのまくし立てて。これは架空の話なんだ、実生活じゃなくて。フィクションは現実の鏡の向きを変えるものである――ちょっとばかり。だからちがった物の見方ができるわけだろが。

フェアじゃない。おれは講釈垂れてるんじゃなくて、どういう書き方してるか説明してるだけなのに。事実を変えてもおまえがムカッ腹立てないようにさ。これは事実の羅列じゃなくて物語だから、中身は変わるんだ。

じゃあ再開する。だまってろ、うるさく突っつくのやめろ。わかったわかった、おまえをパティって呼ぶのはやめとくよ。（登場人物の若い女性にはいい名前だと思うけどなあ。）さて。三回目。始めるぞ。

ケイティは開口一番わたしにこう言った。「今日あなたにここへ来て話してもらうのに、学校はいくら払ったんですか？」

「八百ドル」

彼女は驚きあきれたという表情になった。「それはだめですよ。能ナシどもを一時間半楽しませるだけで八百ドル稼いでいいわけないもの」

「いつもは千五百ドルだよ」

「冗談ですよね。ここに立って自作の短篇二つ三つ読むだけで？」

「とても朗読がうまいと言ってもらったけどね」

「だからなんですか？　ディラン・トーマスはあなたより朗読がうまかったのに、死んだとき破産してました」

「おまけにアル中。酒飲みじゃなくてよかったなあ、ぼく」

彼女はそこを離れた。空いたその場所に、学生の群れがサインを求めて押し寄せた。わたしが歩き去る彼女を目で追い、「きみ！」と大声で呼びかけると、足を止めて振り向いた。自分のことだとわかっていたのだ。

「きみ、交際してるの、婚約してるの、妊娠してるの、それとも恋煩いしてるの？」

彼女はそれについてしばし考えていた。歴史的瞬間に立ち会った群れは、わたしたちのあいだで目を行ったり来たりさせていた。「いいえ」と彼女。「なぜ？」

「ぼくとコーヒー飲まない？」

彼女の横を歩いていた男が、テルミット爆弾で浣腸されるところだというような顔をして彼女の腕をつかもうとしたが、彼女は笑みを浮かべて「いいですよ」と言ったので、男は腕をつかめずに終わった。

彼女はだれもいなくなった聴衆席の最前列に腰かけ、腕をつかめなかった男と言い争っていた。わたしは耳をそばだてたが、何人ものファンがわたしの面前でわめいており、二つのことを一度には聞けなかった。彼女がいなくなってしまうのではないかと不安だったので、大急ぎで本にサインした。そして最後尾の者が去って喉元から何本もの牙がようやく離れ、カリスマ的な魅力が静かな音を立ててこの体から漏れ出ていくと、わたしはステージを降りて彼女に歩み寄った。

そう、あの日のおまえを実際よりクールでヒップな人物に仕立てたのはわかってる。そう、おまえがやたらとヘラヘラしてたのはわかってる。でも、こうすればもっといい感じになるじゃないか。おまえがディラン・トーマス読んだことなくたってどうでもいいだろ。すわれ、そんで続けさせてくれ！

二人とも立ち上がった。腕つかめませんでした男はわたしのことがあまり好きではないらしく、負のバイブでわたしをたたきつけた。まるで、超厚底のプラットフォームシューズを履き、ラジオシャックの百八十デシベルのスピーカーつきラジカセをかつぎ、フルボリュームでカンカキー出のキワニスのアホどもを白いソックスから吹っ飛ばしつつハリウッド・ブルヴァードをのし歩く黒人の大物ポン引きどもがやる騒音攻撃のように。

「ケーンさん」とケイティが言い、負のオーラの発生源を指した。「こちらジョーイ。ジョーイ、こちらは――」

彼はわたしのことを知っていた。講義と朗読を初めから聞き、拍手してくれた。わたしがお相手にちょっかいを出すまでは、わが名文の忠実なる読み手だった。わたしはかようにしてまたしてもファンを失う。彼は紹介されるのを待たずにさっと手を出し、「こんちは」と言った。

わたしたちは握手した。厳かに。このようなくだらない理由で、メネラオスとパリスの関係は最悪なものになったのだ。

数秒間、なにも起こらなかった。三人とも、地球が軸で小刻みに震えるのをやめるのを待っていた。いつものように、わたしから切り出すことになった。「えっと、そうだな、うん、ジョーイ、会えてよかった」おれはケイティに顔を向けた。「行こうか」彼女はジョーイを見そうになった――首の筋肉が少しだけ動いた――が、ただうなずいて「ええ」と言った。わたしは非常に友好的にかつおおらかにジョーイにほほ笑みかけ、二人で彼から歩き去った。ワーム・オー社がこの国で吹き矢筒と毒が塗られた矢を販売しなかったことに心から感謝する。

背後で名なしのお邪魔虫が、あなたは嘘をついている、ジョーイを腰抜けみたいに見せている、と言う。当たり。わたしたちが出会ったとき彼女とジョーイの関係は終わりを迎えていたとはいえ、それでも彼女はときどき彼と性交していた。わたしは自分がそのようなことに関しては非常に洗練されていると思いたいが、わたしは一九三四年生まれの四十一歳。まちがったことをしているという自覚がないままに、人生の大半を性差別主義者として過ごし、わたしよりもはるかに賢くてもっと適応力のある弁舌爽やかな多くの女性たちにまちがいを指摘されてきたが、わたしがわざと使っているビロードのようになめらかな口調にも、ときどきブタみたいな甲高い声が聞き取れてしまうことがあるのは否定できない。（アルコール依存者更生会を提唱する元酒飲みとか、キリストを見つけた改心者はいるが、節操のない男のフェミニストほどに魚類でも鳥類でもないという二面性を持つものは、この世にほとんど存在しない。わたしは二面性がないことをアピールしてみるもののそれは見かけ倒しで、偽善的な態度に自分が嫌になる。）

実際のところジョーイはとてもいいやつで、わたしとコーヒーを飲むよう彼女に勧めた。しかしそれでもわたしは彼が憎らしかった。彼女と二年間付き合っていたわけだから、嫉妬に駆られた。それがわたしの側の話だ、くやしい！

というわけで二人でイエローフィンガーズへ行き、わたしはガエル・グリーンとアレクシス・ベスパロフを合体させて一人のユニセックスの美食家になったかのごとく落ち着き払って注文した。「ほうれん草とマッシュルームのサラダを二人分、ソーセージとチーズとラタトゥイユのクレープをこちらのご婦人に、ぼくは赤ん坊のフライにあたたかい毛を一杯」と言い、キュートなえくぼをつくってみせた。ケイティは吹き出し、ウェイトレスは吐き気をもよおし嫌悪感を抱いた様子でわたしを見つめた。「クロックハワイアンとアイスティーね」とわたしが急いで言った。「きみ、飲み物はなにがいい？」

「コーク」

その瞬間、未来が見えた。「空に黄昏が広がりゆくとき／手術台の上で麻酔をかけられた患者のごとく」どんよりとして、冷え冷えとして、避けられない。こうしてここにすわって書いているこの瞬間、それは猛スピードで降りてくる。おれはそのときそれを見たんだ。

数分のうちにわかった、ケイティは十八だと。わたしは四十、もうすぐ四十一で、彼女はほぼ十九だと。どういう結末になるか、彼女がわたしに告げる必要すらなかった。恨むぞ、ナボコフ！「こちらのご婦人にコカコーラをお持ちして」と言い、ナプキンを引っ張ろうとしたら、膝に銀器を落としてしまった。

（そういう有り様だった！　だまって、放っておいてくれ――最悪の気分だ。書かせてくれよ、おい！）

ランチはうまくいった。がむしゃらに彼女を口説いた。真剣に、巧みに、愉快に、きわどく、粋に、いたずらっぽく、手を替え品を替えて。彼女の目はほとんど緑色で、ときどき青。髪は額の一方にふんわりかかり、それを見るとわたしは動けなくなった。

きみを口説いているんだと言うと、彼女は「そうなんですか？」と返した。ぶりっ子しているわけではなく、口説かれているとわからなかったのだ。（おれをイラつかせようとして）（お邪魔虫が嫌みたっぷりに呼ぶ）「若いの」に手を出そうとするオヤジのための教訓その一――近頃ではそういうやり方はしない。女たちは自由だ――自由だとわたしに確信させた。女たちは目に見えないアンテナを立て、肉欲的なメッセージを発している。そして、手間暇いらずで物事は魔術のように鮮やかに進行し、シャブロルの映画のように速攻でバン！　自由奔放、肉欲に促されるままにベッドをともにし、だれもがアレックス・コンフォートのように、奮闘もせず抵抗も受けず、まさぐりもせず誘惑もせずにオーガズムに達する。道徳観念のない純な子どもたちの世界では、こっそり追跡することも、追いまわすことも、せき立てることもなく、最終的で全体的で完結した行動だけ。マーウィンの表現を借りれば、「沈黙と同じピッチで卵の静寂に漂う、純粋で完全な一つの音」。

わたしはなにを考えていたのだろう。あれはありふれた面倒くさいしゃべりの仕事だった。プライス・ジュニア・カレッジ。このポンコツ学校は、混乱した挙句、二万五千人のにきびだらけの小僧どもの子守りをする寝室共同体通学者デイケアとなり、小僧どもはサイエンスフィクションとか造花Ⅰとかボーリングとかイナートガス溶接とか芸術の現在（それは結局――アメン・ラーよお助けください――良い観衆になることを学ぶコース）といったおバカな授業を受けている。なぜならそこは州民であれば授業料無料も同然――六・五単位かそれ以上受講する学生なら一学期あたり六ドル五十セント、六・五単位に満たないアホどもなら二ドル五十セント――のカレッジで、州全体を舗装してしまう恐れのあるコンクリートの寄せ波をせき止めるためポンデローサ松を植えて公共の福祉のために貢献したほうがよほど役に立つ、思春期を過ぎた読み書きができない連中のための避難場所だ。

こういった実に客観的で礼儀正しい見解から、わたしが若い娘たちの役に立たないという印象を持たれてしまっても、わたしはアルフレッド・コージブスキー卿の一般意味論を習得したことに満足している。若い娘たちに言うべきことはなにもない。商王朝の焼き物が並んだケースを眺めるように彼女たちを眺めるのはいいが、平均的な十代のお嬢さん方と会話を続けるのは、チンパンジーがひしめく檻に向かってヴォルテールを読み上げることに等しい。彼女たちもわたし相手に同じ疎外感を抱くにちがいないが、そうであってもかまわない。

たとえば……

わかってるって、本題から逸れてんのは。やかましい！　これは背景色といって、物語に深みを与え、特徴、動機を際立たせるものである。なんだよ！　やめてくれよ。

先ほどの続き。たとえばある晩わたしは、正真正銘の極めて刺激的な、色分けされ、旋削され、ロジウムめっきされた美女とデートした。迎えに行ったとき、彼女はイブニングドレスを着ていた。ヴィンテージの一九四〇年式イタリア製マンリッヒャー・カルカノ・ライフル銃を手にテキサス教科書倉庫ビルの窓の前にかがんだリー・ハーヴィー・オズワルドが、振り向いてそれに身を包んだ彼女を見てその道化の目ん玉を焼き焦がしていたならば、今日わたしたちははるかにましな国に生きていたことだろう。わたしが言おうとしているのは——言いたいことをわかってもらえるならば——気絶しそうなほどの女性だったということだ。

蒸気を上げる溝のごときわたしの心で、砂糖菓子のような美女の姿が踊った。

わたしたちは〈魔法の城〉へ行った。その淫乱銀河的な会員制クラブは、ダイニングルームで魔術師の技を見せるのが売りだ。わたしたちは飲み物を手にいくつもの興味深い部屋をのぞいてまわり、アトウォーター・ケントのセットアップで昔のラジオを録音したテープをかけている部屋に入ってみた。エイモス&アンディ、ジャック・アームストロング、ラックス・プレゼンツ・ハリウッド、ギャングバスターズ。ラジオの上方には前面にガラスがはまったキャビネットがあり、キャプテン・ミッドナイトの秘密のデコーダーバッジが五、六個収められていた。わたしは小さなプラスチックと金属のアイコンがかき立てるノスタルジアを熱く語りはじめたが、わがトロイのヘレンの顔にまったく理解不能という表情が見えたため、称賛するのを中断した。「キャプテン・ミッドナイト。四〇年代のラジオ番組、ぼくが子どもの頃の。腹ばいになって聴いてたよ。スポンサーはオバルチン。壁に太平洋戦域の地図を貼って、赤い頭がついた小さな鋲で戦争の進行状況のしるしをつけていった」彼女がなんのことかさっぱりわからないという表情を浮かべた。「太平洋での戦い。バターン、コレヒドール、サイパン、パラオ、ウェーク島は？」反応なし。「対日戦勝記念日は？」これも反応なし。「第二次世界大戦は？　どの新聞も報道したよ。一九四一年から一九四五年にかけて」

彼女はわたしを見て、完璧なラインを残らず震わせ、クリスタルのブランデーグラスのような目に欲望のレミーマルタンを堪えながら言った。「第二次世界大戦？　あたしが生まれたのは一九――」彼女が口にした年は、偶然にもわたしの三度目の結婚の焼夷弾が落とされたのと同じ年だった。あわてて計算すると、彼女は十七にもなっていないことが判明した。怯えてもう一度大急ぎで頭に数字を走らせる。直近の誕生日を含めても、わたしの立場は非常にまずいことになっていた。彼女の手からそうっとスティンガーを取り上げ、にっこり笑って言った。「そろそろ帰ろうか」十五分後、彼女は自宅にいた。安全に、そして汚されていない状態で。アブないったら、思い浮かべているだけで逮捕されるところだった！

そのようなこともありつつ、話はケイティに戻る。歳は十八、わたしは若い女性に対して強い嫌悪感を抱いていたが、彼女は例外だったから、それは実証できなかった。わたしは最初から彼女に夢中だった。

まとめると、わたしたちは話し合ったというのがポイントだ。わたしは返事をもらった。いい返事を。このケイティという子はすばらしい。わたしは彼女を取り逃がしたくなかった。

あたしのなににいちばん惹かれるかって？　おっぱいの大きさに決まってんだろ。

ぶつなよ、おれ病気なんだから。冗談だってば！

さまざまなことにおれは惹かれた。邪悪な小人みたいなあの表情。しょうもないリリー・トムリンのものまね。肌にあたるベルベットの感触を表現するおまえの言葉、〝なめらかぁ〜ん〟。で、おまえはなにやってんだ？　おれが仕事してる最中にここにクリスマスツリーなんかおっ立てんなよ。リビングから見張ってたらどうなんだ。やれやれ。わかったわかった、でも音立てたら、おまえの頭の上でホセ・グレコ踊ってやるからな。

わたしは彼女を取り逃がしたくなかった。それには地固めをしなくてはならなかった。いくつかおもしろい用事があるんだが、きみが車を停めている駐車場とプライス・カレッジにきみを返す前にいっしょに来るかと訊いた。彼女は了解し、わたしたちは食事をすませ、イエローフィンガーズを出た。

彼女を伴い、オフィスで使う切手を買うため郵便局へ、自宅の庭の芝生と花をせっせとかみ切る肉食齧歯動物相手の勝ち目のない戦いで兵器として使う駆除用の発炎筒式ガスを五、六箱買うためホームセンターへ、スピナーズとグローヴァー・ワシントン・ジュニアの新譜を買うためレコード店へ。それからブロック・ファッション・スクエアを抜けてわざと遠回りし、書店へ行った。そしてそこ、いちばん前、E・L・ドクトロウの衝撃作『ラグタイム』とロッド・マッケンの『サック・アップ・ザ・クール』（とかなんとか）に挟まれ、いちばん前のテーブルに、真っ赤な文字でわたしの名前が記された新作が積まれていた。トーマス・カーリン・ケーン。「あ、あれ、ぼくの新作」と、テーブルを歩き過ぎながら、どうでもいいことのようにぶっきらぼうに言った。〈知られざる事象とインキュナブラ〉のコーナーにふらりと戻り、ホンビノスガイ（食用の二枚貝）に関する本を探すふりをしながら、彼女の反応を盗み見た。彼女は本を手に取ると、カバーに目を通し、ひっくり返し、開いて前袖の文句を読み、後ろ袖に移り、パイプをくわえ指を一本左側の小鼻にあてて考えに耽っているわたしの写真を、ジル・クレメンツ撮影のイケメンを見た。入国管理局の担当者が、ロバート・ヴェスコがレオ・ゴーシーのふりをしてこっそり国に戻ろうとするほどどこまでもバカか確かめてパスポートの偽造を見抜こうとするように、写真とわたしを代わる代わる見る。

ホンビノスガイに関する本は見つからなかった。彼女がわたしに歩み寄った。息を止めた。運命の一瞬。そもそもホンビノスガイに関する本など存在しない。「スゴ～イ」と彼女。「知らなかった、あなたが有名人だなんて」

「ぼくのこと、ただのキュートなお尻ちゃんだと思ってたの？」

「あたし、あなたの講義に遅れちゃって。満席だったたから友だち数人と後ろに立ってたんだけど、あなたがだれなのか、あたしたちのだれも知らなかったの」

「じゃあ、なぜぼくに話しかけてきたの？」

「おもしろい人だと思ったから」

「おもしろい？　おもしろいだって⁉　壇上に立って、宇宙の倫理構造、宇宙の生命体の複雑な性質、愛のない世界における中核的な愛の二面性について説明している男が……漏れる蛇口のワッシャーの交換方法は言うまでもなく……おもしろいと思うわけ？」

「いいお尻してるとも思ったわ」

わかったよ、そんなことは言わなかったと。おまえはおれが世界的に有名な作家だとわかって驚いてたよな、ほら、認めろよ。わかった、このしょうもないクソお邪魔虫が、認めなくていい、頼むからタイプライターに飾りの紙落っことすのやめてくれ！　キーがくっついちまうんだよ。

それからどうなったっけ……。ああ。そうだ。丘に建つわたしの自宅へ二人で行った。いい景色、サンフェルナンド・バレーの真向かい、スモッグラインの上。ヴェンチュラ・フリーウェイと、千本足の虫が生み出す黄色がかった灰色の死の暗い影がはっきり見通せる。スモッグに覆われたロサンゼルスで暮らすのはつらくないかと訊かれると、わたしのところには垂れ込めないからと答える――が、それが爽快にもバレーのジョン・バーチ協会の連中を皆殺しにしていることは想像できる。この見解はオハイオ州では快く受け入れられない。とはいえ、ケント州立大の学生たちを殺した連中を小指すらたたかずに放免する州になにを期待しても無駄だ。

彼女はポカンと口を開けて家を歩きまわっていた。かっこいい家だった。初期ベルセルク風のインテリアで巨大なおもちゃ屋のような。「ビックリ」と彼女がわたしを通り越して食事室へ向かいながらつぶやいた。そこの天井には、ダグ・フェアバンクスの『バグダッドの盗賊』、エロル・フリンの『シー・ホーク』、ゲイリー・クーパーの『ボージェスト』のポスターが貼られている。「あなたほんとに有名なのね」

彼女はその晩、ルームメートともう一人の女友だちに会う約束を破りたくないということだったので、わたしは三人とも連れて出かけた。レストランのウェイトレスの仕事を見つけるつもりだと彼女が言った。わたしは朝三時に彼女と別れて帰宅し、メチャクチャオナニーした。翌朝早く彼女に電話し、わたしのオフィスの助手の助手として働いてはどうかと提案すると、施しは受けないと言った。わたしは、施しじゃない、人手が要るんだ、大量のファンレターでリンの仕事量がとんでもないことになっているから、と説明した。彼女は信じられないと言った。サンタモニカのリンに電話すると、男が出た。「リンに代わって」とわたし。少しして、くぐもった声がした。「いま何時？」と訊かれたので答えた。彼女がうめいた。「ケイティに電話してくれ」とわたしがヒステリーを起こしかけながら言った。「力を貸してほしいと彼女に言ってくれ」彼女はケイティとはだれなのか知りたがった。わたしはすべて話した。彼女はうめきつづけた。わたしは彼女をせっついた。彼女はねばった。週六ドル賃上げするとわたしが言うと、彼女はケイティに電話した。

その日ケイティが仕事にやってきた。帰宅しなかった。その夜、わたしたちはヤッた。「愛を交わした」とか「いっしょに寝た」と言いたいところだが、飾らずストレートに言うと、わたしはテクニカラーの情熱に目がくらみ、リュックを背負ってゴビ砂漠から出てきたばかりのボーイスカウトの一団がホステストゥインキーズ六個入りパックに襲いかかるように彼女に襲いかかった。なにがあったのか、どれほどの時間続いたのか、頭のどこにもしっかりした記憶がないが、自分がシャワーカーテンの棒から逆さまに吊されているという図が繰り返し現れている。それが正確な記憶のはずはないが。

彼女は二日後に引っ越してきた。

わたしは念のため、彼女の元ルームメート、両親、プライスの友人たち、美容師、彼女のフィアット担当の整備士に取り入った。

その最初の月、わたしたちは講義ツアーでデンヴァーとボルダーへ行った。わたしは彼女をニューヨークへ連れていき（彼女が州から出たのはこれが初めてだった）、わたしのクレジットカードを好きに使わせてやった。彼女が戻ってきてすばらしい銀のチョーカーをわたしに差し出し、自分の金で買ったと言ったとき、わたしは救いようもなく、どうしようもなく、取り返しがつかないほど、虜になった。鴨のオレンジソース添えにコークを注文することは頭から追い出した。こいつは子どもじゃない、女だ。三回のみじめな結婚と四十一年間の孤独な年月、ずっと待ちわびていた相手。こうしてキューピッドはわれらを全員アホにするなり。

なんて？　ほれ、ついにおまえについていいこと言ってやっただろ。ほんといい感じ。コークを除いては。そのことに関しては何度でも繰り返す。その後やってくる醜悪さの前触れだからな。重要じゃないのは承知だ。気をつけろ、飾り落っこちるぞ……あーやっちまった、見ろよ、床に散らばってる、おれ裸足なのに。メリークリスマス、おれはシナイ山にいて、足は壊疽で腐っていく。

だめだ、掃除機使うな、なかが裂けるぞ。ほうきとちりとり取ってこい。やかましいったら——おれの足が壊疽になるって言ってんだ！

　さてと、どこまでいったんだっけ。

　どういう意味だよ、「傾きはじめたときのことから」って。あ。そういう意味か。

　その三か月は、しょっぱなからすごかった。二人であちこち出かけ、さまざまなものを見て、いろいろやった。そのせいで執筆に遅れが出はじめ、タイプライターの前で長時間過ごさなくてはならなくなった。ケイティはしびれを切らし、出かけて、浜辺へ行って、水上スキーをやって、太平洋沿岸をサンフランシスコへドライブしたがった。約束は守るとわたしは言いつづけたが、遅れは相当なもので、遠くニューヨークから出版社に毎日どなりつけられた。朝七時きっかり、ニューヨーク時間十時に電話が鳴り、相手は必ずノーマンで、印刷に出す締切日が過ぎるところだったから、ニューヨークわたしのことをブタの糞てんこ盛り腐れ野郎と呼ぶ。わたしは彼に、仕事はしている、嘘じゃない、しかしなかなかはかどらない、と伝える。

　そういうわけで、わたしは家に閉じ込められた。ケイティは毎日以前より長く学校にいるようになり、『真夏の夜の夢』の夜間のリハーサルに参加するようになり、どこかの男と飛行訓練をやり、「演劇を志す仲間」とレストランで長時間過ごしていた。わたしはなにかあると感づいていたが、彼女は何事もないしあなたを愛していると自分から繰り返し伝えてきて、いろいろと言いつくろった。

　いまはわかる——クレジットカードを所有する一匹狼としてわたしは望む、いや強く要求する、女が自分自身のものを持つことを。ステップフォードの妻から、わたしの大好きなデザートを片手でホイップし、もう片方で通路の石板を磨きつつ、イージーオフ・オーブンクリーナーの利点とか、座薬プレパレーションHの歴然たる効用を説明されるのは絶対にいやだ。わたしが求めているのは、旦那が死んでからの四半世紀というもの泣きながらひとりぼっちで人生をさまよい呆然としていたわたしの母親みたいな人間ではなく、自分で物事をやり遂げられる自立した人間。しかしだ。わたしはバカではない。並外れた知性を持っていると思いたい。他人にバカだと思われてもかまわない、バカだと思っているかのように話しかけてこないかぎり。

そうだよ、お邪魔虫さんよ、おれはなにが起きてるかずっとわかってた。具体的にじゃないが、バスカヴィル家の犬が沼地にいて、おまえのしなやかで若々しい躍るような肉体を嗅ぎまわってることは知ってたんだ。

四か月目に、男の名がデイヴィッド（ダビデ）だとようやくわかった。

するとわたしの名はゴリアテということになるのだろうか。

どういう経緯で彼女がこの男と関係を持っているとわかったのかおぼえていない。どうでもいい。どうでもいいって言ったんだ。

いや、クソ、その部分は書きたくない。だまれ、やかましい……ツリーが傾いてるぞ。押えろ！よし、右に立てろ。右に……そう、そこだ。いや、その部分には触れない。おれたちがそれについて話していたらおまえはなにやら口をすべらせ、やつがここに電話してきて、おれは〝なにも知りません、すべて順調〟っていうゲームをやることに疲れた、それがなんであれおれは気づいた、おまえはなんだかんだくだらないことを言ってきたよな、あたしはまだ十九で飛ばなきゃならないの、自分を見つけなきゃならないの、ちゃんとした仕事、職業に就いてる人と、通気と肥料と水が必要なしっかり確立された人生を送ってる人と関係を持ったのはこれが初めてヨ、あたしは若すぎて他人の愛と人生に責任は持てないとかなんとか、で、おれはそういうクソな話はすべて理解できたが、おれがそのときなにを思い浮かべてたかおしえてやろうか。

おれが思い浮かべてたのはあの場面、『いんちき商売』だったかな、グルーチョがマーガレット・デュモンとふざけてて、グルーチョが両手上げてシャグを踊り出して言う。「歌いたい、踊りたい、ホットチャチャしたい！」そのことをおまえに話そうとしたが、無駄だった。もちろんおまえがおれを愛してることは、それが二人にとってプラスなんだってことはわかってたが、おまえは一度に二方向に引き裂かれてて、それはあのまぬけのデイヴィッドですらなかった。そりゃあいつはおまえをヤッてただろうが、それは大したことじゃなかった。愛なんてセックスの書き間違いだもんな。愛はそんなとこから生じるんじゃない！　おれがまったく理解できないのは、哀れな野郎がそいつの女房とか女友だちが別の男と知的に深い関係になるがままにして、なにも考えずに好き勝手にやらせておくこと。その挙句、哀れな野郎のピテカントロプス並みの頭はおかしくなっていく。愛は肉のなかにある肉じゃない。それはすべて頭脳労働のなかにある。デイヴィッドは手頃な兆しでしかなかった。もしあいつがセックスがうまくておまえがそれを悦ぶなら、それはそれでいい。おれは自分ができるだけのことをする。おまえがダイエットのためにサプリが必要なら、ほら、最近は街の至るところにマクドナルドがあるんだし。だがもつれてきたから、明らかにおまえは大急ぎで逃げたがっていて、おれをタイプライターに縛りつけられてるオッサンくらいに見なして、ケイティすなわち自分とは何者なのか知りたがった。

そこでおれたちは、ケイティとわたしは、少しばかり話し合った。わたしは、気を落ち着けてそれぞれができるだけのことをしよう、もしわたしたちのどちらかがどこかのファストフードのカウンターで油まみれのバーガーを食いたいと思ったら、それはそれでいいということにしようと提案した。そしたらおまえはほざきやがった……ちゃう！　するとケイティは言った、「あなたは成熟した大人のやり方でこの状況に対処しようと提案してるわけだけど、あたしは成熟してもいなければ大人でもないから、うまくいかない。あたしたちがこの先順風満帆でいくわけないのよ」（おれは〝順風満帆〟なんて言葉をなんでおまえが知ってんのかいつも不思議だった。おまえじゃなくておれの世代の言葉だからな。）「あたし結論したの、あたしたちのどちらかがダメになるのを避けられないなら、それはあなたであるべきだって。あなたのほうがあたしよりうまく対処できるから。だからあなたは成熟した大人なの」

そしておまえは出ていきやがった。ちゃう、クソォ……ケイティは去った。わたしは一時間ほどですべてを頭から追い払った。一時間のうちに頭から追い払えるやつなんかいないとか言うなよ、おれはそうしたんだから、クソが！　はるか昔にそのやり方を身につけた。ヒリヒリ痛む壁のくぼみをモルタルで塗ることを、レンガで隠し、言い逃れしつづけることを。

はいよ、お嬢ちゃん、きみにもメリークリスマス。

おれはイカレてなんかいない。教訓を呪い、知識を称える。しばらくしたら、また痛い思いをするだろう。

ちょっと待った。わたしの名前はデイヴィッド・フェインバーグで、あなたが読んだばかりの小説はわたしが書いたものじゃない。トーマス・カーリン・ケーンなんてどこにもいない。あなたが読んだばかりの小説を書いたのは女だ。名前はパトリシア・キャサリン・フェインバーグ。旧名はパティ・ブロディ。彼女は二十一歳。わたしは四十三歳。結婚してから二年近くになる。彼女は今まで出会ったなかで最愛の人物だし、わたしがこの人生でいちばん必要としているのは、彼女の愛と支え、それにわたしの世界の中に彼女がいることしかない。しばらくのあいだ、初めて出会った頃は、いろいろ問題があった。わたしたちの仲がどうこうという問題じゃなくて、外の世界、わたしたちのことを「若いの」と「スケベオヤジ」だと見るような人間の問題だ。腹立たしいことが山ほどあった後で、わたしたちはそこを乗り越えた。それにしても、彼女がそれをぜんぶ憶えていることといったら！

　このところわたしはクリスマスツリーの飾り付けをしていた。もし母が生きていたら、わたしと同じで信心深いユダヤ人だから、きっと死にそうになっただろう。そしてそのあいだじゅうずっと、パティがここで何日間もタイプを打っている音が聞こえていた。それがようやく今になって、入ってきて書いたものを読んでもいいわよと言ってきたのだ。それは彼女が書くいつものノンフィクションではなくて、物語だ。初めて書いた小説。お楽しみいただけただろうか。彼女がどうやってわたしの頭の中に入り込み、男が書くように書けたのかは、まるでわからない。わたしが書いたとしても、こんなに公平にはとても書けなかっただろうが、念のために言っておくと、鴨のオレンジソース添えにコークを注文するのはわたしである。どうやって彼女はそんなことをぜんぶ憶えていられるんだろうか、事細かに、わたしがなんの気なしに言ったこともぜんぶ。まったく驚くしかない。

とにかく、こんなに素敵なクリスマスプレゼントをもらったのは初めてだ。

そしてあなたにも幸せが訪れますように。

わたしたち二人から、愛をこめて、周囲の猛反対をはねかえす最高の実例を贈ろう。あるいは、トーマス・カーリン・ケーンの言い方を借りれば、すべては順風満帆。

解説　ハーラン・エリスンの「大いなる助走」

若島　正

本書『愛なんてセックスの書き間違い』は、ハーラン・エリスンの短篇集 *Love Ain't Nothing But Sex Misspelled* を元にしながら、編者（若島）が独自に編み直した、エリスンの非ＳＦ系の初期短篇集である。

Love Ain't Nothing But Sex Misspelled は、一九六八年に、トライデント・プレスからハードカヴァーの初版本が出た。そしてピラミッド・ブックスが一九七五年から七六年にかけて、初期エリスンの長篇や短篇集などをまとめて十一巻のシリーズとして出したときに、その掉尾を飾ったのがこの *Love Ain't Nothing But Sex Misspelled* で、エリスンはその初めてのペーパーバック版のために、ハードカヴァー版に収められていた二十二篇から九篇を除き、新たに三篇を加え、さらに（いつものことながら）新しく書き下ろした長い序文を付けた。わたしが所持しているのはそのピラミッド・ブックス版であり、本書の作りはそれを多少意識したものになっている。

読者はおそらく、ＳＦのシリーズであるこの〈未来の文学〉に、どうして非ＳＦ系の短篇集を入れる気になったのか、と疑問を持たれるだろう。ここに集めた非ＳＦ系の短篇は、単にエリスンがＳＦ以外のものも書いていた、ということでは決してない。おそらくこうした短篇群がなければ、ＳＦ作家としてのエリスンは生まれていなかったと思う。つまり、ここにあるのは、「大いなる助走」期のエリスンなのである。それを少し説明しておきたい。

俗にＳＦの黄金期と呼ばれる五〇年代の前半に、当時高校生だったエリスンはすでにＳＦのファンダムで有名人になっていた。さまざまな武勇伝の中でもとりわけ有名なのは、一九五三年にフィラデルフィアで行われたワールドコンで、初対面のアイザック・アシモフに向かって「あんたはカスだ！」と言い放ったという逸話だろう。一九五五年にオハイオ州立大学を退学処分になったエリスンは、ＳＦ雑誌に短篇を投稿しはじめる。そして、一九五六年〈インフィニット・サイエンス・フィクション〉誌に載った短篇"Glowworm"が、エリスンにとっては初の商業誌掲載になった。五〇年代後半を中心としたエリスンのＳＦ初期短篇は、後に*A Touch of Infinity*（一九六〇）、*Ellison Wonderland*（一九六二）、*Paingod and Other Delusions*（一九六五）といった短篇集に収録された。そういうＳＦ初期短篇は、まったく無価値というわけではないにしても、商業誌という枠に合わせて作品を売ろうとする努力と、なんとかＳＦというジャンル小説の中で自分の声を見つけようとする努力とがせめぎあっている感が強い。

まだＳＦの範囲内で決定的なブレークスルーを迎えないままに、エリスンが次第に方向転換していくことになったのには、いくつかの要素がからんでいる。まず、五〇年代は、一九五三年に創刊された〈プレイボーイ〉誌に代表される、男性雑誌が台頭した時代だった。この時期に、急速に読者数を拡大していった〈プレイボーイ〉に追随して、多くの男性雑誌が競争に参入した。過去にはSFをはじめとするさまざまなジャンルの書き手だったウィリアム・ハムリングは、グリーンリーフという出版社を立ち上げ、一九五五年に〈ローグ〉という男性雑誌をそこから創刊した。一九五六年からその雑誌に短篇や記事を載せるようになったエリスンは、一九五九年にハムリングに呼び寄せられて、一九六〇年までの二年間、〈ローグ〉誌の編集者として働くことになった。このときエリスンは、SF業界でのつてを頼って、さまざまなSF作家の短篇や記事を同誌に掲載し、さらに自作を次々に載せた。〈ローグ〉の編集者時代にエリスンが挙げた手柄は、過激なしゃべりで当時人気を博していたコメディアンのレニー・ブルースにコラムを担当させたことで、実際にはそのコラムはエリスンの聞き書きだったという。速射砲のように言葉を次々に繰り出すエリスンの芸風には、明らかにレニー・ブルースに通じるような、ジューイッシュ・コメディアンの趣きが感じられる（エリスン自身もユダヤ系の生まれである）。

ただ、ハムリングの主たる収入源は、「グリーンリーフ・クラシックス」をはじめとする、この時期に大量生産されたペーパーバックのポルノ小説にあった。当時まだ下積み生活を送っていた作家たちは、多数のペンネームを使って小説を量産していたが、ときにはそうしたポルノ小説の下請けにも手を染めなければならなかった。ファンダム時代からエリスンの盟友であり、エリスンよりも先に商業誌に短篇を売ったロバート・シルヴァーバーグもその一人で、この闇業界での立役者だったカール・ケンプの証言によれば、シルヴァーバーグはエリスンの口利きで、一九五九年に月一冊、千ドルで「セックス小説」を書くという仕事を引き受け、翌年にはそれが月二冊になった。当時二十五歳のシルヴァーバーグは、その仕事を六日で一冊書き上げるというペースでこなしていったという。シルヴァーバーグの他にも、ポルノ小説書きをしていた作家にはローレンス・ブロック、ドナルド・E・ウェストレイクなどがいて、そのあたりの悲喜こもごもの体験は、国書刊行会から「ドーキー・アーカイヴ」叢書の一冊として出たウェストレイクの奇書『さらば、シェヘラザード』（原書一九七〇年／矢口誠訳）に巧みに描き出されている。

〈ローグ〉と並んで、エリスンがこの時期に主な発表媒体としていたのは、男性雑誌〈ナイト〉で、一九六三年から七二年まで、十五作ほどの短篇を発表しており、そのなかには、エリスン・クラシックスのひとつである「プリティ・マギー・マネーアイズ」（一九六七年／若島正編『ベータ2のバラッド』所収、国書刊行会）も含まれている。なぜ〈ナイト〉誌に多くの作品を発表したのかという質問に答えて、エリスンは「寄稿した原稿のまま、なにも直さずに載せてくれたから」だと言っている。こうして、原稿にきびしいチェックが入ったＳＦ雑誌に比べて、自分が載せたいものを載せ、原稿に手を入れずに載せてくれるような媒体を見つけたことによって、エリスンは自分なりのテーマ、そして自分の声をストレートに出すようになっていった。

もうひとつ、見逃してはならない要素は、五〇年代から六〇年代前半にかけての社会文化的背景である。社会に背を向ける非行少年たちは、二十世紀の前半からアメリカに存在していたが、それが社会的な現象としてクローズアップされたのは、エヴァン・ハンターのベストセラー『暴力教室』（一九五四）がもたらしたショックや、『理由なき反抗』（一九五五）に主演した、白のＴシャツにブルーのデニム、赤のジャンパー姿というジェイムズ・ディーンがもたらしたインパクトが、大きな要因になっている。エリスンはこうした社会の動きに敏感に反応した。アメリカで初めて暴走族を描いた、マーロン・ブランドが主演する『乱暴者(あばれもの)』(一九五三)に感化され、オハイオ州立大学にまだ在学していたときに、そこで出ていたユーモア雑誌に「マーロン・ブランド讃」としてそのパロディを書いたほどだ(ちなみに、本書に収録した短篇「クールに行こう」には、『乱暴者』への言及がある)。こうして五〇年代半ばから、俗にJD(Juvenile Delinquent)と呼ばれる非行少年物や、暴走族物といったペーパーバック小説のサブジャンルが成立していった。たまたま、当時JD物を得意としていた作家にハル・エリスン(紛らわしい名前なので誤解のないように)がいて、ハーラン・エリスンにとってはこの作家が一種のモデルになった。JD物を書いてみようかと思い立ったエリスンは、一九五四年に十週間、偽名を使って、「バロン」団と呼ばれるニューヨークのチンピラギャングたちのグループに仲間入りした。このときの体験を元にして、ある雑誌に記事を売ったら、それが掲載されたときにはエリスンが書いたものは使われず、その代わりに頬に傷を付けられたエリスンの写真が載ったという。それはさておき、エリスンはこうした背景で非行少年物やギャング物を手がけるようになった。一九五八年に出た第一長篇の *Rumble*(後に *Web of the City* と改題――実際にはこちらの方がエリスンが付けたタイトルだったが、ピラミッド・ブックスに原稿を渡したところ、勝手にタイトルを換えられてしまったという)、そして初期短篇集の *The Deadly Streets*(一九五八)や *The Juvies*(一九六一)もそれに属する。

黄金期を迎えたアメリカSFの五〇年代には、多くのSF雑誌が誕生したが、雑誌の全国流通を仕切っていたアメリカン・ニューズ・カンパニーが一九五八年に倒産した影響で、その年には二十誌が廃刊になり、生き残った雑誌も売り上げを大幅に減らした。そうしたなかで、すでにSF雑誌から男性雑誌へと軸足を移していたエリスンにとっては、余波をモロにかぶらなくてすんだと言える。六〇年代に入って、エリスンはさらに社会問題や社会現象に目を向けるようになり、公民権運動の盛り上がりに呼応するように人種問題を扱った短篇も書き、長篇*Rockabilly*（一九六一年、後に改題されて*Spider Kiss*）ではロカビリーのスターを主人公に描いた。これはプレスリーがモデルになっていると誰しも思うところだが、あるインタビューによれば、モデルは「火の玉ロック」でスターダムにのし上がったジェリー・リー・ルイスで、特に彼が十三歳のいとこと結婚していたことがばれて落ち目になったのがインスピレーションになっているという。

こうしてジャンルSFには束縛されない幅広さと自由奔放さを身に着けたエリスンは、SF雑誌をめぐる状況が少しずつ復旧しつつあった六〇年代半ばに、ふたたびSF界に戻ってくる。イギリス発のいわゆる「ニュー・ウェーヴ」に影響されて、アメリカでも思弁小説（スペキュレイティヴ・フィクション）という用語が使われだした頃に、エリスンは「「悔い改めよ、ハーレクィン！」とチクタクマンはいった」（一九六五）、「おれには口がない、それでもおれは叫ぶ」（一九六七）、「少年と犬」（一九六九）といった話題作を次々と発表して、ヒューゴー賞やネビュラ賞をかっさらった他にも、巨大なオリジナル・アンソロジー『危険なヴィジョン』（一九六七）の編集で、従来のSF雑誌とは異なるフォーマットを開拓して、SF界をたちまち席巻した。そこから先の活躍ぶりは、もうここでたどる必要もないだろう。

本書を編集するにあたっては、一九五〇年代後半から六〇年代前半までの非ＳＦ短篇を主に集めることにして、とりわけエリスンには関わりの深い〈ローグ〉誌と〈ナイト〉誌に発表されたものをそれぞれ三篇と四篇選んだ。エリスンの犯罪小説ということで言うなら、エドガー賞を受賞した「鞭打たれた犬たちのうめき」（一九七三）はぜひとも収録したいところだったが、日本オリジナル編集短篇集『死の鳥』（ハヤカワ文庫ＳＦ）に収録されているので、残念ながら落とさざるをえなかった。

以下に、各収録短篇の発表データと、短いコメントを記しておく。すべて本邦初訳である。

●第四戒なし

原題 "No Fourth Commandment" 初出〈マーダー〉一九五六年十二月号。

短篇集 *Gentleman Junkie and Other Stories of the Hung-Up Generation*（一九六一）収録。

エリスンの父親は有能な歯科医として知られていたが、無免許営業を摘発され、その後に職を何度か変えて、最後にはクリーヴランドで宝石商を営んでいた。父親はエリスンを可愛がっていて、めったにエリスンに対して手を上げたことがないほど優しかったが、エリスンにとって父親がどういう人間かは本当にわからなかったという。その父親が亡くなったのは一九四九年、四十九歳で、エリスンはまだ十五歳だった。父親が安楽椅子に座ってパイプをふかし、新聞を読んでいる最中に、呼吸困難になってそのまま心臓発作で亡くなる一部始終を、エリスンは目撃した。そしてその日以来、エリスンは「ずっと父を探している」という。その結果として、少年が父親を探す物語が多く書かれた。この短篇は、そういう父親探し物を代表する作品である。

エンディング近くで、語り手が思い出す「賢い父親ならばわが子とわかる」という言葉は、シェイクスピアの『ヴェニスの商人』から取られている。要するに、この子が本当に自分の子かどうか、父親にはわからない、という皮肉な意味である。

なお、この短篇は雑誌掲載の後に、当時の人気テレビ番組「ルート66」に売られ、一九六三年一月十八日に“A Gift for the Warrior”というタイトルで放送された。

●孤独痛

原題“Lonelyache”初出〈ナイト〉一九六四年七月号。

短篇集 *I Have No Mouth, and I Must Scream*（一九六七）、*Love Ain't Nothing But Sex Misspelled*（一九六八）その他多数に収録。翻訳の底本としたのは、*The Essential Ellison*（一九八七）収録のヴァージョン。

エリスンは二番目の妻であるビリー・ジョイス・サンダーズと三年間暮らした後に、一九六三年に離婚した。別居中、エリスンは手当たり次第に女と寝る放埒な生活から足を洗いたいと思っていたが、その頃から悪夢を見るようになり、それが数ヶ月続くと、恐怖に耐えられなくなってタイプライターに飛びつき、この小説を書いた。書き終わってからは、もう悪夢を見なくなったという。その意味では自己治療の色彩が濃厚な幻想小説だが、この一見すると絶望的に思える作品は、同じように孤独の痛みに耐えきれなくなった経験を持つ読者から支持されてきた。

短篇集 *Paingod and Other Delusions* に付けられた序文で、エリスンはこんなエピソードを披露している。エリスンはあるとき、精神病棟の夜間勤務をしている看護婦から手紙を受け取った。その手紙によれば、彼女が担当している患者のなかで最も重度な女性が、自殺未遂を企てた。そのとき、看護婦は持ってきた *I Have No Mouth, and I Must Scream* のなかからこの「孤独痛」を読んできかせた。読み終わると、その患者は孤独に悩む人間が自分一人だけではないことを知って、すやすやと眠りについたという。

●ガキの遊びじゃない
原題 "No Game for Children" 初出〈ローグ〉一九五九年五月号。
短篇集 *Gentleman Junkie*、*The Juvies* 収録。
短篇集 *The Juvies* に収録されたことからもわかるように、JD物に属する短篇。*The Juvies* で本作品にエリスンが付けたまえがきによれば、ある職業的SF作家の集まりに出席したとき、服装も申し分のない紳士が、近所で非行少年たちが暴れまわって困るという愚痴をこぼしたのを聞いて、得たアイデアだという。

●ラジオDJジャッキー
原題 "This Is Jackie Spinning" 初出〈ローグ〉一九五九年八月号。
短篇集 *Gentleman Junkie* 所収。

発表当時に社会的な話題になっていた、ラジオ音楽番組のいわゆる「ペイオラ」疑惑に題材を取った短篇。「ペイオラ」とは、レコード会社からディスクジョッキーが賄賂を受け取り、特定のレコードをかけてヒット曲を捏造することを指す。ディスクジョッキーは賃金が安く、このペイオラに収入を頼っていた。この疑惑は議会で公聴会が開かれるほどの大問題になり、有名ディスクジョッキーであったアラン・フリードやディック・クラークがラジオから追放される事態にまで発展した。

●ジェニーはおまえのものでもおれのものでもない
原題"Neither Your Jenny Nor Mine" 初出〈ナイト〉一九六四年四月号。
短篇集 *Love Ain't Nothing But Sex Misspelled*、*The Essential Ellison* 収録。
ピューリタニズムの影響によって、アメリカでは長らく人工妊娠中絶がほとんどの州で禁止されていた。現実には、闇で堕胎が行われることもよくあり、多くの女性がそのために命を落とした。それが合法化されたのは一九七三年の連邦最高裁の判決によるが、言うまでもなく、本作品が発表されたのはそれ以前のことである。トランプ政権誕生以降、人工妊娠中絶に反対する勢力の声がまた大きくなっていることはご存知だろう。そういうわけで、これは今もなおアメリカが抱える病根として残っている。
ちなみに、私見によれば、アメリカの三大堕胎小説を挙げるとすると、シオドア・ドライサー『アメリカの悲劇』（一九二五）、ジョン・バース『旅路の果て』（一九五八）、リチャード・ブローティガン『愛のゆくえ』（一九七一）がすぐに思い浮かぶが、本作品もそれに仲間入りする出来だと思う。

●クールに行こう

原題“Have Coolth”初出〈ローグ〉一九五九年六月号。

短篇集 *Gentleman Junkie* 収録。

「ラジオＤＪジャッキー」と傾向が似通った、エリスン流のジャズ小説。そこにファム・ファタルを足して犯罪小説にするのも、この手の小説の常道と言えるだろうが、結末のひねりが効いている。

●ジルチの女

原題“The Lady Had Zilch”初出〈アダム〉一九五九年二月号。ポール・マーチャント名義。

短篇集 *Sex Gang*（一九五九）所収。

エリスンは一九五七年に徴兵され、陸軍基地があるフォート・ノックスに送られた。そこでエリスンは、みんなが寝静まった頃に、トイレで執筆にいそしんだという。そこで書かれたものが、セックスがらみの短篇群で、これは一九五九年にポール・マーチャント名義で *Sex Gang* という短篇集として、ハムリング翼下のレーベルのひとつである、ナイトスタンド・ブックスから出版された。当初エリスンは、Ｄ・Ｓ・マーチャントという偽名にするつもりだったという。これは Dirty Smut Merchant つまり「エロ本商人」という自己韜晦なのだが、出版社に拒否されたらしい。

エリスンはこの短篇集を自作として認めていない。コレクターズ・アイテムになった*Sex Gang*を持っているファンが、あるときそれにサインを求めたところ、エリスンは怒ってそのペーパーバックをずたずたにしたという逸話まで残っている（ちなみに、わたしも持っているが、いい値段がしました）。もしこの作品を本書に収録したことがエリスンにバレたら激怒したかもしれない。なお、*Sex Gang*は新しい短篇を加えて、二〇一二年にキックス・ブックスから*Pulling a Train*および*Getting in the Wind*という二冊本として復刊されている。

●人殺しになった少年
原題"Kid Killer"初出〈ギルティ〉一九五七年三月号。
短篇集*The Deadly Streets*所収。
この作品が収められている短篇集*The Deadly Streets*は、題名が示唆するとおり、エリスンがブルックリンで「バロン」団というチンピラギャングのグループに加わったときの体験を元にして書かれたという短篇を集めたものである。

●盲鳥よ、盲鳥、近寄ってくるな！
原題"Blind Bird, Blind Bird, Go Away From Me!"初出〈ナイト〉一九六三年七月号。
短篇集*Love Ain't Nothing But Sex Misspelled*所収。
すでに書いたとおり、エリスンは一九五七年から五九年まで兵役についていたが、実際の従軍体験はない。閉ざされた空間に幽閉されるという恐怖は、エリスンの短篇にしばしば現れるモチーフである。

●パンキーとイェール大出の男たち

原題“Punky & the Yale Men”初出〈ナイト〉一九六六年一月号。短篇集 *Love Ain't Nothing But Sex Misspelled*、*The Essential Ellison* 所収。

功成り名遂げた作家が、かつて取材のために足を踏み入れた領域に戻ってくるという筋書きには、エリスンのコミカルな自己戯画化が見てとれる。しかし、自分がインチキではないかという疑念は、自信家のエリスンにおそらく一生つきまとった疑念でもあったのだろう。

●教訓を呪い、知識を称える

原題“I Curse the Lesson and Bless the Knowledge”初出短篇集 *Love Ain't Nothing But Sex Misspelled*（一九七六）ピラミッド版。

Love Ain't Nothing But Misspelled がピラミッド・ブックスで復刊されるときに、エリスンが新たに書き下ろして最後に置いた短篇。ここでもエリスンの自己戯画化が楽しめる。このピラミッド版をなぞる意味で、本書でもいわばボーナストラックとして最後に付けることにした。

ちなみに、この作品が書かれた一九七六年に、エリスンは四度目の結婚をしている。エリスンが四十一歳、相手のロリ・ホリウィッツが十九歳だった。エリスンが大学で講演をしたとき、そこに来ていた彼女を昼食に誘ったのがきっかけだという。つまり、この短篇も自伝的な色彩が強い。ただし、小説の幸せな結末とは違って、現実ではこの結婚は一年も保たなかった。

なお、この作品だけはお遊びのつもりで、本書共訳者の渡辺佐智江さんとのデュオで翻訳を行った。どちらがどこを訳したのかは、作品を読んで想像してみてください。

本書を準備中に、エリスンは二〇一八年六月二十八日に八十四歳で亡くなった。もうあの連発で繰り出される言葉が読めなくなるのかと思うと残念だ。せめてもの手向けとして本書を捧げたい。

終わりに、この解説を書くにあたっては、すでに挙げたエリスンの数多くの短篇集や、各短篇に付けられたエリスンのまえがきをはじめとして、多くの文献を参照したが、とりわけ次の三冊はおおいに参考になったことを記しておく。

Iain McIntyre and Andrew Nette. Eds. *Girl Gangs, Biker Boys, and Real Cool Cats: Pulp Fiction and Youth Culture, 1950 to 1980*. Oakland: PM Press. 2017.
Nat Segaloff. *A Lit Fuse: The Provocative Life of Harlan Ellison*. Framingham: NEFSA Press. 2017.
Ellen Weil and Gary K. Wolfe. *Harlan Ellison: The Edge of Forever*. Columbus: The Ohio State University Press. 2002.

著者　ハーラン・エリスン　Harlan Ellison
1934年オハイオ州生まれ。学生時代からのSFファン活動を経て56年に短篇“Glowworm”でSF作家デビュー。製材所工員・トラック運転手・書店員・コピーライターなど職を変えながらSF・ミステリー・犯罪小説を大量に発表、58年に非行少年グループを取材した第1長篇*Rumble*を刊行。その後SF作家として人気を博しながらテレビのシナリオライターや批評家としても活躍する。67年、巨大アンソロジー『危険なヴィジョン』を編纂、アメリカにおけるニュー・ウェーヴ運動を牽引した。短篇集に『世界の中心で愛を叫んだけもの』（71）、『死の鳥』『ヒトラーが描いた薔薇』（ともに日本オリジナル編集）がある。2018年逝去。

訳者　若島正（わかしま　ただし）
1952年生まれ。京都大学名誉教授、詰将棋作家、チェス・プロブレム作家。著書に『乱視読者の英米文学講義』（研究社）、『乱視読者のSF講義』（国書刊行会）、訳書にナボコフ『ロリータ』（新潮社）『アーダ』（早川書房）、マッカーシー『私のカトリック少女時代』（河出書房新社）など多数。

渡辺佐智江（わたなべ　さちえ）
翻訳家。訳書にフラナガン『奥のほそ道』（白水社）、アッカー『血みどろ臓物ハイスクール』（河出書房新社）、ベスター『ゴーレム100』、トレメイン『音楽と沈黙』（ともに国書刊行会）、ウェルシュ『フィルス』（パルコ出版）、共訳書にコールハース『S,M,L,XL +』（筑摩書房）、ロスファス『キングキラー・クロニクル　第1部、第2部』（早川書房）など多数。

愛なんてセックスの書き間違い

2019年 5 月25日初版第 1 刷発行
2021年 7 月 5 日初版第 2 刷発行

著者　ハーラン・エリスン
訳者　若島正　渡辺佐智江
発行者　佐藤今朝夫
発行所　株式会社国書刊行会
〒174-0056　東京都板橋区志村1-13-15
電話03-5970-7421　ファックス03-5970-7427
http://www.kokusho.co.jp
印刷製本所　三松堂株式会社

ISBN978-4-336-05323-7

奇跡なす者たち　ジャック・ヴァンス　浅倉久志編訳・酒井昭伸訳

独特のユーモアで彩られた、魅力あふれる異郷描写で熱狂的なファンを持つ巨匠ヴァンスのベスト・コレクション。表題作の他、ヒューゴー、ネビュラ両賞受賞の「最後の城」、名作「月の蛾」など全8篇。

第四の館　R・A・ラファティ　柳下毅一郎訳

単純な青年フォーリーは世の中を牛耳る〈収穫者〉たちに操られながら四つの勢力が争う世界で奇妙な謎に出会っていく——世界最高のSF作家によるネビュラ賞候補、奇想天外の初期傑作長篇。

古代の遺物　ジョン・クロウリー

浅倉久志・大森望・畔柳和代・柴田元幸訳

ファンタジー、SF、幻想文学といったジャンルを超えて活動する著者の日本オリジナルの第2短篇集。ノスタルジックな中篇「シェイクスピアのヒロインたちの少女時代」他、バラエティに富んだ作品を収録。

ドリフトグラス　サミュエル・R・ディレイニー

浅倉久志・伊藤典夫・小野田和子・酒井昭伸・深町眞理子訳

過去の作品集の収録された作品に未訳2篇を合わせた決定版短篇コレクション。新訳「エンパイア・スター」、ヒューゴー／ネビュラ両賞受賞「時は準宝石の螺旋のように」「スター・ピット」など珠玉の全17篇。

ジーン・ウルフの記念日の本　ジーン・ウルフ

酒井昭伸・宮脇孝雄・柳下毅一郎訳

〈言葉の魔術師〉ウルフによる1981年刊行の第2短篇集。18の短篇をリンカーン誕生日から大晦日までのアメリカの祝日にちなんで並べた構成で、ウルフ作品の初期名作コレクションとして名高い。

愛なんてセックスの書き間違い　ハーラン・エリスン

若島正・渡辺佐智江訳

カリスマSF作家エリスンはSF以外の小説も凄い！　初期の非SF作品を精選、日本オリジナル編集・全篇初訳でおくる暴力とセックスと愛とジャズと狂気と孤独と快楽にあふれたエリスン・ワンダーランド。

海の鎖　ガードナー・ドゾワ他　伊藤典夫編訳

〈異邦の宇宙船が舞い降り、何かが起こる…少年トミーだけが気付いていた〉ガードナー・ドゾワによる破滅SFの傑作中篇である表題作を中心に伊藤典夫が選び抜いた珠玉のアンソロジー。

デス博士の島その他の物語　ジーン・ウルフ

浅倉久志・伊藤典夫・柳下毅一郎訳

〈もっとも重要なSF作家〉ジーン・ウルフ、本邦初の中短篇集。孤独な少年が読んでいる物語の登場人物と現実世界で出会う表題作他、華麗な技巧と語りを凝縮した全5篇＋限定本に付されたまえがきを収録。

グラックの卵　H・ジェイコブズ他　浅倉久志編訳

奇想・ユーモアSFを溺愛する浅倉久志がセレクトした傑作選。伝説の究極的ナンセンスSF、ボンド「見よ、かの巨鳥を！」他、スラデック、カットナー、テン、スタントンの抱腹絶倒作が勢揃い！

ベータ2のバラッド　S・R・ディレイニー他　若島正編

〈ニュー・ウェーヴSF〉の知られざる中篇作を若島正選で集成。ディレイニーの幻の表題作、エリスンの代表作「プリティ・マギー・マネーアイズ」他、ロバーツ、ベイリー、カウパーの傑作全6篇収録。

ゴーレム^{100}　アルフレッド・ベスター　渡辺佐智江訳

ベスター、最強にして最狂の伝説的長篇。未来都市で召喚された新種の悪魔ゴーレム^{100}をめぐる魂と人類の生存をかけた死闘——軽妙な語り口とタイポグラフィ遊戯が渾然一体となったベスターズ・ベスト！

限りなき夏　クリストファー・プリースト　古沢嘉通編訳

『奇術師』のプリースト、本邦初のベスト・コレクション（日本オリジナル編集）。連作〈ドリーム・アーキペラゴ〉シリーズを中心に、デビュー作「逃走」他、代表作全8篇を集成。書き下ろし序文も収録。

歌の翼に　トマス・M・ディッシュ　友枝康子訳

近未来アメリカ、少年は歌によって飛翔するためにあらゆる試練をのりこえて歌手を目指す……鬼才ディッシュの半自伝的長篇にして伝説的名作がついに復活。サンリオSF文庫版を全面改訳した決定版！

ダールグレン I・II　サミュエル・R・ディレイニー　大久保譲訳

都市ベローナに何が起こったのか……廃墟となった世界を跋扈する異形の集団、永遠に続く夜と霧。記憶のない〈青年〉キッドは迷宮都市をさまよい続ける。「20世紀SFの金字塔」が遂に登場。